「――予に
そなたらと敵対する意思はない」

LILITH WHO LOST HER ARM

CONTENTS

愛蘭
Airam

璃々栖・弩・羅・阿栖魔台
Lilith de la Asmodeus

いい加減、終わりでよいだろう

腕を失くした璃々栖

〜明治悪魔祓師（エクソシスト）異譚〜

明治サブ

角川スニーカー文庫

23447

口絵・本文イラスト／くろぎり
口絵・本文デザイン／草野剛デザイン事務所

LILITH WHO LOST HER ARM

mariA

開幕

悪魔祓師（エクソシスト）は十三歳

◆明治三十六年（一九〇三）十一月一日二一時八分（フタヒトマルハチ）／神戸北野異人館街／哀れな悪魔の残りかす

少女真里亜（マリア）は恐怖のただ中にいた。

真里亜はベッドに潜り込み、震えている。部屋中を満たすカサカサと何かが蠢（うごめ）く音と、時折聞こえる甲高い女性の悲鳴を必死にやり過ごそうとしている。恐る恐る布団の隙間から外を覗（のぞ）いてみると、水差しや花瓶といった調度品が中空を踊り狂っていた。

――この屋敷は、悪霊（デーモン）に憑りつかれているのだ。

四日前、本国・英吉利（イギリス）に出ている父から珍しくプレゼントが届いた。同封されていた手紙によると、不思議な魅力に抗（あらが）えず衝動買いしてしまったらしい。箱を開けてみると、中身は白髪の少女の人形だった。抱き上げた人形と目が合った瞬間、突如として人形が高嗤（たかわら）いし、無数の蠅（はえ）に変じて部屋中を満たし、そして――……世にもおぞましいことが起こった。

……それからというもの、夜になる度に、この怪奇現象に悩まされることとなった。

異国の港で貿易業を営むとき、この手の――その国が他文化圏出身の妖魔に蹂躙（じゅうりん）されるという――出来事は、枚挙にいとまがない。

日の沈まぬ大帝国として世界に君臨する母国から、極東くんだりにまで商いの手を伸ばしている武器商人たる父、その娘である真里亜は、そういった事情をよく知っていた。

武器商人たちの目は今、この国――吹けば飛ぶような小国たる日本に注がれている。

理由は、戦争だ。帝国が『東方を征服せよ（ウラジオストク）』なる軍事集積地を大建設し、シベリア鉄道を通じて大量の軍需物資を輸送し続けている。対する日本は国民に重税を強いて、軍艦や砲弾を世界中から買いあさっているという。海外から大量の大砲弾薬を持ち込む父などは、日本の役人たちを相手に言い値で売りつけることができた。それだけに、日本人商人からのやっかみは激しい。現に昨夜など数人の強盗が押し入ってきて、真里亜は必死に応戦した。父から銃器の使い方を仕込まれていなければ、殺されていたかもしれない。

……真里亜は現状に絶望していた。そんな折、一通の手紙が届いた。

『貴女（あなた）ノ居住ヲ侵略セシ悪霊ヲ祓フ為（ため）、明日二十一時ニ参上ス。帝国陸軍所属悪魔祓師』

悪魔祓師（エクソシスト）！　西洋妖魔からの攻撃に対する防御機構である。絶望の淵（ふち）に立たされている真里亜にとって、それはまさに希望の光だった。

――ゴン、ゴン

玄関から、ドアノッカーの音。来た！　来て呉（く）れた！　真里亜はベッドから飛び出し、二階から転げるようにして階段を降り、正面玄関から外へ出る。軍属の悪魔祓師（エクソシスト）とはどのような人物だろうかと見上げる……が、誰もいなかった。真里亜がしばし戸惑っていると、

「――失礼、レディ。こちらです」

下から声がした。見るとそこには、おままごとか何かであろうか、ぶかぶかの軍服を着

た子供が立っていた。真里亜は戸惑う。軍人と聞いて筋骨隆々な偉丈夫を想像していたが、実際にやって来たのは身長一四〇サンチ程度しかない少年だったのだから。

「大日本帝国陸軍・第零師団第七旅団所属、阿ノ玖多羅皆無少佐であります」

アノクタラ・カイナ——物珍しいその名前と、目の前にいる可愛らしい少年の姿が結びつき、真里亜はとっさに少年の左手——軍用手袋に包まれた小さな左手に触れる。父の店の近所に住んでいた三つ年下の男の子。東洋魔術が得意で、壁や空を駆けてみせては、近所の子供たちから英雄のような扱いを受けていた。真里亜もお姉さんぶって、よく一緒に遊んだものだった。あの小さな子供が、軍人さん——それも悪魔祓師になるなんて！

「そんな、真里亜——…」皆無の方もこちらを覚えて呉れていたようで、何やら泣き出しそうな顔をしている。思わぬ再会が、それほどに嬉しかったのだろうか。

真里亜はまじまじと、十三歳の幼馴染を観察する。日本人離れした高い鼻と二重まぶたの大きな目、彫りが深くも端整な顔立ち。少女を象った西洋人形のようだ——少し長めのザンギリ頭であることを除けば。着ているのは濃紺色の肋骨服と軍袴。軍帽には宵闇の中でも分かるほど鮮やかな黄絨と星章が入っている。首には悪魔祓師のシンボルである紫色のストールをマフラーのように巻いており、それが妙に子供っぽくて可愛らしい。

「失礼いたしました、レディ」皆無が直立不動で敬礼する。そこにあるのは軍人の顔だ。

流暢な英語を操るその声は、未だ声変わり前。可愛らしいその声を必死に低くしている。

「銃を持ち込むご許可をいただいても?」

そんな皆無が、腰の拳銃嚢から拳銃を取り出してみせる。武器商の娘たる真里亜は、その銃を知っている。昨年開発されたばかりの自動拳銃、『試製南部式』だ。

真里亜は銃の持ち込みを快諾し、幼馴染を中へ案内すべく先導する。

「失礼します」ぺこりとお行儀よく頭を下げ、皆無が玄関のドアを開いた。

「……暗いですね」廊下を歩きながら、少年がぽつりと呟いた。

それはそうだろう、今夜は月が出ていないのだから。真里亜は少年に、足元に気を付けるよう忠告する。

「はい、ありがとうございます——ぅっひゃぁ!?」何かにつまずいたらしい少年軍人が、素っ頓狂な声を上げた。

如何にも年相応なその声があまりにも可愛らしくて、真里亜は思わず笑ってしまう。

「……【新月の夜・夜空を駆けるラクシュミーの下僕・オン・マカ・シュリエイ・ソワカ——梟ノ夜目】」後ろを歩く少年が日本語を発した。

振り向いて見てみれば、少年の眼が薄っすらと光り輝いている。

「何でもありませんよ」少年がにこりと微笑む。「魔術で視力を補強しただけです」

応接室に着き、真里亜は皆無にソファを勧める、自分はテーブルを挟んだ対面に座る。

「あ、ありがとうございます」少年が何故か顔を引きつらせ、執拗にソファの上を手で払ってから座る。潔癖症なのだろうか。「それでは、事の経緯を教えていただけますか？」

真里亜はこれまでのいきさつを洗いざらい話した。兎に角、自分の恐怖体験を誰かと共有したかった。少年は丁寧に相槌を打って呉れて、真里亜は救われたような気持ちになった。気が付けば、高嗤いは聞こえず、ポルターガイスト現象も鎮まっていた。

話の後、悪霊が何処に潜んでいるのかを尋ねると、

「今はこの部屋にいますが……大丈夫です。すぐに祓ってみせましょう」

皆無が懐から細長い小箱を取り出す。小箱には『大天使弾』と記載されており、日本での暮らしが長い真里亜にも、その意味は読み取れた。

少年が慣れた手つきで箱を開くと、中から実包が出てきた。武器商の娘・真里亜の見立てによると、八ミリ口径、ボトルネック型のリムレス薬莢。銀の弾頭には十字架を基本とした細やかな彫刻が入っている。少年が左手で実包をぎゅっと握りしめ、

「【御身の手のうちに】」右手の二本指を、まるで剣のように鋭く伸ばして額に当て、

「【御国（おくに）と】」二本指を臍（へそ）へ、

「【力と】」左肩へ、

「【栄えあり】」右肩へ当てる。

ぼぅ……と、少年の左拳が白い光を帯びる。

「【永遠に尽きることなく――斯く在り給ふ（AMEN）】」

少年が左手を開くと、大天使弾がキラキラと光り輝いている。その輝きは美しいが、同時に何故か真里亜の胸中を不安にさせる。

「聖別したこの弾丸で、今からこの屋敷に巣食う悪霊（デーモン）を祓ってご覧に入れましょう」

少年が南部式自動拳銃を抜く。独特の丸い遊底（スライド）を勢いよく引き、飛び出してきた実包を驚くべき反射神経で以（もっ）て中空でつかみ、流れるような所作で大天使弾を装填（そうてん）する。

惚（ほ）れぼれするような神業に、真里亜は思わず歓声を上げ、いやいやそんなことよりも今は悪霊（デーモン）だ、と思い直す。悪霊（デーモン）は一体全体何処に隠れているのかと真里亜が問うと、少年が真里亜のいる方向を指差す。慌てて振り向くが、何もいない。

脅かさないで欲しい、と真里亜が抗議すると、

「いいえ、いますよ」

少年が、ひどく寂しげに笑った。その手には、南部式が握られている。

「――ここにね」

真里亜の視界に、八ミリ口径の銃口が映った。

「――■■■■？」どうして、と呟いたはずだった。

が、その声は、数日来悩まされ続けてきた金切り声そのものだった。

◇同刻／同地／帝国陸軍第零師団（だいゼロしだん）第七旅団所属単騎少佐・阿ノ玖多羅皆無

弾丸は、真里亜を名乗る悪霊の頭部を破砕せしめる。

埃（ほこり）まみれの床に倒れ伏す自称真里亜の肉体――濃密度エーテルによって受肉（マテリアラキズ）寸前の域に達していたソレは、悪霊（デーモン）の制御下を離れ、白い光となって剝（は）がれてゆく。

最後には、淡く白く輝く、蠅のような塊が残った。電灯も点いていない、蠟燭の明かりもない真っ暗な部屋で、悪霊（デーモン）のエーテル核であるその蠅が、まるで蛍のように宙を漂う。

皆無の足元では、瘴気（しょうき）を吸ってひと回りもふた回りも大きくなったゴキブリが、調度品の欠片（かけら）を蹴り上げながらカサカサと音を立てて蠢いている。

皆無は南部式自動拳銃を腰の銃嚢に収め、静かに黙禱（もくとう）する。

――明治悪魔祓師（エクソシスト）異譚『腕ヲ失クシタ璃々栖』、ココニ開幕ス。

LILITH WHO LOST HER ARM

Demonize

第壱幕

大悪魔（グランドデビル）、降誕す

◇同刻／同地／阿ノ玖多羅(あのくたら)皆無(かいな)単騎少佐

「【阿闍世(アジャータシャトル)の愚・釈迦牟尼如来(しゃかむにによらい)が説きし十三の観法・観無量の尊き光・オン・アミリタ・テイ・ゼイ・カラ・ウン――光明(こうみょう)】」皆無の真言密教術によって、暗闇に呑(の)まれていた屋敷が余すところなく照らされる。皆無は悪霊(デーモン)のヱーテル核をつかみ、それを口に放り込む。（また蠅(はえ)、か。味はせぇへん……けど、気持ち悪(わり)いな）

蠅は元七大魔王(セブンスサタン)が一柱『暴食の鐘是不々(ベルゼブブ)』の隠喩(メタファー)であり、蠅を模する悪魔悪霊は多い。

臍の下、丹田の辺りにじわりとした熱を感じる。これは、自身のヱーテル総量も成長したかもしれない。中佐位を狙えるようになるのはいつの日か。

皆無は陸軍の少佐だが、正確には『単騎少佐』という。皆無の戦力は単騎にして通常の陸軍少佐級が率いる歩兵一個連隊――概(おおむ)ね千人から三千人――に匹敵する。

「……帰ろ」皆無は入念に尻をはたく。何しろあの、埃まみれ、虫の死骸まみれのソファに座らされたのだ。気持ち悪いったらなかった。饐(す)えた臭いが鼻を突く。

虫たちが逃げ惑う屋敷の中を出口へと進んでいくと、少女真里亜(マリア)の亡骸(なきがら)が見えてきた。先ほど暗闇の中でつまずいて、本気の悲鳴を上げてしまったことを皆無は恥じる。

遺体の前で十字を切ってから手を合わせる。皆無は悪魔祓師(エクソシスト)だが、真言密教を学んだ密教僧でもある。西洋妖魔相手には基督教(キリスト)の術式を介した攻撃しか通用しないが、その他の補助術には、日本の霊脈と相性の良い真言密教術を好んで使う。

「【烏枢沙摩明王よ・烈火で不浄を清めよ・オン・クロダノウ・ウンジャク――浄火】」

腐敗し、蛆に蝕まれていた少女の遺体を炎が包み込む。遺体が燃え尽き、自然鎮火したことを見届けてから、皆無は玄関のドアを開けた。

（あの悪霊、ドアすり抜けて出てくるんやもん……ビビったわ）

南の海から坂を駆け上ってきた冷たい海陸風が、屋敷の上の風見鶏を激しく回転させている。鼻腔をくすぐるのは、わずかな潮の匂い。

「「「少佐殿ッ！」」」外に出るなり、三人の、二十前後の男女が駆けよってきた。みな一様に、包帯まみれの手ひどい怪我を負っている。「「「よくぞご無事で！」」」

「阿呆、あんな雑魚相手に苦戦するわけないやろ」

「少佐殿？　顔が真っ青であります！」女性尉官――伊ノ上少尉が、いち早く皆無の異変に気付く。「どうかしたのでありますか⁉」

男性尉官二人が相手ならばはぐらかすか黙殺する皆無だが、母親のいない皆無のために甲斐がいしく衣食住の世話をして呉れるこの少尉には、頭が上がらない。

「知り合い、やった」皆無は左手を撫ぜる。絞り出した声は、みっともなく震えていた。

「……胸は、必要でありましょうか？」伊ノ上少尉が両腕を広げてみせる。

「……童(わっぱ)扱いすんなや」口では拒絶するものの、皆無は抵抗せずに抱き締められる。身長一四〇サンチしかない皆無は、伊ノ上少尉の豊満な胸に鼻先を埋める形となる。

「大人ぶってみせても、少佐殿はまだまだ子供でありますな！」「少佐殿と一緒に花隈町(いろまち)を歩くのはいつの日になりましょうや」男二人が軽口を叩(たた)く。

「アンタたちっ、少佐殿にそういうのはまだ早いって何度言ったら——」

「お前こそ、その乳房で少佐殿をたぶらかしといてよう言うで」「せやせや！」

「戦闘詳報書き方ァ！」莫迦(ぶか)たちの掛け合いを遮るように、皆無が声を張り上げる。

三人が即座に整列し、伊ノ上少尉が懐から手帳と鉛筆を取り出す。

「——始め。あの悪霊(デーモン)、憑り殺した被害者女性の感情体(アストラル)まで取り込んでもぅたみたいで、自分のことを被害者女性自身やと思い込んどったで」

「えっ、少佐殿、あの悪霊(デーモン)の言ぅてることが分かったんですか!? キエェェェエエ！ みたいな奇声ばっかかだったやないですか」一番背の高い青年尉官の問いかけに、

「えぇぇ……当たり前やろ」皆無が溜息(ためいき)をつく。「【文殊慧眼(もんじゆけいがん)】を常時耳目に展開させとけば、念波を介して意図は読み取れると思うんやけど」

「【文殊慧眼(もんじゆけいがん)】を、耳に使う……？」

珍紛漢紛(ちんぷんかんぷん)といった青年尉官の様子に、皆無は再び溜息をつく。高度な索敵術式で常時全

身を覆う――そのような芸当を、皆無は物心ついたころから当然のようにやってきた。それが己のずば抜けた才能と、父の無茶（むちゃ）な教育方針の賜物（たまもの）であることを自覚していない。

「貴官は僕の授業を真面目に聞いとらんかったんかな？」

「そ、そんなことは……ッ！」青年尉官が脂汗を流しながら直立不動の姿勢を取る。

「じゃ、悪魔悪霊の分類について解説してみぃ」

「はっ！　悪魔悪霊は脅威度で分類され、上から甲種・乙種・丙種・丁種悪魔（デビル）、甲種・乙種・丙種・丁種悪霊（デーモン）の八種であります！　また、悪魔（デビル）と悪霊（デーモン）の分類方法は対象が受肉（マテリアラキズ）しているか否（いや）かであります！」

「うん」皆無はうなずいてみせる。「受肉（マテリアラキズ）していない悪霊（デーモン）は、人形や絵画といった物品や、動物、心の弱った人間に憑りつかん限りは現世（アッシャー）たる物質界に干渉でけへん」

だが上位悪霊（デーモン）ともなると、先ほどのニセ真里亜のように可視化し、数々の怪異を引き起こしたり、人間のエーテル体を喰（く）い散らかして死に至らしめることすらできるようになる。

「さっき祓った悪霊（デーモン）のエーテル総量は千超えで、ほぼ受肉（マテリアラキズ）寸前まで至っとった。貴官はあの悪霊（デーモン）をどう分類する？」

「はっ！　単騎少佐を中核とした一個中隊で当たるべき、乙種悪霊（デーモン）が妥当かと！」

「へぇ。そんだけ手ひどくやられといて、甲種やないって？」

「はっ！　あの屋敷から出てこないという点から、脅威度はやや低いと判断しました！」

「ええやん、合格」皆無の、神戸人らしからぬコテコテな関西弁による評価の言葉に、

「ありがとうございます！」青年尉官が直立不動で返答する。

　生まれも育ちも神戸の十三歳。阿ノ玖多羅皆無の方言は、少し変わっている。

　皆無が飛び級かつ首席で卒業した陸軍士官学校は、講義も教科書も全て独逸(ドイツ)語。対して、開国当時に日本を助けた対西洋妖魔組織『パリ外国宣教会(MEP)』の流れを汲(く)む第零師団(だいぜろしだん)第七旅団は仏蘭西(フランス)語が主体であり、旧教(カトリック)のことは仏蘭西語で学んだ。さらには新教(プロテスタント)の勉強――これは英語である。そして、皆無が任務上で日々接する商人たちはそれこそ全国・全世界からここ、神戸港に集まってきている。そんな言語の坩堝(るつぼ)で生きてきた皆無の話す日本語は、言語も方言もチャンポンされつつも関西弁寄りの独自言語として完成している。

　皆無はしばし取り澄ました顔で訓示を垂れていたが、やがて「ぷぷっ」と吹き出し、

「貴官らなァ、あの乙種悪霊(デーモン)から押し込み強盗扱いされとったで。いくら相手が乙種や言うたって、悪魔祓師(エクソシスト)が悪霊(デーモン)に強盗と勘違いされてどないすんねん」

「「「め、面目次第もございませんッ！」」」

「こりゃァ訓練内容見直さなあかんなァ」

「これ以上厳しくなるのはっ」「少佐殿は鬼畜であります！」「鬼畜な少佐殿も素敵！」

彼ら彼女らの口調には茶目っ気が多分に含まれている。そして皆無もまた、それを咎めない。皆無と三人の莫迦たちとの関係は、少し変わっている。

一年半前――十二歳で軍人になった当時、皆無は驚くほど自己評価の低い子供だった。生まれてこの方、常に唯一絶対の父――日本一の退魔師である阿ノ玖多羅正覚単騎少将と比較され続けてきた皆無は、従軍したころには、自罰的で承認欲求の塊のような人間になっていた。戦果武勇を焦るあまり、出撃時に用いる戦術は常に無謀かつ無鉄砲で、少しでも失敗すれば己を責めた。遠からず潰れてしまうのは目に見えていた。そこで父・正覚が第零師団第七旅団長に対し、皆無の心を癒やしつつ自信を付けさせるために年若い部下――話し相手とも、遊び相手ともいう――を付けるように意見具申したのだ。

それが、今から半年前のこと。

そこから半年間、この尉官三名は己の任務に忠実に、皆無を褒め、おだて、一緒に飯を喰い、見回りと称して神戸元町をブラブラし、天才肌の皆無からの意味不明で苛烈な訓練に耐えた。彼ら三人の粉骨砕身の努力の甲斐あって、皆無は見事に回復した。

尉官三名の方も満足していた。半年間、幼いながらも本物の実力者たる皆無少佐から手取り足取り術式の神髄を教わることができ、下士官から一足飛びに尉官になることができたのだから。そんな彼らによる三文芝居のおかげで、皆無の陰りが晴れたところに、

「HAHAHA!」活動写真（キネマ）から飛び出してきた道化師のような、芝居掛かった笑い声が降ってきた。「愛する息子よ、部下をイジメるのはそのくらいにしてあげなさい」

皆無が暗視の真言密教術【梟（ふくろう）ノ夜目（よめ）】を纏（まと）った目を屋敷の屋根の上に差し向けてみれば、そこには軍衣を纏った身長一〇〇サンチ足らずの子供が腰掛けていた。

「……これは、阿ノ玖多羅・単騎少将閣下」

そう。この子供に見えるナニカこそ、日本一の退魔師と誉れ高い阿ノ玖多羅正覚その人である。反抗期のただ中にある皆無にとっては、あまり会いたくない相手でもある。

「よそよそしい呼び方は止（よ）してお呉れよ」屋根から飛び降りてきた父が、音もなく着地する。皆無とは全く似ていない顔を思いきり寄せてきて、「いつものようにパパとお呼び」

「う、うっさいわボケ!」皆無は叫ぶ。部下たちの前で、こんなに恥ずかしいことはない。

続いてこの奇妙な父が、三人の部下の方へ宙を歩きながら近づいていき、「キミたち、いつもウチの息子の面倒を見て呉れてありがとね」ポンポンポン、と一人ずつ肩を叩く。

「痛たっ……って、あれ? 怪我が治っとる?」「本当（ホンマ）や!」「な、なんてこと!」

三者三様に、肩を回したり飛び跳ねたりして、あれほど酷（ひど）かった怪我が一瞬のうちに全快したことを驚いているが、皆無からすれば見慣れた光景である。

「見てたよ。あ～んな雑魚相手に大天使弾（アークエンジエルバレット）とは随分じゃあないか」当の父はといえば、驚く尉官たちなんぞには目も呉れず、「アレ一発で家が建つんだよ？　まったく、対露軍備で国の台所事情は火の車だというのに……伊藤サンに顔向けできないじゃないか」

伊藤サン——父がことあるごとに口にするその人物とは、誰あろう伊藤博文(いとうひろぶみ)元首相である。百年以上の時を生きるこの父は、神戸港が開かれ、明治日本が建ち、この地が兵庫県神戸市と改められ、兵庫の初代県令(知事)に伊藤博文が就任した当時から、伊藤氏とともにこの港の守護に努めてきた。神戸港を守る堅牢(けんろう)な結界と検疫機構を成すための膨大な予算を出して呉(く)れたのもまた伊藤氏であり、父は伊藤氏のことを恩人のように思っているらしい。

「阿ノ玖多羅少将閣下ならば、どのようにご対処なさいましたか？」

皆無が堅苦しく父に尋ねる。反抗期の真っただ中にいる皆無は、昔のように『パパ、パパぁ、あのね、あのね！』と話しかけることに大変な抵抗を覚えるのである。

「…………」だが、父はそっぽを向いたまま、答えない。

「閣下？」「——パパ」「うっ」「——パパ、だよ、皆無」

にんまりと笑う父。この父は大変に勝手な男で、自分からは好き放題話しかけてくるくせに、こちらから話しかける場合には、『パパ』呼びでないと返事をしない。

「うぐぐ——……～～～～ッ!!　だ、ダディ！」何がなんでも『パパ』呼びしたくない皆無が編み出した妥協策、『ダディ』呼びをすると、

「ふむ、私ならどう対処したか、だったね？」上機嫌で父が話し始める。

背後からは、「ぶっ……くく」「うわぁ」「ダディ呼びもお可愛い」と莫迦（ぶか）たちの声。

「私なら――」父が右手の二本指を剣のように鋭く立てると、その指先が真っ白に輝き出す。ビリビリと空気が震えるほどの、凄（すさ）まじいヱーテル量。「コレでひと突きだね」

「えぇぇ……そんなんできるん、多分ダディだけなんやけど」

「空（くう）に至った術師なら誰でも可能な次元（レヴェル）だけどねぇ」父が光を収める。「色不異空（しきふいくう）・空不異色（くうふいしき）・色即是空（しきそくぜくう）・空即是色（くうそくぜしき）。諸法は幻の如く、焔（ほのお）の如く、水中の月の如く、虚空の如く、響の如く、ガンダルヴァの城の如し。空に至りて無を解し、悟りを得れば全てが分かるよ」

突如として父の輪郭がぐにゃりと歪（ゆが）み、大柄な梟の姿へと変じる。

「悟りを得て即身成仏すれば、ヱーテル体を自在に操ることができる」

梟が皆無の頭頂部に留まる。その嘴（くちばし）から出てくるのは、いつも通りの父の声。

この父が斯様（かよう）に小柄なのは、十三年前に神戸港に襲来したという魔王『毘比白（ベヒヰモス）』に、その半身――に相当するヱーテル体――を食い千切られたからだという。

「鉤爪（かぎづめ）が痛いねん、ボケぇ！」皆無が梟につかみかかろうとするが、梟はするりと逃げ、屋敷の屋根の上で人の姿に戻る。

「それにしても、神威（かむい）中将閣下からお預かりしている大切な部下たちに大怪我（おおけが）をさせるなんて。指導不足なんじゃないかい、我が息子よ？」

その言葉には、三人の莫迦が顔色を悪くする。ただでさえ皆無のしごきは凄まじいのだ。

「まったく、そんなんじゃ伊藤サンに顔向けができないだろう？」

「またかいな」「また、とは？」「伊藤閣下のお話」「あれぇ、言ったたっけ？」

父が真顔で首を傾げる。

「相変わらず物忘れがひどいんやから」皆無は得意げに微笑む。この父はとてつもなく物忘れが多い。そんな父を支えているときだけが、唯一父に勝てる貴重な時間なのだ。

「兎角、早く空を理解し、エーテル総量を伸ばしなさい。今どのくらいだったかな？」

エーテル――妖力、巫力、神通力、魔力などとも呼ばれる超常能力の源。一般人で一、霊視が可能な者で十、港での退魔検疫業務に当たる下士官で数十、悪霊を祓うことのできる尉官・准士官で数百。数千単位もあれば一騎当千のエリート扱いだが、

「…………い、一万ちょい、やけど」答え難そうに皆無が言うと、

「ひっっっく⁉」父が大笑いをする。「十二聖人の座を狙うなら、せめて百万はないと」

白目を剝いて、今にも卒倒しそうなのは三名の莫迦たちである。化け物だと思っていた自分たちの師を百倍以上も上回る化け物が、少なくともあと十二人いるというのだ。

「……ん？　十二聖人？　十三やなかったっけ？」

「はぁ？　何を言っているんだか。ちなみに私のヱーテル総量は、二千三万と少しだよ」

「……修練はしとる。けど、手っ取り早く強くなれる方法があるんなら、教えて欲しい」

「ならばまずは得物に名前を付けなさい。名は体を表す。最も簡単で、それでいて奥深い手段だよ」父が身に着けている装備品――南部式や十字架、ストールといった数々の品が独りでに宙を舞い始め、「この子は小梅(こうめ)チャン。この子はお春(はる)チャン、この子は――」

皆無は知っている。変人たる父が通算百八人の妻を娶(めと)り、その死に際に妻たちの魂を持ち物に憑依(ひょうい)させてきたことを。夜な夜なその魂を呼び起こし、語り合っていることを。

皆無は卒倒寸前である。「……名前名前言うんやったら、僕の名前の由来教えてぇや」

「ん？　ん〜、確か……お前は神無月の生まれだったろう？　でも、一流の悪魔祓師(エクソシスト)に育て上げるつもりの子の名前が『神無』ではあんまりだと思って、一文字変えたんだよ。ついでに『皆』によって『無』を強調し、お前が空に至れるようにとの祈りを込めたのさ」

何度も聞いたことがある説明である。が、『確か』という不穏な言葉が付いている。

「はぁ〜ッ！　忘れっぽいダディに期待した僕が悪かっ――」皆無は軽口を飲み込む。父が、ごっそりと表情が抜け落ちた顔を外国人居留地方面――海岸線へと向けていたからだ。

「極大ヱーテル反応。場所は居留地の九番地南の海岸線。は、ははは、驚いたな……甲種悪魔(デビル)――魔王(サタン)だ」いつも飄々(ひょうひょう)とした姿しか見せない父が、額に脂汗を浮かべている。「皆無、行けるな？——いや、これは上官命令だ。行け」

魔王（サタン）。十三年前に神戸を襲い、父がその半身を引き換えに撃退せしめた毘比白（ベヒモス）と同格。

「——わ、分かった」皆無は、震えそうになる声を必死に抑える。

「私は鎮台（ちんだい）で人を集めてから行く。五分でいい——死ぬ気で持ちこたえろ」

言うや否（いや）や、父の姿が消える。父が使える奇跡の一つ、【渡（わた）り】である。

「お前らは神戸鎮台へ移動し、指示を仰げ！」皆無は部下三名に命令する。

「「「はっ！」」」身の程を理解している部下たちは、皆無の命令に素直に従う。

「【偉大なる軍神スカンダの剣・ニュートンの林檎（りんご）・オン・イダテイ・タモコテイタ・ソワカ——韋駄天（いだてん）の下駄（げた）】ッ！」ヒンドゥー教の神、仏教の神に、果ては英吉利（イギリス）の学者まで混ぜた、人々の関心や歓心——感情体（アストラル）を介して集められるエーテルを有効活用する術式により、皆無の体は重力から解放され、望むがまま夜空を舞う。

　異人館通りに立ち並ぶ邸宅の屋根や、張り巡らされた電柱・電線の上を凄まじい速度で走りながら、「【色不異空（しきふいくう）・空不異色（くうふいしき）・色即是空（しきそくぜくう）・空即是色（くうそくぜしき）——虚空庫（こくうこ）】」中空に手を突っ込み、そこから自身の身長を超す長大な小銃を取り出す。

　試製参拾伍（さんじゅうご）年式村田自動小銃改。希少なヒヒイロカネを少量混ぜた鉄鋼で造った量産性度外視の銃で、使用者が一定のエーテルを施条（ライフリング）に流し込んでいる間は連射可能かつ無類の射程と命中率を誇るという、退魔師用に特化した自動小銃である。

ヴウゥゥゥウウウウウウゥゥウウウゥウウウゥゥゥゥ………

手回しサイレンの音が、そこかしこで鳴り始める。家屋から血相を変えた人々が転(まろ)び出てきて、対妖魔防護結界の十字独鈷杵(とっこしょ)を地面に突き立てている。

皆無は疾(はし)る。今はただひたすら、甲種悪魔(デビル)が発生したという地点へと。


居留地の南端、海岸通りへ出た。いつの間にか風は止(や)み、海は凪(な)いでいる。

皆無は空を仰ぎ見る。——そこに、一人の天使がいた。深紅のドレスを纏った天使が。

白鳥のような翼を背負った少女が、退魔結界の内側——神戸港・外国人居留地の海岸線近くで羽ばたいている。少女の背後では、この港を外界の西洋妖魔から護(まも)る巨大な十字架が、鉄桟橋の上で煌々(こうこう)と輝いている。天使が海岸線に着地し、探照灯で照らし出された。

「【オン・アラハシャノウ——文殊慧眼(もんじゅけいがん)】。あぁぁ……」己の死を悟り、皆無は絶望する。

——ヱーテル総量、およそ五億単位。

あの、日本一と謳(うた)わしめる父をして、十数倍のヱーテル総量。勝てるわけがなかった。

この国を滅ぼしたらしめる最悪の魔王(サタン)が神戸港に降り立ち、直後、膝から崩れ落ちた。

皆無は震えながらも村田銃を構え、懐から虎の子の熾天使弾(セラフィムバレット)の弾倉を取り出す。

「――予(よ)に」

皆無が熾天使弾(セラフィムバレット)を装填(そうてん)すると同時、少女が言葉を発した。それは、抗(あらが)いがたいほど魅力的で蠱惑(こわく)的な声だった。鈴の鳴るような、聴く者を夢中にさせる、声。言語は仏蘭西(フランス)語。

「そなたらと敵対する意思はない――人の子らよ」

少女が、顔を上げた。燃えるような、意志力の塊のような真っ赤な瞳が皆無を射貫(いぬ)く。

少女の、ぞっとするほどの美しさに、皆無は呼吸を忘れた。

少女の翼がドロリと溶け、手の平に載りそうなほどに小さな、翼を生やした馬に変じる。

「よい、聖霊(セアル)。今は休め」優しげに、配下――受肉(マテリアラキズ)状態を維持できぬ悪魔(デーモン)を見下ろしていた少女が、再び皆無を見据え、「頼む、人の子よ。見逃しては呉れぬか」

少女の声が、大英帝国(イギリス)が清(シン)に売りさばく麻薬(アヘン)の如く、脳内へ侵食してくる。皆無は鳥肌が止まらない。この美しき少女の言うとおりにしてやりたい……そう思えてくる。

皆無は少女を観察する……そうしてようやく、皆無は少女の惨状に気付いた。少女が纏(まと)っている真っ赤なドレスのその赤が血によるものであることに。白磁のように白い肌は傷だらけで、長くウェーブがかった金髪(ブロンド)も血で汚れていることに。

そして――――……少女が、両腕を、失って、いることに。

「お、お前は一体――」

皆無が銃口を下げた瞬間、少女の影から一人の異形が飛び出してきた！　長大な両手剣(ツヴァイハンダー)を片腕で振り上げ、皆無に斬りかかってくる。

「なッ――予の影に潜んでいただとッ⁉」驚く少女と、

「くッ！」咄嗟(とっさ)に村田銃を振り上げ、銃剣で以(もっ)て敵の振り下ろしを受け流す皆無。

火花が散り、ヱーテルで強化されているはずの銃剣があっさりと砕け散る。

皆無は強化された脚で背後へ跳躍し、【文殊慧眼(もんじゅけいがん)】を纏ったままの目で以て敵を視(み)る。

――ヱーテル総量、およそ五百万単位。梟(ふくろう)の頭に、天使の如く光り輝く裸身と翼を持った大悪魔(グランドデビル)だ。ヱーテル総量五億の少女に比べれば大したことのない量にも思えるが、それでも神戸を、日本を滅ぼすに足る脅威度を持つ甲種悪魔(デビル)である。大悪魔(グランドデビル)は得物――二メートルは超えるであろう大剣を地面にめり込ませており、すぐには行動できそうにない。

一方、少女の姿を取ったヱーテル五億の魔王(サタン)の方は、動く気配を見せない。

（なら、先に対処すべきは梟頭ッ！）飛び退(との)き様にそこまで状況を整理した皆無は、着地と同時に梟頭の大悪魔(グランドデビル)に向けて村田の銃口を向け――「なッ⁉」

――ることはできなかった。大悪魔(グランドデビル)が大剣を片手で軽々と持ち上げ、その翼を動かしたからだ。敵の体が前に向かって飛び、皆無が稼いだ数メートルの距離が、一瞬で零（ゼロ）になる。剣が、先ほどの数倍の速度で振り下ろされる！　皆無は為す術もない。

「あぐッ――」右腕を、斬り飛ばされた。皆無は壮絶な義務感と覚悟で以て悲鳴を呑（の）み込み、残った左手で拳銃嚢から南部式を取り出す。「――【斯く在り給ふ（AMEN）】ッ‼」

敵の頭部に、立て続けに三発撃ち込んだ。敵が衝撃で仰（の）け反（ぞ）る。が、それだけだ。南部式に装填されているのは対西洋妖魔実包の中でも最弱の天使弾（エンジェルバレット）。効果は薄いだろう。だから皆無は、日本が誇る最高最強の対悪魔（デビル）実包たる熾天使弾（セラフィムバレット）を使うことにした。

皆無は、明後日の方向に飛んでいきつつある己の右腕が、その手指がしっかりと村田銃を保持していることを目視する。切断された直後の腕と肩の間には未（いま）だ、霊体（アストラル）の残滓（ざんし）が存在している。皆無はその残滓にありったけのエーテルを流し込んで受肉（マテリアラキズ）させ、

「くぅッ――」激痛とともに、引っ張った。

果たして右腕と肩の間にあった霊体（アストラル）がロープのようにピンッと張り、一瞬遅れて腕が村田銃ごとに引き寄せられる。が、見れば大悪魔（グランドデビル）は早々に体勢を立て直しつつある。皆無が村田銃を手繰り寄せ、構え、発砲するまでに要する数秒もの時間を、敵がおとなしく待って呉れるとは到底思えない。だから皆無は、南部式を撃った――村田銃に向かって。

驚嘆すべき集中力と狙撃力で以て放たれた銃弾は、村田銃の銃床を弾き、村田の体を勢

いよく反転させる。その銃口が、大悪魔（グランドデビル）の頭部に向いた瞬間に、
「――【斯く在り給ふ（AMEN）】ッ!!」皆無は、けして手放すまいと念じ続けた右腕の感覚を信じ、肩と腕を繋（つな）ぐ霊体（アストラル）の残滓に――その先にある人差し指の感覚に、力を込めた。

――瞬間、夜の神戸に昼が訪れた。

太陽かと見まごうばかりの光を纏った銃弾が、巨大な火の玉となって敵を撃つ！

（やった！）爆炎に目と肺を焼かれないように顔を背けながら、皆無は勝利を確信する。自分が――否、国家が持ち得る最大最強の一撃を見舞ったのである。（次は――……え？）

光と炎と煙が晴れた夜の埠頭（ふとう）で、皆無は呆（ほう）ける。己の胸に、大剣が刺さっていたからだ。

大悪魔（グランドデビル）は頭部を陥没させ、血を噴き出させていたが、それだけだった。みるみるうちに内から肉が盛り上がり、骨ができ、黒い毛皮で覆われていく。再生していく。

「あ、あ、嗚呼（ああ）ぁ……」皆無の声に血と泡が混ざる。

敵の持つ剣が、その切っ先が皆無の左胸に入り込み、ぞっ、ぞっ、ぞっ……と、差し込まれていく。皆無の小さな心臓を、ゆっくりと、丁寧に刺し貫いていく。そうして最後に、

「死……に……た……く――――……ごふッ」

その刃が、皆無の肋骨（ろっこつ）を砕きながら、捻（ひね）り上げられた。

明治三十六年十一月一日、阿ノ玖多羅皆無は死んだ。

◇数分前／外国人居留地・路地裏／帝国陸軍第零師団第七旅団所属のとある単騎中佐

闇よりもなお昏いその狼は、気が付けばそこにいた。

「え？」哨戒行動中だった中佐は慌てて、路地の陰から現れた狼――黒い霧を身に纏った体高三メートルもの怪物を注視する。「【オン・アラハシャノウ――文殊慧眼】ッ！」

エーテル総量、約一万単位。丙種悪魔――悪鬼や巨鬼と同等の、集団で現れた場合に神戸を壊滅させ得る脅威と認定する。これほどの悪魔の出現を神戸が、自分が検知できなかったのは何故なのか。――否、今は対象を祓うのが先だ。

「十二時方向！　鶴翼の陣！」

中佐の号令とともに、同行中だった尉官四名が陣を組む。狼の悪魔に対して、大将役となる中佐を最奥に置き、左右前方に翼のように展開しながら、前列が十字独鈷杵を掲げる。第七旅団の『小隊』における操典どおりの動きである。

「エーテル総量、一万！　丙種悪魔だ！　全員防御！」

村田銃を構えようとしていた中列二人が、十字独鈷杵に持ち変える。と同時、敵が動いた。前列右の少尉に襲い掛かってくる！　狼が、少尉が展開する光り輝く壁――独鈷杵によって日本の地脈からエーテルを吸い上げ、それを十字架によって対西洋妖魔防護壁に変

換することで発生する【小十字結界（アンチマテリアルバリア）】に突進し、

「——ぎゃッ!?」少尉の悲鳴。

結界が、どす黒いエーテルを纏った狼の突進によって、あっさりと叩（たた）き割（わ）られた。牛鬼（ミノタウロス）の猛進を、悪鬼（オーガ）の拳をも軽々と受け切るはずの、第七旅団が誇る最強の盾が、である。

狼が少尉の脚に喰（く）らいつき、肉を引きちぎる。が、

「【御身の手のうちに・御国（おくに）と・力と・栄えあり・永遠に尽きることなく——】」中佐の方も、準備が整っていた。村田銃で狼の頭部に照準を合わせ、「【ＡＭＥＮ（アーメン）】ッ！」

光り輝く弾丸が、敵の頭部に吸い込まれる。狼が大きく跳ね飛ばされる。が、それだけだった。丙種悪魔（デビル）を楽々と祓い切れるはずの威力を持った実包・主天使弾（ドミニオンズバレット）を以てしても、狼に傷ひとつ与えることができない。中佐は戦慄する。

「対象を乙種と再認定！」紋章竜（ワイバーン）や神災狼（フェンリル）、鷲獅子（グリフォン）等の伝説の魔獣と同程度と認定する。

前列左の少尉が、負傷したもう一人の少尉を抱え上げて後退する。

神戸港の各家屋を守る結界は、先ほど少尉が展開し、あっさりと破られたものと同程度の強度しかない——いや、港そのものを外海から守る【神戸港結界（こうべこうけっかい）】と、第七旅団による厳重な検疫があれば、それでも十分過ぎるほどの強度を誇るはずなのだ。

だが、現にこうして、この黒い狼は【小十字結界（アンチマテリアルバリア）】を破砕せしめた。つまり、

（今、ここでコイツを祓い切らなければ、神戸が滅ぶ！）だから中佐は、覚悟を決めた。己の寿命（エーテル）を捧（ささ）げる覚悟を。「【二面二臂のアグニ・十二天の一・炎の化身たる火天よ】」

村田の銃口の先に、火天が描かれた曼荼羅（まんだら）の幻影が立ち現われる。中尉二人が結界と軍刀（サーベル）で以て命懸けの牽制（けんせい）を行う中、中佐は集中とともに次なる詠唱を行う。

「【神に似たる者・大天使聖ミカエルよ・清き炎で悪（あ）しき魔を祓い給（たま）え】」

生命樹（セフィロト）の幻影が展開され、中央の『美（ティファレト）』――大天使ミカエルが守護を務める太陽の象徴と、曼荼羅の火天と、銃口が合一する。日本の霊脈から吸い上げたヱーテルを旧教（カトリック）と習合させるために『パリ外国宣教会（MEP）』が開発した術式、『生命樹曼荼羅（セフィロト）』である。

「【――AMEN（アーメン）】ッ‼」引き金を引く。

銃口から放たれるのは、光り輝く巨大な槍（やり）。数年分の寿命（エーテル）を込めた一撃が悪魔（デビル）の頭部を穿（うが）ち、爆炎を巻き起こす。【神使火撃（ミカエル・ショット）】。日本の悪魔祓師（エクソシスト）が扱う、最大威力の対西洋妖魔術式である。佐官でも扱える者の少ない、最終奥義。

狼は頭部を失い、倒れ伏す。残った体も、どす黒いヱーテルの粒子になって宙に溶けた。

「――討伐完了だ！　お前たち、よく耐えた！」中佐が労（ねぎら）うと、部下たちが汗を拭いながら笑い掛けてくる。胸を撫（な）で下ろした中佐は、「…………え？」

いつの間にか、自分が地面に倒れ伏していることに、気が付いた。右足に、力が入らない。腕で身を起こしつつ振り返ると、祓ったはずの狼が、右足の踵に喰らいついていた。

「あ、嗚呼ぁ……中佐殿」

震える声に中尉の方を見てみれば、中尉は明後日の方向を見ながら震えている。一体、何を見ているのか。第七旅団が誇る最終奥義を以てしても祓えないこの悪魔の他に、見るべきものがあるのか。中佐は中尉の視線の先——海岸通りに続く大通りを見る。

そこに、ソレが立っていた。梟の頭に、光り輝く裸身と天使の如き翼を持った異形が。

「ゴァァアアァァアアアアアアアッ!!」その異形が、長大な剣を振り上げて咆哮した。

「あぁ、嗚呼ぁ……」中佐は、明確に絶望する。自身が生きながらにして狼に喰われつつあることなど、問題にならないほどの絶望。

中佐の視界に収まる影という影から、無数の狼——乙種悪魔が立ち現われる。にわかに、辺り一面が喧騒と悲鳴で満ち溢れる。この路地だけではないのだ。まさしく神戸のありとあらゆる場所に、この狼が現れたのだ。

(嗚呼……俺は今日、ここで死ぬ。最期に妻と娘に逢えなかったのは残念だが)それも仕方ない。まさしくこういう場面で命を捨てるために、自分は高い身分と給金を与えられているのだから。(一分、一秒でも多く時間を稼ごう。閣下が来てくださるまでの時間を。一匹でも多く道連れにしてテッ!)

中佐が壮絶な覚悟を固め、自身を喰らう狼に向けて銃口を向けた——まさにそのとき、
「HAHAHA！」場違いなほどに陽気な笑い声が、夜空を引き裂いた。
同時、空から光り輝く弾丸が降り注いできて、中佐に喰らいついていた狼を、部下たち
を喰い殺さんとしていた悪魔(デビル)たちを貫く！　敵一体につき、一発。いっそ滑稽なほどの丁
寧さで以(もっ)て降ってきた弾丸は、狼たちを祓い、黒いヱーテルの残滓へと変えてゆく。
(来て呉(く)れた！)中佐は天を見上げる。身長一〇〇サンチ足らずの子供が、何十丁もの村
田銃を周囲に侍(はべ)らせながら、宙を舞っている。(阿ノ玖多羅少将閣下。日本の守り神が！)

◇数瞬前／外国人居留地・上空／帝国陸軍第零師団(だいぜろしだん)直属単騎少将・阿ノ玖多羅正覚

神戸鎮台(ちんだい)からありったけの佐官を引き連れてきた正覚は、【渡(わた)り】の秘術で以て居留地
上空に現れる。当然、佐官たちも宙に投げ出される形となるが、その程度のことで慌てる
ような脆弱(ぜいじやく)な将校はいない。
正覚は無詠唱の【文殊慧眼(もんじゆけいがん)】で以て神戸一円を探査し、神戸を荒らす敵性妖魔——無数
の狼たちの位置を割り出す。正覚の周りに数十丁の村田銃が立ち現われ、
「——【AMEN(アーメン)】ッ！」
独りでに引き金が引かれ、数十個の光の矢が一斉に放たれる。一発一発が無詠唱の

【神使火撃(ミカエル・ショット)】を纏(まと)った弾丸が、狼たちを屠(ほふ)っていく。何度も何度も引き金が引かれ、弾が尽きれば新たな弾倉が虚空から現れ、独りでに装塡(そうてん)され、また射撃が開始される。

——ものの数秒で、阿鼻叫喚(あびきょうかん)の地獄だったはずの神戸港が沈静化した。

連れてきた佐官たちの中には治癒術式を得意とする者も多い。彼ら彼女らが全力を尽くせば、死者数零でこの戦局を乗り切ることも不可能ではないだろう。だが、

(私が感じたエーテル反応は——脅威は、こんな雑魚どもじゃない)

正覚は今一度、より入念に周囲を探査する。そして、

「皆無ッ⁉」遥(はる)か眼下——海岸通りのその先で、心臓を滅茶苦茶(めちゃくちゃ)に破壊され、今まさに死に瀕(ひん)している息子の存在に、気付いた。「【オン・バロダヤ・ソワカ——氷肌(ひょうき)】ッ！」

水天の真言密教術で以て、息子の全身を氷漬けにする。今にも倒れ伏そうとしていた息子の体が、そのままの姿で凍りつく。ひとまず息子の死は免れた。が、あれほど徹底的に破壊された心臓を再生させるには、さしもの自分であっても皆無に直接触れる必要がある。

「けど、そうは問屋が卸して呉れそうにない、か」正覚は大通りに降り立つ。彼の視線の先には、梟(ふくろう)の頭と光り輝く裸身、そして天使の翼を持った異形——大悪魔(グランドデビル)の姿がある。

「愛する息子を滅多(めった)刺しにして呉れたのは、お前かな？」

尋ねながら、正覚は状況を整理する。——敵の数は、三。

一つ、自分が最も警戒していた、エーテル総量五億超えの大魔王。少女の姿を取る甲種悪魔は現状、皆無を含めたこの場の人間たちに対して敵対行動を取ろうとしていない。如何なる事情があるのかは不明だが、神戸滅亡を危惧していた己にとり、これは僥倖。

一つ、大魔王の従者と思しき、受肉状態を維持できぬ悪霊。今は捨て置く。

最後の一つが、梟頭の大悪魔だ。狼たちも、この悪魔の眷属と思われる。

その大悪魔が、印章が描かれた右手の平をこちらに向け、詠唱を始める。が、

「遅い」敵の行動を待ってやる義理などない。彼我の距離は数十メートル。正覚は【韋駄天の下駄】を纏った脚で以て、その距離を一秒のうちに零にする。手にはすでに、虚空から取り出した村田銃が――熾天使弾が装填済の一丁が握られている。猫のような動きで敵の懐に潜り込んだ正覚は、銃剣で敵の胸を突き刺して体を持ち上げ、「【AMEN】ッ！」

無詠唱の【神使火撃】で以て、敵を夜空へ打ち上げた。わざわざ敵を空へ追いやったのは、こうでもせねば己の銃撃で居留地を更地にしかねないからだ。土手っ腹に大穴を開けられた敵悪魔がもがいているが、さらなる【神使火撃】で滅多打ちにする。

空が真っ赤に燃え上がり、爆風が各家屋を覆う結界を焦がす。熾天使弾による【神使火撃】。およそこの国で考えられる、最高峰の一撃。たとえ相手が竜種であろうとも、かすっただけでグズグズに溶かしてしまうほどの威力だ。

計八発の熾天使弾(セラフィムバレット)を撃ち切り、さらなる熾天使弾(セラフィムバレット)の弾倉を装填しながら、正覚は【文殊慧眼(もんじゅけいがん)】を纏った瞳で敵悪魔(デビル)を見上げる。敵は剣を失い、左腕を溶かされ、両足を消し飛ばされながらもなお、生きている。ゆっくりとだが、損傷部位が再生しつつある。

（あの堅さは間違いなく大悪魔(グランドデビル)。何処(どこ)ぞの国の登録済(ネームド)かな？　だが、それにしては――）

弱い、と正覚は感じる。堅いことは堅いし、無数の狼(おおかみ)を召喚・使役する能力は脅威そのものだ。が、それにしては、正覚に対して防戦一方である。魔術による反撃もない。

正覚は次なる【神使火撃(ミカエル・ショット)】を撃ち込む。敵は空中で身をよじり、左肩で以て受ける。

（何故(なぜ)、魔術で受けずに肉で受ける？　それにあの動き、まるで右手を守っているような――）印章(シジル)が描かれた敵の右手。戦闘開始時点から続いている、敵の詠唱。（まさかッ⁉）

「【偉大なる不和侯爵庵弩羅栖の名において命じる(ゴーサー・マーキイ・フオン・ツヴイツハーツ・アンドラス・ブシュテーレ)】」敵悪魔(デビル)が、右手の平をこちらに向ける。描かれた印章(シジル)が、眩(まばゆ)い輝きを放つ。「【悪魔大印章よ(ゴーサー・シーゲル・フオン・デモン)――顕現せよ(アインザッツ)】」

敵が、詠唱を完成させた。途端、敵の右手から漆黒の霧が溢(あふ)れ出す。霧が敵の姿を覆い、失われたはずの手足をみるみるうちに再生せしめる。

（大印章(グランドシジル)⁉）正覚は、狼狽(ろうばい)する。（悪魔大印章(グランドシジル・オブ・デビル)と言ったか、コイツは、今⁉）

悪魔大印章(グランドシジル・オブ・デビル)。所羅門(ソロモン)王が使役したと謂(い)われる七十二柱の大悪魔(グランドデビル)と、その上位種たる七大魔王(セブンスサタン)――歴史に名だたる悪魔家に代々伝わるとされる究極の魔法陣。大印章(グランドシジル)から放た

れる強力無比の魔術は、世界の物理法則、霊的法則を容易に捻じ曲げ、更には、

（大印章に呑み込まれた空間では、大印章の主が望まぬ術式は全て無力化される！）正覚は敵悪魔――否、所羅門七十二柱が一柱、不和侯爵庵弩羅栖へ向けて射撃する。巨大な光の槍はしかし、黒い霧に触れた途端、単なる銀の銃弾に戻る。熾天使弾に込められた膨大な祈りが、正覚が纏わせた【神使火撃】の神力が、無力化されてしまったのだ。ただの銃弾では、敵にかすり傷ひとつ負わせられない。（糞ったれ！　奴の狙いはこれだったか！）

　正覚は遮二無二弾丸を撃ち込むが、霧は一向に衰えを見せない。

　今や庵弩羅栖は全身を完全に再生せしめ、天使の翼で以て悠々と降り立つ。庵弩羅栖が右手を天に掲げると、放出される霧が更に勢いを増し、街道を照らす弧光灯の光を、第七旅団員たちが展開する探照灯の輝きを奪っていく。

　が、神戸とて、【神戸港結界】とてやられっぱなしではなかった。第壱波止場の鉄桟橋に聳え立つ巨大な十字架が輝きを増し、霧を押し返そうとする。

「ゴァアアァァアアアアアアッ!!」いきなり、正覚の後方で雄叫び。

　慌てて振り返れば、目の前にいたはずの庵弩羅栖が南方向、海岸通りにいる。

（【渡り】が使えるのか!?　いや――）庵弩羅栖の姿が地面に潜った、かと思えばさらに南の波止場へと姿を現す。（奴は、影の中を移動するのか！）

【神戸港結界】の大十字架を目前にし、庵弩羅栖が右手を振り上げる。途端、周囲の霧が寄り合わさり、巨大な漆黒の腕となって大十字架につかみかかろうとする。佐官たちのうち、結界術に長けた者たちの祈りによって大十字架がますます輝き、両者の力が拮抗する。

「【収納空間】」庵弩羅栖が、動いた。虚空から棒のような何かをずるりと引き抜く。

（あれは……腕？）正覚の目には、それは義手か何かのように映る。

庵弩羅栖が海岸に向かって走り出し、その義手を大十字架目掛けて槍のように投げた。

その義手は眩いエーテル光を帯びながら大十字架を穿ち、大穴を開ける。

——大十字架が光を失った。永らく神戸港を西洋妖魔たちの手から護っていた【神戸港結界】が、崩れ去った瞬間だった。途端、霧の量が爆発的に増える。黒い霧は各家屋を守る結界の光を奪い、遂には空に輝く星々をすら覆い隠す。

視界が霧に覆われる寸前、正覚は見た。皆無を氷漬けにしていた己の術式が霧に呑まれて無力化され、皆無がゆっくりと倒れ伏そうとしているところを。そんな皆無のもとに、少女の姿をした大魔王が歩み寄るところを。

「皆無———ッ！」正覚の声もまた、霧に呑まれてしまう。（拙い拙い拙いッ！　早く治療せねば、皆無が死んでしまうッ！）

不老不死の身となった己と違い、人間は心臓なしでは数分と生きられない。皆無の心臓を再生させるためには術式が必要だが、そのためにはまず、この霧を晴らさねばならない。

村田銃を捨てた正覚は、両脚にヱーテルを込め、庵弩羅栖（アンドラス）のヱーテル反応を頼りに吶喊（とっかん）する。両の手の平にありったけのヱーテルを乗せ、庵弩羅栖（アンドラス）の背中へ両の掌底を叩（たた）き込む
——が、その手は空を切った。果たして庵弩羅栖（アンドラス）は己の数十メートル後方におり、そして何故か庵弩羅栖（アンドラス）と己以外は誰もいない。海も、空も、街並みもない、黒一色の世界。

（ここは——…大印章世界（グランドシジル・オブ・ワールド）!?　引きずり込まれたか！）正覚の焦燥に拍車が掛かる。

ふと、周囲に無数の気配。濃い霧の中から、漆黒よりもなお昏（くら）い狼が飛び掛かってきた！

◇同刻／同地／阿ノ玖多羅皆無単騎少佐

心音が、聴こえない。己の心音が、聴こえないのだ。何度【文殊慧眼（もんじゅけいがん）】を使っても。

「…………すまぬ、な」

耳元で、ひどく心地の良い声が聴こえた。どうやら自分は、先ほど天から現れた少女の悪魔（デビル）に、抱き留められているらしい……腕もないというのに。

「予（よ）の不明の所為（せい）で、そなたを巻き込んだ。時にそなた、まだ、死にたくはないな？」

……当たり前だ。当たり前だ！　自分はまだ何も成していない！　偉大過ぎる父には届かぬまでも、ひとかどの悪魔祓師（エクソシスト）となって活躍し、国家の役に立たなければ！

男児として生まれたからには大成し、国家繁栄と独立維持の礎とならねばならない――このごろの多くの若者と同様、皆無もそのような単純明快な大志(ambitious)を抱いていた。

「よかろう」果たして皆無の意志が伝わったのか、少女が嗤(わら)った。「そなたに第二の心臓を呉れてやろう。その代わり――あはァッ、すまぬなァ人の子よ――死よりも恐ろしい、地獄への旅路に付き合ってもらうぞ」

少女が皆無の体を、真っ赤な血で染まった肩でとんっと小突く。皆無の体がわずかにのけ反り、皆無はその悪魔的なまでに整った、凄惨なまでに美しい少女の顔を間近で見上げる形となる。その顔がぐんぐん近づいてきて――

少女の唇が、皆無の口を塞いだ。

口付け。甘くドロリとした何かが喉に流れ込んでくる。胸が焼けるように熱くなり、頭が割れそうなほどに痛み、視界が真っ赤に染まる。

「……う、うごぉぁぁあああああああ!!」己の喉から吐き出される、獣の如(ごと)き咆哮(ほうこう)。

全身の血が沸き立つ。腕が、胸が、腹が、脚が内側から蠢きながら隆起し、体の奥底から別の何かに作り替えられる悍(おぞ)ましい感覚。斬り飛ばされたはずの右腕が独りでに戻ってきて、皆無の肩に収まる。真っ赤に染まる視界の中で、皆無はその腕を眺める。何ダ、コレハ？　コノ、人ナラザル形ヲシタ悍マシイ手ハ、腕ハ、体ハ――――……

そこから先の記憶はない。

◇同刻／同地／阿ノ玖多羅正覚単騎少将

術式による索敵が行えない今、正覚はその数・位置をヱーテル反応と肌の感覚だけで何とか把握する。四方八方から飛び掛かってくる巨大な狼たちを、正覚は素の体術とヱーテルによる筋力の補強のみでこれを潰し、打ち払い、捌き、避ける。庵弩羅栖は狼たちの影から現れては、正覚に必殺の刃を打ち込んでくる。が、正覚は影の中を移動するヱーテル反応を捉え続け、これを紙一重で躱す。

……そんな風にして一分近くが経過した。いくら頭部を潰しても、狼の数は一向に減らない。死した狼が闇に呑まれ、新たな狼となって襲い掛かってくるからだ。

(糞っ、糞っ、糞ったれ！　早く戻らねば皆無が死んでしまう!!)

その焦りが仇となったのか、一匹の狼が正覚の右腕に喰らいついた。

「しまっ――」

その狼の影から現れた庵弩羅栖に、右腕を肩からスッパリと斬り落とされる。腕というのは、重い。バランスを崩して倒れた正覚は、とっさに変化の術で右腕を回復させようとするが、この空間がそれを許さない。正覚の手足に、次々と狼たちが群がってくる。

――そのとき、闇の世界の一点に光のひびが入った。

ひびはすぐに世界全体に広がり、まるでガラス窓が砕け散るようにして、闇が剝がれ落ちていった。現れたのは、外の世界だ。探照灯や街角の弧光灯が煌々と辺りを照らし出している。光に当たった狼たちが、のた打ち回りながら黒い霧となって消えていく。

そして、最初に光のひびが入ったその場所に、拳を突き出した小柄な異形がいる。

「ウガァアアァアアァアァアァアアアァアアアアアアアアアアア!!」

その異形――皆無と同じくらいの背丈で、山羊の角と、真っ黒で毛深い手足と、鋭く禍々しい両手の長い爪と、隆々たる胸筋と、蠍のような尾と、真っ赤に燃え上がる瞳を持ち、悪鬼の形相で犬歯を剝き出しにした悪魔が、空に向かって咆哮する。

「あはァッ、素晴らしいぞ人の子よ！」異形の隣に立つ、両腕のない少女の悪魔が嗤っている。「大印章世界を拳ひとつで叩き割るとは！　素晴らしい拾いものじゃァ！」

「か、皆無……？」正覚は呆然となりながら、その異形に語り掛ける。

十三年も育ててきたのだ。姿と声がどれだけ変わろうとも、分からないはずがない。だが当の異形――変わり果てた皆無は正覚には目も呉れず、梟頭に向かって身構えている。

「よし、征け我が子よ」少女が嗤う。「そやつ――不和侯爵庵弩羅栖を滅ぼすのじゃ!!」

正覚が見守る中、不和侯爵庵弩羅栖と、大悪魔・皆無の戦いが始まる。

◆同刻／同地／腕のない甲種悪魔(デビル)の使い魔　大悪魔(グランドデビル)・阿ノ玖多羅皆無

彼我の距離は十メートルほど。皆無は四足獣のように体を深く沈み込ませる。今の皆無に、冷静な思考というものはない。殺せ殺せ殺せ、敵を殺せ！　我が主の望むままに——狂気と狂乱の中、ただそれだけを己に命じて動く。

不和侯爵庵弩羅栖(アンドラス)がこちらへ右の手の平を向ける。手から闇が現れて皆無と少女の悪魔を取り囲み、闇から狼(おおかみ)の群れが這(は)い出てくる。

「ガァアアアゴォォオオオオッ!!」皆無は咆哮とともに、手近な狼へと、その鋭い爪を振り下ろす。

狼はまるで豆腐か何かのように軽々と切り裂かれ、皆無の【悪魔の吐息(デビラ・ブレス)】とともに吐き出された劫火(ごうか)で、エーテルごと塵(ちり)となって消える。

同じようにして全ての狼を屠り散らすと、肝心の、庵弩羅栖(アンドラス)の姿が見えない。

「照らせ、愛(いと)しき我が子よ」ふと、耳元で愛して止(や)まない主の声。

皆無が両腕を天に掲げると、上空に七つの太陽が生成される。神戸港のあらゆる影が照らし出され、皆無は視界の端——海岸通り近くの裏路地に、潜むべき影を失って戸惑う庵弩羅栖(アンドラス)の姿を見つける。皆無は獣のように両手両足で疾走し、今まさに背中の翼で飛び立とうとしていた庵弩羅栖(アンドラス)の足をつかむ。が、庵弩羅栖(アンドラス)が自身の足を切り落とし、ふらふらと空へ逃げてゆく。

翼。翼があれば空が飛べるのだ——皆無は背中から翼を受肉(マテリアラキズ)させようとするが、ヱーテルが足らず、生まれたてのヒヨコのようなものしか生成できない。それで無理やり飛ぼうとするものだから、無様に転げてのた打ち回る。

「ふふふ、愛(う)い奴じゃ」愛らしい声に顔を上げると、愛しい愛しい主——少女の悪魔(デビル)が皆無を見下ろしていた。皆無が仰向(あおむ)けになると、主が皆無の口にその狂おしいほどに麗しい唇を寄せてきて、「さらなる力を注いでやるから、今度は上手(うま)くやるのじゃぞ？」

また、口移しで暴力的な量のヱーテルを注ぎ込まれる。

果たして皆無は蝙蝠(こうもり)の翼を巨大化させたような、実に悪魔的な翼の受肉(マテリアラキズ)に成功する。

そして、その翼をたった一度羽ばたかせたときにはもう、視界の先で豆粒ほどになっていたはずの、庵弩羅栖(アンドラス)の首をへし折っていた。不和侯爵庵弩羅栖(アンドラス)が——世界に百といない甲種悪魔(デビル)の一柱が今、滅んだ。その肉体が黒い霧となって闇に溶けていく。

「よくやった、愛しき我が子よ」海岸線に戻ると、麗しの主が佇(たたず)んでいた。主が、その凄惨なまでに整った顔を扇情的に歪ませて、「予を、連れていって給(たも)れ」

◇未明／場所不明／阿ノ玖多羅皆無単騎少佐

夢を見た。冷たく鋭い剣に心臓を貫かれ、死ぬ夢を。

「うわぁぁあああ!?」皆無は飛び起きようとして、「――わぷっ!?」

何やらただならぬ柔らかさを持った物体に鼻先をぶつけ、仰向けに戻った。後頭部にも柔らかな感触。周囲は暗く、青々とした草木の臭いと、虫の声で満ちている。そして、

「あはァッ！　寝坊助な幼子よ、ようやく目を覚ましたか」上から声が降ってきた。艶やかな少女の声。忘れるはずもない、あの、両腕を持たない悪魔の声である。

(膝枕されとるッ!?)つまり自分が頭突きしたのは、少女の豊満な――「うわわっ」

皆無は転がるように起き上がり、這いずるようにして少女の悪魔から距離を取る。

「【色不異空・空不異色・色即是空・空即是色――虚空庫】！」虚空へ手を突っ込むが、主力武器たる村田銃が見つからない。が、南部式自動拳銃が指に触れたので、それを引っ張り出し、構えた。同時に周囲をさっと見回す――何処ぞの山中のようである。

「主人に銃を向けるなど、イケナイ使い魔じゃのぅ」少女が――両腕を持たない悪魔が、悠然と立ち上がった。悪魔は血塗れのドレスの上からでもなお分かる、その豊満な乳房を誇示するかのように胸を張ってみせる。まるで仁王立ちである――腕もないのに。

少女の背丈は皆無よりも一回り大きい。一五五サンチほどだろうか。

「それより、よいのか幼子よ？」その少女がずんずんと近づいてきて、皆無の目の前に立つ。震える皆無が構える南部式が——その銃口が乳房に触れるが、恐れる様子など露ほども見せない。少女はいたぶるような笑みを浮かべ、「そなた今、素っ裸じゃぞ？」

「えッ!?」自身を見下ろし、ようやく気付いた。身に着けていたはずの軍衣が、ボロ雑巾のようになっている。特に軍袴（ズボン）と褌（ふんどし）などはほとんど跡形もなく、「ひゃぁ！」

「あはァッ、何とも可愛（かわい）らしいイチモツじゃのぅ！　髪も長いし、まるでおなごじゃ」

「う、五月蠅（うるさ）い五月蠅い五月蠅いッ！」悪魔（デビル）のあんまりな物言いに、皆無は恐怖も忘れて抗議する。南部式で以（もっ）て股間を隠し、左手で虚空から替えの衣類を引っ張り出す。

「声も、少女のようじゃな。時に『ウルサイ』とは何じゃ？」大慌ての皆無が服を着込むその隣では、それまで仏蘭西（フランス）語を喋（しゃべ）っていた悪魔（デビル）が、慣れない様子で日本語を口にする。

それから急にエーテルの反応が巻き起こり、「【偉大なる狩人（かりうど）よ・遍（あまね）く動物の言語を解する公爵馬羅鳩（バルバトス）よ・予にその知識の一環を開示し給れ——翻訳（トラダクシヨン）】！　あぁ、五、五月の、蠅は、うるさい、か。何とも不敬な話じゃのぅ」少女が喋った——流暢な日本語で！

（地脈から知識を吸った!?　な、なんて淀（よど）みのない魔術！　……って、不敬？）

「蠅といえば、七大魔王（セブンスサタン）『暴食の鐘是不々（ベルゼブブ）』陛下であろう」その鐘是不々（ベルゼブブ）は、大昔に新たなる暴食の魔王（サタン）・毘比白（ベヒモス）によって王位を簒奪（さんだつ）されたと聞く。少なくとも皆無は、士官学校でそのように学んだ。「そなたはもう、七大魔王に連なる眷属となったのじゃ。蠅を敬え」（眷属？）眷属。使い魔。失った心臓。目の前にいる、現実離れした美貌を持つ少女からの、口付け。自身が悪魔のソレに作り替えられる、おぞましい感覚。「あ、あぁ……」

思い出した。朧気だった記憶が、己の死が現実のものとして目の前に立ち塞がる。

人は悪魔に魂を売り渡すことで、超常の力を得ることができるという。まさに――つい先ほど、己があの鳥頭の大悪魔を瞬殺せしめたように！

皆無は頭を抱える。（僕はコイツに魂を売り渡してしもぅたんか⁉　僕がいつ同意した⁉）

「ちゃんと合意の上じゃぞ？」こちらの思考を読んだかのような間の良さで、少女の悪魔が嗤いかけてくる。「そなた、死を望まなかったであろう？　第二の心臓を望んだであろう？　その願いを、予が叶えてやったのじゃ。そなたはもう、予のモノじゃ。そなたとは何故だか抜群にエーテルの相性が良い。死ぬまでこき使ってやるから、感謝せよ」

「お、鬼ぃッ！　悪魔ぁッ！　糞野郎ッ‼」皆無が悪魔の代名詞を叫ぶと、

「あはァッ！」少女が楽しそうに嗤った。「予がメフィストなら、そなたはファウストじゃな。幼き博士よ、そなたは命と引き換えに何を望む？」

「ぼ、僕の命を返せ！」

「それはできぬ相談じゃァ。そなたの命はもう、予が喰らい尽くしてしもぅた」

「く、喰らったって――…どういう意味や⁉」

「ふむ。やって見せた方が早いか。幼子よ――ここへ」

少女が命じた。途端、皆無は少女の前にひざまずき、首を垂れる。

「――ッ⁉」あまりの恐怖に、皆無は息もできない。体が、勝手に、動いたのだ！

「そなたの」両腕のない悪魔(デビル)が、その爪先で以て皆無の心臓を突(つ)く。「その心臓は今、予が動かしてやっておる。故にそなたは予に仕え、誠心誠意働く必要がある。言ったであろう？　地獄への旅路に付き合ってもらう、と」

何てことだ、何てことだ！　まさか悪魔祓師(エクソシスト)たる自分が、悪魔(デビル)の使い魔になるなんて！

「ぼ、僕はダンテやない！」

「アリギエーリの『神曲』か。良かったのぅ、そなたのベアトリーチェが斯様(かよう)な美女で」

――美女。確かに、まごうことなき絶世の美少女であった。

すらりと通った鼻筋、悪戯(いたずら)好きの子猫のような愛らしい口元、キリリと研ぎ澄まされた眉目。切り刻まれたドレスの隙間から見える太腿(ふともも)は、肉感的でありながらもよく引き締まっている。白磁のように白い肌も、腰まであるウェーブがかった豊かな金髪(ブロンド)も今でこそ血で汚れているが、洗えばさぞ美しいに違いない。それら美しい部位の中でもひと際目を引くのが、二重まぶたの大きな目――その、燃えるように輝く、深紅の瞳である。

　状況を見るに、どうやら少女は追われているらしい。さらに少女には、両腕がない。そんな状況をして、この少女の目は、瞳は、絶望に染まるでもなく笑っているのである。己の意志力の弱さを自覚する皆無は、月光の下で輝くその瞳に吸い込まれそうになる。

(――アカン!)皆無は慌てて頭を振る。(コイツは、悪魔(デビル)や。悪魔(デビル)は、敵や!)

『悪魔』というと、先ほどの鳥頭や、魔女の夜会(サバト)に登場するような山羊頭などの異形を想像するものだが、少女は極めて人間――西洋人に近い容姿をしている。人間らしからぬ点といえば、血のように赤い二本の角と、やや尖(とが)った耳、そして鋭い八重歯。

「自己紹介と洒落(しゃれ)込(こ)みたいところじゃが――」その少女が、犬歯を剝き出しにしながら空を見上げる。「残念、来客じゃァ」

「――えッ⁉」皆無も慌てて空を見た。と同時、

「ギャギャギャギャギャギャッ!」翼を持った石像の異形が降ってきた。

(石像鬼(ガーゴイル)――丁種悪魔(デビル)!)皆無は体を固くする。甲乙丙丁の最下位といえども、相手は悪魔(デビル)。単騎少佐たる自分が、相応の損害を覚悟して挑むべき相手である。(こんな山奥にまで!【神戸港結界(こうべこうけつかい)】はどないしたんや⁉　――否(いや)、今はコイツに集中!)

　手元に村田銃がないのが心許(こころもと)ないが、皆無は脳内詠唱の【梟ノ夜目(ふくろうのよめ)】で視界を確保し、

「【AMEN(アーメン)】ッ!」洗練された所作で以て、石像鬼(ガーゴイル)の頭部を正確に狙撃する。が、放た

れた天使弾は、敵悪魔にかすり傷を負わせるに留まる。（糞ったれ！　村田さえあれば）

「あぁ、あの長銃かァ」また、皆無の思考を読んだかのような間の良さで、少女が言った。

「【収納空間】——回収しておいてやった。感謝するのじゃぞ」

果たして虚空から愛銃——試製参拾伍年式村田自動小銃改が立ち現われ、皆無の手元にすっぽりと収まる。皆無は南部式を捨てて村田銃を素早く構え、「【AMEN】ッ！」

光とともに村田銃から放たれた弾丸——能天使弾が、石像鬼の頭部にひびを入れる。が、それでもなお、粉砕させるにはほど遠い。

（構わへん！）大きく仰け反った敵の頭部に狙いを定め、「【AMEN】ッ！」

更に、六度の射撃。放たれた光の弾丸は、驚嘆すべき射撃精度で以て敵頭部の同じ場所を狙撃せしめ、遂には石像鬼の頭部を粉砕せしめる。

「あはァッ！　人の子らの武力も莫迦にはできぬのぅ！」少女の歓声。

当然である。仏蘭西に学び日本で完成した神術と技術の結晶、中級三歌・能天使弾。父は大天使弾をして『アレ一発で家が建つ』と評したが、能天使弾は一発で屋敷が建つ。

（——って、アレ？　コイツ今、同族を祓うのに協力した？）

「同族ではないぞ」またしても、皆無の思考を読んだかのような、少女の声。皆無がぎょっとすると、少女が嗤って、「読んでおらんぞ？　そなた、顔に出やすいのじゃァ」

「んなッ⁉」これでも最年少少佐として、三莫迦相手には『頼れる神秘的な上官』として売っている皆無である。皆無が抗議しようと口を開けると、

「クックックッ、年ごろじゃのぅ」少女が揶揄するように嗤った。「そなたの言い分を聞いてやってもよいが——ざァんねん、今度は団体さんじゃぞ」

「えっ⁉」脳内高速詠唱の索敵術式【文殊慧眼】によると、（石像鬼の反応——五！）

　腰の弾薬盒をまさぐる手が空を切り、皆無は青くなる。中級三歌を、弾薬盒ごと失くしてしまったのだ。

【虚空庫】の中には丁種悪魔に抗し得る下級三歌・権天使弾が八発入りで五個弾倉分入っているが、石像鬼は丁種悪魔の中でもゐの一番の堅さを誇る。丁種なのは『人語を解さないから』という分類上の都合であり、実際の脅威度は丙種相当。悪魔祓師の中隊か大隊で以て弾幕を張れば抗し得るだろうが、己一人しかいない現状では、より上位の中級三歌弾がなければ嬲り殺しにされかねない。

（ど、どうすれば——）悩む間にも、南方から敵の反応がぐんぐんと近づいてくる。

「簡単なことじゃァ」腕なし悪魔が嗤った。「弾丸に、エーテルを込めよ」

「はぁッ⁉」皆無はのん気な様子の悪魔を睨みつける。

　無論、皆無とてそのやり方は知っている。が、下級の弾丸にエーテルを込めたくらいで、

その威力はたかが知れている。下級(スピリット)と中級(サン)の間には、天と地ほどの威力差があるのだ。

「よいからやってみよ」悪魔(デビル)は嗤っている。「やらねば死んでしまうぞ？」

「糞ッ——」皆無は脳内高速詠唱で虚空から権天使弾(プリンシパリテイバレット)の弾倉を取り出し、「【御身の手のうちに・御国(おくに)と力と栄えあり】！」素早く十字を切る。「【永遠に尽きることなく——AMEN(アーメン)】！……え、ええええええ!?」

果たして弾丸は、直視できないほどの光を帯びている。先ほど、少女真里亜に憑りついた悪霊(デーモン)を祓うために込めたときとは、まるで次元の異なるエーテル量。

「エーテル不足で悪魔形態(デビラキズド・フォーム)が解けたとはいえ、そなたはすでにエーテル総量一千万の大悪魔(グランドデビル)である。そのくらいは当然じゃな」得意げに微笑(ほほえ)む少女。言語の魔術によるものか、はたまた皆無の頭を覗(のぞ)いたのか、少女は日本語で話しつつ外来語は英語を使っている。

（悪魔の体(デビラキズド・フォーム)……？　解けた……？）

言われてようやく皆無は、自身が十三年間付き合ってきた見慣れた体に戻っていることに思い至る。軍衣が斯様(かよう)にズタボロだったのは、つまり——。

「ギャギャギャギャギャギャッ!!」石像鬼(ガーゴイル)の集団が、空から降ってきた。

「くっ——」半信半疑ながらも、皆無は村田銃へ弾倉を装塡(そうてん)し、「【AMEN(アーメン)】！」

先頭の一体目掛けて撃った。真っ白な輝きを帯びた弾丸が石像鬼(ガーゴイル)の頭部に命中し、その一体が大きく跳ね飛ばされる――

（なんて威力!?　まるで主天使弾(ドミニオンズバレット)か力天使弾(ヴァーチユースバレット)でも撃ったみたいや！）

――が、頭部を穿(うが)つには至らない。あれではすぐにも起き上がってくるだろう。

「糞っ――やっぱり駄目やんか！　この悪魔！」少女に抗議しながらも、残りの弾丸で敵集団の胴を正確に狙撃する。だが、「これじゃ時間稼ぎにもならん！」

「込め方がなっておらんのじゃ」ふわりと甘い香りがしたかと思うと、腕なし少女が皆無のすぐ隣に立っていた。「ほれ、手本を見せてやる。弾を貸して給(たも)れ」

「はぁ!?　何を言って――」

「また、命じられたいのか？」

「分かったから！」

皆無が権天使弾(プリンシパリティバレット)の弾倉を取り出すと、少女がそれに口付けする。途端、

「うわっちち!?」

熱を感じた。弾倉に込められた、空気を震わせるほどの桁違いのエーテルが、皆無の霊体(アストラル)をチリチリと焦がしているのである。

「な、何やこれ!?」呆然(ぼうぜん)となりながらも、皆無は無意識の所作で以(もつ)て村田銃の弾倉を交換する。今まさに起き上がらんとしている石像鬼(ガーゴイル)の一体に狙いをつけ、「【AMEN(アーメン)】！」

──次の瞬間、真夜中の山中に、昼が訪れた。

太陽かと見まごうばかりの弾丸が、狙った石像鬼を蒸発せしめ、それどころか、周囲にいた他の四体までもをグズグズに溶かしてしまった。

「あ、あはは──すっっっげぇ!!」皆無は我知らず、年相応の子供のように笑う。が、自身が悪魔の力を賛美してしまったことに気付き、「ちゃ、違う！　今のなし！」

「さて、予はこのまま腕探しに行きたいのじゃが……この騒ぎを収めるのが先か」

「騒ぎ？」知ろう、と思ったときにはすでに、無詠唱の【文殊慧眼】が周囲の状況を知らせてくる。今までは周囲数百メートルが精々だったはずの索敵範囲が、ほぼ神戸一円にまで広がっている──皆無はそのことに戸惑い、さらに、「な、何やコレは!?」

──西洋妖魔による、百鬼夜行。

【神戸港結界】が機能しておらず、下級悪霊から丁種悪魔に至る様々な西洋妖魔で、港が溢れ返っている。港は第七旅団員たちの奮闘と、拾月大将が誇る防護結界術によって守られてはいるものの、空を飛ぶ妖魔たちを捕らえ切ることはできなかったらしい。石像鬼、蝙蝠鬼、幽鬼といった飛行系妖魔の大群が、ここ──【文殊慧眼】によると六甲山系摩耶山の麓──にまで押し寄せてきつつある。

「ちょうど、聖霊を回復させるためのエーテル核が欲しかったのじゃ──【収納空間】」

石像鬼(ガーゴイル)たちのエーテル核が、少女の魔術空間――【虚空庫(こくうこ)】と同じような術式だろうか――に吸い込まれてゆく。「有意識下での悪魔化(デビラキズ)の練習がてら、狩るぞ」

(悪魔(デビル)が、悪魔(デビル)を狩るやって⁉)

「じゃから同族ではない。そなたらも人の子ら同士で散々に殺し合っておるではないか」

それは、そうである。日本が眠れる獅子(しし)たる大陸と戦をしたのは記憶に新しく、そうして今度は、北の南下を防ぐべく半島での経済・諜報(ちょうほう)・退魔戦争に勤(いそ)しんでいる。

「ほれ、ちょうど近場に石ころどもの集団がおる」少女が赤い瞳を輝かせながら、空を見上げている。索敵魔術か、遠視(とおみ)の魔術か、はたまた暗視の魔術か。「あれを狩れ」

「狩るって、どうやって⁉」悪魔(デビル)の言いなりになるのは気に喰(く)わない。が、西洋妖魔の排除という目的が合致している以上は、従うのもやぶさかではない。しかし問題は手段である。はるか上空に陣取る奴(やつ)らに接敵しようにも、「僕、空なんて飛べへん――むぐッ⁉」

言葉は、続かなかった。美しき悪魔(デビル)に、いきなり口付けされたからである。先ほども味わった、ドロリとした甘いエーテルが皆無の中に注ぎ込まれてきて――

「ぷはぁッ、やめろや！」悪魔化(デビラキズ)したときの痛みと恐怖を思い出し、皆無は少女を押し退(の)ける。異性と手を繋(つな)いだこともない皆無であるが、羞恥や色欲などを感じる余裕はない。

「これこれ、抵抗するでない。翼があればあの程度の距離、ひとっ飛びじゃというのに」

「だ、誰が悪魔の体になんてなるもんか！　僕は悪魔祓師やで⁉」

「ふぅむ……強要して臍を曲げられても困るしのぅ。ならば、思うようにやってみよ」

やってみよ、と言われて皆無は困る。己が使える移動系の術式といえば、

（【韋駄天の下駄】）思考したときにはすでに、両足が風を纏っていた——詠唱もなしに。

やはり、術の展開速度が驚くほど向上している。皆無は試しに跳躍しようと、

「待て待て、予を置いていくでない」少女が体を寄せてくる。

皆無の体が独りでに動き出し、腕なし少女を抱き上げる。

「か、勝手に人の体を動かすなや！」鼻孔をくすぐる暴力的なまでに良い匂いを、皆無は必死に無視する。村田銃を保持しなおして、「行くで！」

　地面を蹴った。途端、

「うわぁぁあああああぁッ⁉」「あはァッ！　爽快じゃのぅ！」

皆無は空にいた。精々が脚力を強化する程度のはずの術式で、空高く舞い上がっている。

「ギャギャギャギャギャギャッ‼」目と鼻の先に、石像鬼の集団。

「撃てッ！」「言われなくともッ！」

再び、百鬼夜行の夜に昼が訪れた。放たれた弾丸が、十数体もの石像鬼を屠り散らす。

「あはァッ！　よいぞよいぞ、幼子よ！　——【収納空間】ッ！」

夜空に真っ赤な魔法陣が立ち現われ、石像鬼（ガーゴイル）たちのエーテル核を吸い込んでいく。

皆無は自由落下し始める石像鬼（ガーゴイル）たちの亡骸（なきがら）を足場に、次なる敵集団に向けて跳ぶ。

(何やこの感覚――この、万能感はッ!!)敵集団を蹴散らしながら、皆無は陶酔する。昨日までの自分なら、一体倒すだけでも命懸けだったはずの相手を、引き金を引くたびにダース単位で吹き飛ばせるという快感――悪魔的な快楽。

「くぅッ――」不意に、腕の中で少女が体を縮めた。まるで痛みを堪（こら）えるかのように。

悪魔（デビル）とはいえ、見た目は美しい少女。腕を切り落とされた傷口が痛むのか――皆無は思わず同情してしまう。少女を抱く腕に力が入る。

「何じゃ、心配して呉（く）れるか、幼子よ?」魅惑的で蠱惑的（こわくてき）な声が、耳元で囁（ささや）かれる。

「ちゃ、違（ちゃ）う!　落ちへんようにや!」

「安心せよ、予は平気じゃ。ただな、腕が痛むのじゃ」

(存在しない腕が……痛む?)

「予にはこのとおり腕がない。じゃが、予の腕となるべき悪魔大印章（グランドシジル・オブ・デビル）がこの街の何処（どこ）かに隠されておるはずなのじゃ。これが終わったら腕探しに付き合ってもらうぞ、幼子よ」

「さっきから聞いてりゃ幼子幼子って!　僕は立派な大人や!」

阿ノ玖多羅皆無、十三歳。身長一四〇サンチで未（いま）だ声変わり前。だが、退魔師ならば誰もが羨む単騎少佐位に就く、職業軍人としての矜持が皆無にはある。

「ぷッ――くふふ、自分で『立派な』なんぞと言うておるうちは、小童じゃな。股間のナニも随分と可愛らしかったしのぅ」「な、何が可愛らしいや、ボケぇ！」「何がってナニじゃが。時にそなた、歳は？」「じゅ、十三やけど」「あはァッ、やはり小童ではないか」「そういうお前は幾つやねん⁉」「予か？　予は十六。そなたより三つもお姉さんじゃ」「年上やからって、何を偉そうに！」「なるほどそなたの術式は見事じゃが、そろそろ軽業師のように空を飛び回るのにも疲れたであろう？　いい加減、予の口付けを受け容れよ」「断る！　僕は悪魔やなくて悪魔祓師や！」「う～む、どうすれば堕ちて呉れるんじゃろうか。餌が足らぬのか？」「だ、誰が堕ちるか！」「まぁ、誘惑こそ悪魔の本懐。必ずやそなたをその気にさせてみせようぞ。ここが腕の見せどころというわけじゃァ。ま、見せるための腕がないのじゃがな！　あはァッ」「………………」「のう、頼む、堕ちて給れ。悪魔的な生き方も悪くはないぞ」「悪いに決まっとるやろ！」「悪魔化すれば最強の魔術群が扱えるようになる。初級・中級・上級魔術のさらに上。地獄級魔術じゃ」「じ、地獄級……」「街を焼き滅ぼし、森を更地にし、湖を干上がらせることができる。強いぞ。使ってみたくはないか、ん？」「誰がそんな悪魔の所業、したがるもんか！」「地獄級魔術の中には、術者の命を対価に求めるようなものもあるが――」「ヒッ⁉　僕を捨て駒にする気なんか⁉」

「予は外道(あくま)ではないからのぅ」「悪魔やんか！」「んぉ？　言われてみれば悪魔(デビル)であった。まぁ兎(と)に角(かく)、それしか手がなくならぬ限りは、そなたの命を対価になど使わぬから安心せよ」「それしか手がないときには使わせるってことやんか、それ！」

　言い争いを続けながらも、皆無は夜空を駆け、丁種悪魔(デビル)たちを屠り散らす。一集団につき、一発か二発。だが村田の弾倉は八発式のため、ついには弾が尽きてしまう。顔を上げれば、紫電を纏った雷鳥(サンダーバード)がこちら目掛けて素っ飛んでくるところであった。

「くッ――」皆無は逡巡(しゅんじゅん)するも、虚空から弾倉を取り出し、「頼むッ！」

「仕方のない使い魔じゃのぅ」少女が存外素直に、弾倉に口付けして呉れる。また、弾薬が鋭い光を帯びる。「じゃが、どうやって弾を込める？」

　そう。試製参拾伍(さんじゅうご)年式村田自動小銃改は世界的にも例の少ない自動式の小銃であるため、引き金を引くだけで排莢と次弾装填が自動で行われる。だから、少女を抱えたままでも撃ち続けることができた。が、弾倉の再装填となると、さすがに片手では行えない。

「教えてやろう。【念力(テレキネシス)】の魔術を使えばよい」腕の中で少女が言う。

「そんな魔術、使えへんわ！」敵の亡骸を蹴って舞い上がりながら、皆無は叫ぶ。

「使えるとも。予の口付けを受け容れよ。ヱーテルと一緒に術式も流し込んでやろう」

「うぐぐ……」再装填はしたい。が、悪魔(デビル)のヱーテルは受け取りたくない。「せや！」

——少女を、天高く放り上げた。

「うひゃぁッ⁉」少女の、悪魔(デビル)らしからぬ年相応の悲鳴。「——お、落ちる！」

そこから皆無の、洗練され尽くした動作が始まる。皆無は足場もない中、腹筋で以て見事に姿勢を正し、村田銃の銃床を右脇に抱え込む。次に、光り輝く新たな弾倉で以て空の弾倉をはじき、速やかに新たな弾倉を装填(そうてん)する——ここまで一秒足らず。

【文殊慧眼(もんじゅけいがん)】によって目標の距離、速度を測り、照準を合わせ、「——【AMEN(アーメン)】！」

放たれた弾丸が光の尾を引いて雷鳥(サンダーバード)に殺到するが、

「——ちッ」神速を誇る雷鳥(サンダーバード)に、弾を避(よ)けられる。（それなら——）

皆無の目の前に生命樹(セフィロト)と曼荼羅(まんだら)の幻影が立ち現われる。

（【五大の風たるヴァーユ・十二天の一・風の化身たる風天よ】）風天の曼荼羅と、

（【旅人達の守護者・トビトの目を癒せし大天使ラファエルよ・その行き先を示し給(たま)え】）

ラファエルの『栄光(ホド)』が、銃口の先で合一される。「——【AMEN(アーメン)】！」

黄色いエーテル光を纏った【追尾風撃(ラファエル・ショット)】が銃口から飛び出し、雷鳥(サンダーバード)に向かって飛んでいく。雷鳥(サンダーバード)が鋭く方向転換するが、東西(和洋)の風の加護を得た弾丸が物理法則を無視して急激に弾道を変える。弾丸は、縦横無尽に夜空を飛び回る雷鳥(サンダーバード)の動きをさらに凌駕(りょうが)する機動性で以て、遂(つい)には雷鳥(サンダーバード)に喰らいつき、神速の鳥を祓魔せしめる。

皆無は再度、【追尾風撃(ラファエル・ショット)】を脳内詠唱で撃つ。皆無の望むまま、今度は弾丸がのろのろと進み始める。皆無はその弾丸を足場にして、「――よっと。大丈夫か？」自由落下の真っ最中だった腕なし少女を抱きとめた。

「だ、だだだ大丈夫ではないわ！　莫迦者(ばか)ッ！」さきほどまでの泰然とした様は何処へやら、悪魔(デビル)は泣き出しそうなほど取り乱している。「予が死ねば、そなたも死ぬのじゃぞ!?」

「あはは っ」皆無は意趣返しができて、少し楽しい。「分かっとるわ」

無論、皆無とてこの少女を墜落死――甲種悪魔(デビル)が墜落死するのかどうかは定かではないが――させるつもりはなかった。己の心臓を少女が動かしているという話が事実ならば、少女の言うとおり、少女が死ねば自分も死んでしまう可能性が高いのだ。

「このような無茶(むちゃ)はやめるのじゃ！　おとなしく、予の口付けを受け容れよ！」

「嫌やね」皆無は空を漂う妖魔たちの殲滅(せんめつ)作戦を続行しながら、少女に答える。少女の慌てる様を見たことで、少し調子が戻ってきた。「だいたいお前、自分で戦えばええやろ」

何しろ相手は、エーテル総量五億単位の甲種悪魔(デビル)なのである。腕の中で縮こまる様子を見るに腕っぷしは強くなさそうだが、さぞ強力な破壊魔術が使えるのであろう。

「それができれば苦労はせぬ」「お前、さっきも魔術使っとったやん」「【翻訳(トランスレーション)】も【収納空間(アイテムボックス)】も、エーテルを外に放出する必要のない魔術じゃからのぅ」「つまり火とか風を出す魔術――攻撃魔術が使えへんってこと？」「左様。放出系で唯一使えるのは、足音と気配を隠す【隠者は霧の中】じゃな。アレはよう練習した」「足音消すって……ぷぷっ、雑魚っ」「ほほう？　よほど心臓を止められたいと見える」「い、今のなし！」

口論しながらも戦い続け――そして気が付けば、辺りの飛行系妖魔は一掃されていた。

他ならぬ自分が為したのだ……悪魔の力を借りて。

　そうしてようやく、皆無は気付く。眼下の――摩耶山の麓が騒がしいことに。妖魔が出ている以上、民間人は第七旅団が配布した結界を張って、屋内に閉じこもっているはずである。なのに山の麓から、多数の男女の怒号が聞こえる。

　銃弾を足場に降りていくと、果たして山道の入り口にいたのは、「――お前ら!?」

「「「しょ、少佐殿ッ!!」」」

　愛すべき三人の莫迦たちが、一体の石像鬼に追い回されていた。

「何でこんなところに――」言いつつ無詠唱の【文殊慧眼】で辺りを探ると、山を封鎖するかのように多数の第零師団員――西洋妖魔を専門とする第七旅団以外の師団員も含めて――が展開している。みな、百鬼夜行を相手にするには心許ない尉官か下士官。

　戦力外の若手たちを、日本妖魔が潜む山の監視に当たらせるという配置らしい。

「あはァッ、幼子よ」地面に下ろすと同時、悪魔が言った。「――命令じゃ。撃て」

「――…ッ⁉」皆無の全身から、冷や汗が噴き出す。

今までは、エーテル核を集めたいこの悪魔と、神戸を守りたい自分の間に不思議な共闘関係があった。だがここで、第三の要素が加わった――悪魔の捕食対象たる、か弱き人間である。皆無の腕が独りでに持ち上がる。村田の銃口が、三莫迦たちに向けられる。

（こ、ここであいつらを殺してしまうくらいなら、この悪魔と刺し違えてでも――）皆無は壮絶な覚悟を固めようとする。がしかし、体が言うことを聞いて呉れない。必死の抵抗もむなしく指先に力が入っていき――…遂には引き金が引かれてしまった。果たして光り輝く弾丸が莫迦たちに殺到し、莫迦たちの肉体を爆散せしめ――（嗚呼ッ……）

――……なかった。

（あ、アレッ⁉）

代わりに、石像鬼が跡形もなく蒸発する。少女が、三莫迦ではなく石像鬼を狙ったのだ。

少女はすたすたと三莫迦たちのそばまで歩き、石像鬼のエーテル核を回収する。

「少佐殿、ありがとうございばずぅ〜ッ！」紅一点の伊ノ上少尉が、顔をくしゃくしゃにして礼を言ってくる。「ところで少佐殿、この綺麗な異人さんは一体――ぎゃッ⁉」

伊ノ上少尉の体が、跳ね飛ばされた――腕なし少女の強烈な蹴りによって！

（やっぱりコイツは敵――ッ⁉）皆無が南部式を少女に向けたそのとき、

「――グルルルルルァッ!!　バウゥッ!!」

体高二メートルはあろうかという巨大な狼が、茂みの中から現れた！　狼は突進していく――今の今まで、伊ノ上少尉がいた空間を！

（えッ、伊ノ上を助けた!?）皆無はますます混乱する。（一体どういう――否、今は狼が先や！）皆無は村田銃を虚空に収納し、狼へ肉薄しながら両手で鋭く智拳印を結ぶ。「【オン・バサラ・シャンテイ・ソワカ――入眠ッ！】」

皆無が息を吹き掛けるや、狼はその場で眠り込む。

「何ぞ大きな犬っころじゃのぅ」悪魔の少女がやってくる。少尉には目も呉れない。

（ってことは、やっぱり伊ノ上を攻撃するつもりやなかったってことか？）

実際、少尉は痛そうに尻をさすってはいるものの、怪我は負っていない。逆に、この巨大な狼による猛烈な突進をまともに喰らったら、骨折どころでは済まなかっただろう。

「ふむ。こやつ極東妖魔の類か？　予に立ち向かってくるのなら仕方ない。幼子よ――」

「待て！　待って呉れ！」自身の体が操られる気配を感じ、皆無は懇願する。「コイツを殺したらアカン！　六甲山条約違反になってまう！」

「ロッコーサン条約ぅ？」少女が小首を傾げてみせる。

「六甲山系にはたくさんの日本妖魔が棲んどるんやけど、そいつらを統べる人狼一族・大神家と日本国は講和条約を結んどんねん」三莫迦たちが山道封鎖のしめ縄結界を張る様子を見守りながら、皆無は悪魔に解説する。「狼を殺したら、条約に亀裂が入ってまう」

この地を統べる為政者たちと日本妖魔の争いの歴史は、長い。が、百数十年前の開国にあたり、海と山の二正面からの脅威に立ち向かうのは困難と判断した幕府と摂津国各藩主たちは、六甲山系の妖魔たちと和議を結ぶことを決めた。そこから百数十年。飴――本領安堵と罪人の供給――と、鞭――誰あろう皆無の父・正覚の圧倒的武力による威圧――によって、神戸と六甲山系妖魔たちはそれなりに仲良くやってきたのだ。

「じゃが、こやつ今、明確な攻撃意思を持って突進してきたぞ?」

とはいえ大神家の手綱も万能ではない。反乱分子や道理を弁えない若造妖魔が港の混乱に乗じて騒ぎを起こすのはよくあることなので、こうして封鎖を行っているわけである。

「コイツははぐれ者やろ。人間にだって犯罪者はおるし――」

「――グルルルルルァッ!!」「バゥワゥウゥッ!!」「ワオ――――ンッ!!」

皆無の言葉を遮るかのように、山奥から、まるで波のような狼の大群が押し寄せてきた!

「きゃっ」「うおっ、何やコイツら!?」「ひ、ひえぇぇ～ッ！　助けて少佐殿！」

狼たちはしめ縄の前に立ちはだかる見えない壁に激突し、それ以上は進めない。が、早くもそのしめ縄が千切れそうになっている。莫迦たちが必死にエーテルを供給しているが、いつまで持つか……【文殊慧眼】によると他の地点もおおむね同じような状況で、第零師団の若手たちが必死に結界を維持している。

「おやぁ？　随分とはぐれ者が多いようじゃが」

「な、何でや⁉」皆無は頭を抱える。

摩耶山の至るところから、狼たちの遠吠えが聞こえてくる。人々の恐怖を煽る嘶き声。

「【赤き蛇・神の悪意サマエルが植えし葡萄の蔦・アダムの林檎――万物解析】」少女の赤い瞳が一層赤く輝く。「嗚呼――アレが原因じゃな。あやつめ、しぶといのぅ」

「え？」少女が顎で示す方――空を見上げると、宵闇よりもなお暗い漆黒の霧が空を覆っていた。あの霧には見覚えがある。「――所羅門七十二柱の庵弩羅栖ッ‼」

「アレはもう、受肉もままならぬ様子じゃが……不和侯爵の名は伊達ではないな」

不和。仲違い。庵弩羅栖は狼を使役する。霧から発せられる負のヱーテル波。

「あの霧が原因で、狼たちが暴走しとるってことか⁉」

「左様。そうして人の子らの恐怖を集め、力に変える算段じゃろう」

言われて意識してみれば、摩耶山の麓にある数々の集落からどす黒い光――人々の恐怖心を乗せたヱーテルがあの霧の中心に集まりつつある様子が、【文殊慧眼】越しに見える。

狼たちの遠吠えはますます大きくなる。ヱーテル枯渇で気絶する師団員たちが出始める。

このままではいずれ結界が崩され、狼の大群が師団員たちを喰い散らかし、麓の人々を襲い、神戸を呑み込むだろう……そうなれば、人間と和・洋妖魔による三つ巴の地獄が始まる。そうして得た恐怖によって庵弩羅栖が復活すれば、今度こそ神戸が滅ぶ。

（そんな、どうすれば……）頼りになる父は、いない。古参はみな港に掛かりっきりで、ここには退魔師未満のヒヨッコたちしかいない。皆無は左手を撫ぜる。勝てるのか。自分が、伝説の甲種悪魔に？（僕が、僕がやるしか――）

「今度こそ、庵弩羅栖を殺せ」少女の笑み。だが、目が笑っていない。「よいな？」

……絶望的な戦いが、始まる。

◇同日五時五分／摩耶山上空／阿ノ玖多羅皆無単騎少佐

皆無は【追尾風撃】を付与した弾丸を足場に、空を舞う。

「いい加減、観念して予の口付けを受け容れよ」腕の中で少女が言う。

「断る！――【光明】」省略詠唱で空を照らし上げてみれば、視界の先には全てを呑み込む暗い昏い霧の塊。皆無はその巨大な霧に向けて手を翳し、「【浄火】ッ！」烏枢沙摩明王の炎はしかし、霧に触れるや否や、文字通り霧散してしまう。「【偉大なる烏枢沙摩明王よ・烈火で不浄を清浄と化せ・オン・クロダノウ・ウンジャク――浄火】ッ!!」

　今度は完全詠唱し、たっぷりとエーテルを使ったうえで炎を放った。

「ゴァアアァァアアァアアアアアアッ!!」霧から亡者の如(ごと)き声がする。

　視界を覆い尽くすほどの巨大な火の玉はしかし、黒い霧に呑み込まれてしまった。

「糞(くそ)ぉッ！【浄火(じょうか)】ッ!!【浄火(じょうか)】ッ!!【浄火(じょうか)】ッ!!」遮二無二炎を放つが、霧の中から伸びてきた黒い触手につかまれた途端、炎は霧散していく。（アレがエーテルを吸って!?）

　霧から触手が伸びてきて、弾丸に触れる。途端、弾丸は力を失い、落下していく。何発も打ち上げていたはずの足場が、みるみるうちに減っていく。

「――【AMEN(アーメン)】ッ!!」その触手を、少女のエーテルが乗った実包で穿(うが)つ。

　触手が破裂した。が、霧の中から次々と新しい触手が伸びてくるので、焼け石に水だ。

　皆無は脳内高速詠唱で最高火力の術式【神使火撃(ミカエル・ショット)】を練り上げ、「【AMEN(アーメン)】ッ!!」

　霧の本体目掛けて、撃つ。少女の巨大なエーテルが込められた権天使弾(プリンシパリティバレット)による、【神使火撃(ミカエル・ショット)】。現状、皆無が使える攻撃手段の中でも最大最強の術である。

　だが、それさえも――――……

「あ、嗚呼……あぁぁ……」皆無は、自分の声が絶望に彩られていることを自覚する。

　弾丸が放つ輝きは、霧の中に呑み込まれ――……消えてしまった。

　皆無が苦戦している間にも、刻一刻と時は過ぎていく。鋭敏になった【文殊慧眼(もんじゅけいがん)】からは、愛する三人の莫迦(ぶか)たちがエーテル枯渇で次々と倒れていく様子が伝わってくる。今や伊ノ上少尉がただ一人でしめ縄を握りしめ、吐血しながら目を見開いている。狼たちに喰い殺されるのが先か、丹田破裂で死ぬのが先か。

無数の触手が皆無に襲い掛かってくる。皆無はそれを村田銃で捌(さば)くが、遂(つい)には弾が尽き、再装塡の瞬間に触手によって村田銃を叩(たた)き落されてしまう。

(また、守れへんのか？)残り少ない足場を頼りに逃げ回りながら、皆無は自問する。幼馴染(おさななじみ)・真里亜の顔が目に浮かぶ。昔、よく遊んでもらった女の子。そのあどけない顔が十六歳相当の顔になり、苦悶(くもん)に歪(ゆが)み、そして最後には——…腐敗し蛆(うじ)にたかられた顔に変わる。(僕は、また、守れへんのかッ⁉)

「守れる」ふと、耳元で声がした。脳を痺(しび)れさせる、抗(あらが)いがたいほど魅力的で蠱惑的(こわくてき)な声だ。「地獄の魔術ならば、あやつを屠(ほふ)れる。予を受け容れよ、愛(いと)しき我が子よ」

「くッ、それでも、それでも僕は——」悪魔祓師(エクソシスト)としての、人間としての矜持(きょうじ)が、皆無に悪魔(デビル)の提案を拒ませる。皆無はどうすればよいか分からない。頭の中はぐちゃぐちゃだ。

——そのとき、一本の触手が、まるで剣の如き鋭利さで以(もっ)て皆無に襲い掛かってきた！

武器はなく、精神統一もままならず、防護結界を張るにはとても間に合わない。

(い、厭(いや)だッ‼)恐怖に塗りつぶされ、皆無は目をつぶる。(パパ——ッ‼)

――……………が、待てど暮らせど、痛みはこない。

恐る恐る目を開き、皆無は驚愕する。「な、ん、で……？」

「あ…はァッ……」少女が、腕のない悪魔が、皆無と触手の間に割って入っていた。少女が、皆無を、庇っていた。宵闇の中でもなお分かる鮮血が、宙に舞う。「せっかく……手に入れた使い…魔を……失うわけには……いかぬから、のぅ」

少女の体が、皆無の腕から零れ落ちる。――堕ちる。堕ちていく。

「お前――ッ!!」皆無は【韋駄天の下駄】の力を反転させ、弾丸を蹴って跳ぶ――下へ、少女のもとへ。宵闇の中、勢い良く落下しながら、皆無は少女へ必死に手を伸ばす。見れば少女の方も、手を伸ばそうとしている――腕もないのに。

果たして皆無は、少女のドレスをつかみ、少女を手繰り寄せることに成功した。

「容れるッ!!」少女を抱きしめながら、皆無は叫ぶ。「お前の力、悪魔の力を受け容れる！やから、僕にみんなを守らせて呉れ。――僕に、お前を、守らせて呉れッ!!」

「――許す」少女が、弱々しくも力強く、嗤った。「予の口付けを、受け容れよ」

皆無は少女の唇にかぶりつく。ドロリとした甘いヱーテルが皆無の舌を、喉を、胃を温めていく。全身が熱い、熱い、熱い。皆無の体が眩いヱーテル光に包まれ、次の瞬間、

「これは……」皆無は自身を見下ろす。真っ黒な毛に覆われた手足、鋭く禍々しい爪、

隆々たる胸筋。今や皆無の体は蝙蝠（こうもり）の如き翼の羽ばたきで、悠々と空に浮いている。だがそれら悪魔的な部位は半透明——受肉（マテリアラキズ）未満の状態である。しかしそれでも、「この力は」

体内を、凄（すさ）まじい量のヱーテルが循環している。もはや無意識化で常時発動している【文殊慧眼（もんじゆけいがん）】が皆無に、自身のヱーテル総量が五千万単位に至っていることを伝えてくる。

——実に、日本一の退魔師たる父・正覚の、二倍。

「地獄の魔術を……授ける」途切れとぎれに、少女が言う。「復唱せよ」

「う、うん」

「【三つの暴力・女面鳥（ハーピー）に啄（ついば）まれし葉冠・呵責（かしゃく）の濠（ほり）】——」

「み、【三つの暴力・女面鳥（ハーピー）に啄まれし葉冠・呵責の濠】——」

悪魔的な単語が、詠唱が少女の舌の上で踊り、皆無の舌に絡みつく。

「【苦患の森に満ちる涙よ雨となり】」「【苦患の森に満ちる涙よ雨となり】」

多量のヱーテルで繋（つな）がったことにより、少女の思考が流れ込んでくる。

「「【煮えたぎる血の河と成せ】」」

皆無は少女を強く抱きしめながら、その右手の平を霧に——不和侯爵庵弩羅栖（アンドラス）に向ける。

「「【パペサタン・パペサタン・アレッペ・プルートー】」」

今や皆無は、少女とともに結びの句を叫ぶ。

「────【第七地獄火炎(プレゲトン)】ッ!!」

空が、炎で満たされた。

「ゴァアアァアァアアァァアアアアアアァアァアアアァアアアアアアアアアアアッ!!」

黒い霧が、不和侯爵庵弩羅栖(アンドラス)が、断末魔の叫びを上げる。

地獄の炎が、全てを焼き尽くす業火が、瞬く間に霧を呑み込む。焼き滅ぼす。

……────後にはただ、何もない空が在る。否(いや)、何もないわけではない。光が在った。

薄っすらとした光が、東の方角から立ち上がりつつある。

夜が、明けたのだ。

◇同日五時二十分(マルゴーフタマル)／摩耶山(まやさん)の山道／阿ノ玖多羅皆無単騎少佐

【文殊慧眼(もんじゅけいがん)】からは、庵弩羅栖(アンドラス)の死によって理性を取り戻した狼(おおかみ)たちの様子と、夜明けによって霊界(アストラル)へと還(かえ)っていく西洋妖魔の様子が伝えられる。

神戸は、守られたのだ。

「やった、やったで！」着地しながら、皆無は興奮と喜びを少女にぶつける。

「よ、ようやったのぅ……そ、それは良いが」その少女が、真っ青な顔をしている。「は、早う……予を治して給れ」

「うわぁッ!?」皆無は仰天する。朝日の下で見てみれば、少女は肩口から胸元までざっくりと切り裂かれていて、傷口からはとめどなく血が溢れ出ている。「【オン・ビセイシャラ・ジャヤ・ソワカ――治癒】ッ！」

短縮詠唱で薬王菩薩の真言密教術を使うと、みるみるうちに傷口が塞がっていく。

「ふむ。なかなかの術式展開能力じゃのぅ！」早々に顔色を取り戻し、少女が嗤う。「そなたに地獄級魔術の数々を仕込むのが、今から楽しみじゃァ」

あれほどの大怪我を負いながら、気丈に振る舞っていたのだ――皆無は改めて、少女の精神力に息を呑む。

（嗚呼、何とか無事終わったんやな……）そう思った途端、猛烈な疲労と眠気が襲ってきた。皆無はその場に座り込んでしまう。受肉未満だった悪魔の体が、白いエーテルの塵となって空に溶けてゆく。（せや――これは、これだけは、聞いとかへんと）

今にも気を失いそうになりながら、皆無は少女に問う。「……お前、名前は？」

「リリス」少女が嗤った。「そなたの命を喰ろうた女の名じゃァ。忘れるでないぞ、愛しき我が子よ」

LILITH WHO LOST HER ARM

Devilize

第弐幕

人魔の狭間を
さ迷ひて

◇十一月二日九時四十五分（マルキューヨンゴー）／パリ外国宣教会屋敷（MEP）・自室／阿ノ玖多羅皆無（あのくたらかいな）単騎少佐

夢を見た。悪魔（デビル）に魂を売り、その悪魔（デビル）の王国を作るために右往左往する夢を。

「うわぁぁあああ⁉」皆無は飛び起きようとして、「――わぷっ⁉」

何やらただならぬ柔らかさを持った物体に鼻先をぶつけ、仰向（あおむ）けに戻った。

「二度目じゃぞ、ソレ」上から声が降ってきた。艶（あで）やかな少女の声。図らずも己の主となった、腕なし悪魔（デビル）の声である。「そなた、澄ました顔をしておいて、実は助兵衛（すけべえ）じゃな？」

「う、五月蝿（うっさ）いねん、お前ッ！」皆無は真っ赤になりながら、ベッドから降りる。

見渡せば、ここは自室。皆無が十年以上の間、寝起きしてきた部屋だ。

「お前、ではない。名乗ったであろう」「ああ、せやったな。ええと……り、り……」「何じゃ何じゃ、もしやそなた、おなごの名を呼ぶのが恥ずかしいのか？　童貞か？　口付けしたときも、随分と戸惑っておったが」「う、五月蝿いねんお前！」「名前」「うっ」「なーまーえっ」「り……リリス！」「あはァッ、ようできたのぅ。褒めて遣わす」「うぐぐ」

腕なし悪魔（デビル）の少女――リリスが、ベッドでぼふっと横になる。

「貴様、不敬だぞ！」不意に、足元で中性的な声がした。「『殿下』をお付けしろ！」

見てみれば、半透明の悪霊（デーモン）――受肉（マテリアラキズ）状態を維持できていない、手の平ほどの馬が佇（たたず）んでいた。翼を持った馬が、エーテルを纏（まと）った前足で皆無の向こう脛（ずね）を蹴り上げてくる。

「痛ッ、いたたッ、何やコイツ⁉　で、デンカって何のことや？」

「よいよい、聖霊(セアル)。そなたはヱーテルを回復させることだけに集中するのじゃ」

「――ははッ！」悪霊(デーモン)が頭(こうべ)を垂れ、その姿が霞(かすみ)のように消えていく。

「今のは予(よ)の従者、聖霊(セアル)じゃ。ヱーテル核をたっぷり喰わせてやることができて、あのとおり消滅させずに済んだ」リリスが穏やかに微笑(ほほえ)む。「そなたのお陰じゃ」

皆無は、斯様(かよう)な美少女が自分のベッドで横になっているという事実に戸惑う。

「それはそうと、そなたが眠りこけている間、大変だったのじゃぞ？」「せ、せや！　僕はあのあと気絶して――どないなったん⁉」「悪魔祓師(エクソシスト)どもに取り囲まれて」「……うん」「取り押さえられて」「嗚呼……」「そなたの父を名乗る男が出てきて」「ダディ、無事やったんやな⁉」「アレはすごい術師じゃな。予でもちょっと敵(かな)わぬやもしれぬ」「ヱーテル総量やったらリリスの方が圧倒してるやん」「兎(と)も角(かく)、そなたが使い物にならぬ以上、予に抵抗手段はないから――」「つ、使い物て」「――このとおり、投降した」

皆無は立ち上がり、部屋のドアノブを回す――回らない。【文殊慧眼(もんじゆけいがん)】によれば、部屋のドア、窓、壁、天井、床の全てが強固な防護結界で覆われている。現状、自分はもはや悪魔(デビル)――人間の敵である。監禁措置は当然であろう。

「嗚呼(ああ)……あぁぁ……」皆無は頭を抱える。昨日までは最年少単騎少佐として、父には敵わないまでも将来を有望視され、順風満帆な人生を歩んできていたのだ。それが、たった一夜にして人間の、国家の敵になり、明日をも知れぬ身の上になってしまった。

「そう嘆くでない。予に対して従順でいる間は、たっぷりと可愛(かわい)がってやる」両腕のない悪魔(デビル)が、脚で反動を付けて起き上がる。「そうじゃな、まずはそなたの名前を聴こう」

「寿限無寿限無(じゅげむじゅげむ)五劫(ごこう)の擦(す)り切れ海砂利(かいじゃり)水魚(すいぎょ)の水行末(すいぎょうまつ)――」皆無は腹いせに出鱈目(でたらめ)を言う。

「長い名じゃのう。さては嘘(うそ)じゃな？　お望み通り命令してやろう。我が子よ、名乗れ」

「阿ノ玖多羅皆無」即座に言葉が口から出た。（糞ッ……やっぱり、僕の体を勝手に動かす力は健在か）

「アノク？」リリスが首を傾(かし)げる。

　その仕草を可愛いと感じてしまい、皆無は焦る。

「この国のことは知らぬが、変わった名前じゃというのは分かる。どういう意味じゃ？」

「阿耨多羅三藐三菩提(あのくたらさんみゃくさんぼだい)。等正覚(とうしょうがく)・正等覚(しょうとうがく)・正等正覚(しょうとうしょうがく)。釈迦牟尼仏(しゃかむにぶつ)の涅槃寂静(ねはんじゃくじょう)や」

「あ～、仏陀の悟り(ニルヴァーナ)か！　しかし字面が分からぬのう。【偉大なる狩人(かりうど)よ・遍(あまね)く動物の言語を解する公爵馬羅鳩(バルバトス)よ・予にその知識の一環を開示し給れ――翻訳(トランスレーション)】」少女が唱えると、部屋が一瞬だけ白い光で満たされた。「ふむ、阿耨多羅を阿・の・く・多羅に分解して――、『く』は数字の九じゃな？　ノは適当な当て字と見た」

「ほう……ッ！」改めて、皆無は少女の精巧にして流麗な術式展開に見惚(みと)れる。

長ったらしい詠唱も、魔法陣も媒体も必要とせず、一瞬のエーテル展開で術を成立させてしまうとは！　これほどの芸当ができるのは、皆無が知る限りでは父・正覚(しょうがく)と飲んだくれの師匠・愛蘭(アキラム)先生くらいなものだ。陸軍士官学校でも、皆無に術式を教えるに足る講師は一人もいなかった。父と愛蘭(アキラム)以外の教師の存在に、皆無は飢えていた。

「ふふん」皆無の子供のような――実際子供だが――尊敬の眼差(まなざ)しに気を良くしたらしい少女が、その悪魔的な胸を張ってみせる。「素直に予に従うならば、手ほどきしてやっても良いぞ？　で、何故(なぜ)に阿ノ玖多羅の玖は九なのじゃ？」

「『護国拾家』――古くから続いとる、退魔の名門拾家がおってな。もっとも『護国』なんて文字が付いたんは、明治日本として統一国家になってからの話なんやけど」先ほどは意地悪で漢字を列挙してみせた皆無だが、手ほどきして欲しさに、露骨に素直になる。

「壱文字(いちもんじ)・弐又(ふたまた)・参ツ目(みつめ)・肆季神(しきじん)・伍里(ごり)・陸玖陸(むくろ)・漆宝(しっぽう)・捌岐(やつくび)・阿ノ玖多羅・拾月(じゅうげつ)」

「阿ノ玖多羅皆無――カイム、ではないのか。良かったのぅ」

「カイムやなくて、カイナ。父曰(いわ)く、神無月生まれから取ったとか。良かった、って？」

「カイムは所羅門七十二柱(ソロモンズ・デビル)が一柱の名じゃ。名前が被ると、人の子らによる悪魔信仰心(アストラル)が分散される。神や天使どもも同様、我ら悪魔(デビル)にとっても人の子らの信心(アストラル)は大切じゃ」

「カイムやなくてカムイやったらおるけどな。第七旅団長の神威中将閣下」

「ふぅん？　そんなことより、今はそなたのことをもっと聞かせてお呉れ、カ・イ・ナ」

少女の麗しい唇から己の名が呼ばれたことに、皆無はゾクゾクしてしまう。

「皆無よ、愛しき我が子よ。そなたの家族構成は？」

「父がおるだけ。母の顔は知らん」

「ふむ。父親がおるだけ良いではないか。予なぞ昨日、二親を始めとする親族を嬲り殺しにされたのじゃからのぅ！」とんでもないことを口にしながら、笑い飛ばす少女。

「――――……ッ⁉」皆無は、この少女が持つ無限の意志力に、途方もなく強い感銘を受けた。皆無はこれまで父と比較され続けることを悲嘆し、うじうじと悩みながら生きてきたが、きっとこの少女ならばその程度のこと、鼻で笑って蹴飛ばしてしまうことだろう。

「で、そなたの父は、その『阿ノ玖多羅家』の当主か何かかの？　あれは大した術師じゃ」

「せや。けど父は、阿ノ玖多羅の生まれとは違う。阿ノ玖多羅は拾家の中でもゐの一番の名家で、退魔師の中にはその名にあやかろうとして阿ノ玖多羅を名乗る奴が多いんよ。斯く言う父もそのクチや」

「んんん？　なのに今は当主なのか？」

「阿ノ玖多羅の力の源・九尾狐はこの百数十年ほどずっと眠りっぱなしで、彼の家は今、魔を祓うだけの力を持ってへんのやって。やから金と引き換えに父を雇っとるんよ」

「何とも滑稽な話じゃのう！　──おや」少女がドアの方を見て、「噂をすれば、じゃな」

──コン、コンコン
「失礼します」果たして、身長一〇〇サンチの奇人にして偉人の父が部屋に入ってきた。

「──パパッ⁉」あの絶望的な戦いを経て父と再会できた喜びと驚きのために、皆無の口から昔の呼び方が出てくる。驚き──そう、父が右腕を怪我しているのだ。ギプスでグルグルに固定された腕を首から下げた包帯で固定している。

父が怪我をしている！　あの、三人の莫迦の怪我を一瞬で癒やしてしまった父が！

「あら～可愛い！　皆無チャン！」パパ呼びが出たことに狂喜乱舞する父に対し、

「違う！　違う違う、今のなし‼」皆無は顔を真っ赤にして否定する。「だ、ダディ、どないしたんその腕⁉　な、何で治さへんの⁉」

「いやぁ、昨日の戦でエーテルのほとんどを消費してしまってね」

「二千万超えなんやろ⁉」

「だって相手は悪魔大印章持ちの所羅門七十二柱だよ？　大印章の展開は、自分が望まぬあらゆる術を無効化せしめることができる、まさに悪魔のような秘術さ。お陰で純粋なエーテルによる殴り合いだよ。燃費が悪いったらありゃしない」

「けど治癒系の神術使える人は神戸（ここ）にもおるやろ？」

「そうか、お前は知らないんだな。実は――」父の口から昨夜のあらましが語られる。庵弩羅栖（アンドラス）との戦闘詳報と、戦いの最中に【神戸港結界（こうべこうけつかい）】が破られてしまったことが。「お陰で和洋の別なく神戸中の術師が大わらわさ。私の治療のために割けるヱーテルなんて一滴たりとてありゃしない。お陰で私は、とりあえず術式義腕を付けて、定着するのをこうしてゆっくり待っているわけさ。――さて」父が少女の前に歩み寄り、西洋風のお辞儀をする。「レディ、お話を聞かせていただいても？」

「ふむ」リリスと父の視線がかち合う。「時にそなた、幾つなのじゃ？」

「残念ながら、百を過ぎてからは覚えておりません」

「百ぅ!?」少女が、その泰然とした様を崩して驚く。それを恥じてか、わずかに顔を赤らめつつ、「こほん！　人の身で魔王化（サタナキズ）の域に達するとは、本当に大したものじゃのぅ」

「貴女（あなた）ほどではありませんよ、ヱーテル総量五億の魔王様」

「王？　予はまだ、王ではない」

「まだ、とは？」

「力を取り戻し、憎き叛逆者（はんぎゃくしゃ）どもを八つ裂きにし、我が土地と民を奪った七大魔王（セブンスサタン）が一柱・毘比白（ベヒモス）を縊（くび）り殺してからでなければ、王は名乗れぬ」

「「――毘比白(ベヒモス)!?」」皆無と父が、二人して素っ頓狂な声を上げる。十三年前に神戸港に襲来し、父の半身を喰(く)らった魔王の名が出てきたからだ。

「……ご事情を、詳しくお聞かせ願えますか？」父の声が低くなる。

「参ったのぅ……予はそなたの息子・皆無が欲しい」

欲しいと言われ、壁際でびくっとなる皆無。

「予の旅路に連れていきたいのじゃが……話せば、それを許してもらえるかの？　できれば、可愛い使い魔の親族とは仲良くしておきたい」悪魔(デビル)が、犬歯を剝(む)き出しにして微笑む。

「それはレディ、貴女が何処(どこ)まで真摯に答えてくださるか、それ次第でございます」父がにっこりと微笑む。「そもそも、何も息子を使い魔とせずとも、この部屋に潜んでいる悪霊(デーモン)にエーテルを譲渡して戦力と成せばよいのではありませんか？」

「ほう？」少女が目を細める。「聖霊(セアル)には気配を消させておいたのじゃが」

「常人よりも、少々敏感でして。漠然となら、相手が考えていることも分かります」

「【赤き蛇・神の悪意サマエルが植えし葡萄(ぶどう)の蔦(つた)・アダムの林檎(りんご)――万物解析(アナラキズ)】」少女の瞳が一層輝き、「【悟り(ニルヴァーナ)】!?　人の子とは思えぬほど、凄(すさ)まじい能力を持っておるのぅ。七十二柱(ソロモンズ)の上位や七大魔王(セブンスサタン)クラスになると、過去・現在・未来を見通す力を持つというが」

「恐縮です。が、さすがの私も未来予知まではできません」

「ふむ。まぁよい、可愛い可愛い使い魔の親族なのじゃ、教えてやろう。大印章持ち(グランドシジル)の悪魔(デビル)というのは、一個人でありながら一つの世界なのじゃ。別の悪魔(デビル)のヱーテルなんぞ注ぎ込まれてしまっては、拒絶反応を起こすか、最悪(デビル)世界が崩壊する」

「――ええッ⁉ あの馬の悪霊(デーモン)も七十二柱(ソロモンズ)なん⁉」皆無は思わず会話に割って入ってしまう。受肉(マテリアラヰズ)を維持できていないことから、大した相手ではないと侮っていたのだ。

父が小さく咳払(せきばら)いする。「さて、レディ。最初に、これが一番大事なことなのですが――貴女には、この国に住む人間に対する害意はありますか？」

「ない」美しき悪魔(デビル)が大きく胸を張って断言する。「我が眷属(けんぞく)には女夢魔(サキュバス)、男夢魔(インキュバス)が多い。彼らは人の子らの夢に出て、精液や愛液を介してヱーテルを喰らう。人は健全な状態で生かしておいてこそ、我らの糧となる」

（やっぱり！）皆無は歓喜する。この少女が自分や伊ノ上(いのうえ)少尉に対して取って呉れた行為を、皆無はしっかりと覚えている。（本当に良かった。人殺しは命じられずに済みそうや）

「なるほどそれは、本当に何よりです」ほっとしたようにうなずきながら、父が懐から手帳と鉛筆を取り出す。「では次に、お名前をお聞かせ願えますか？」

少女がその、威厳と可憐(かれん)さを兼ね備えた魅惑的な声で、威風堂々と名乗る。

「我が名はリリス・ド・ラ・アスモデウス。アスモデウスの名を、やがて襲う者である」

（そう、リリスや）皆無はその名に聞き惚れる。（…………って、阿栖魔台⁉）

「阿栖魔台――何処かで聞いたことがあるような？」父が暢気に首を傾げている。

「阿呆ッ、七つの大罪を名乗る七大魔王の一柱やんけ！」

「へ？」父がポカンとした顔になり、慌てて懐から『毎朝見ろ手帳』――忘れっぽい父のために皆無が作ってあげた備忘録を取り出す。しばらくしてから顔を上げ、「いやいや、さすがの私もそれは忘れてないよ？」忘れていたクセに、いけ酒蛙々々と言ってのける。

「けど、何というか……個人的に縁があったような、そんな気がするんだよね」

「七大魔王と個人的に縁なんてあって堪るか！」身内特有の身近さで突っ込む皆無。

「ご、ごほん。では話を続けましょうか」やや顔を赤らめながら、父。「調書を取るのですが、お名前の当て字はこちらで決めさせていただいても？」

「当て字、とは何じゃ？」

首を傾げる少女――リリスの愛らしい仕草に皆無はドキリとし、そのことに戸惑う。

「はい、この国の古めかしいしきたりでして。外来語には、漢字を当てるのです」言いつつ手帳に『阿栖魔台』と書いて見せる父。

「何と面妖な……まぁよい。そなたが決めよ」

「それでは――」父が手帳に、

『璃々栖』

と書いた。

少女リリスが手帳を覗(のぞ)き込み、「璃、とは？」

「宝石。瑠璃玻璃の璃です。偏(へん)には王の意味もあります」

「栖、は？」

「特に意味はありませんが、ルイス・キャロル著『不思議ノ国ノ有栖(アリス)』と同じ字です」

「あはァッ、良いな。気に入った！　予(よ)は、この国では璃々栖(リリス)と名乗ることとしよう！」

両腕のない少女の悪魔リリス――否、璃々栖が、嗤(わら)った。


「レディ・璃々栖」父による事情聴取は続く。「貴女が神戸港に現れたとき、【神戸港結界(こうべこうけっかい)】は健在でした。つまり貴女は、結界の内側に突如として現れた」

「そこまで分かっているなら、仕方ないかのぅ。ご明察の通り、【瞬間移動(テレポート)】の魔術じゃ」

「何処から来られたのですか？」「――物理界(アッシャー)で言うところの仏蘭西(フランス)じゃな」

「一瞬で？」「――そりゃァ、『瞬間』移動じゃからのぅ」

「【瞬間移動(テレポート)】。貴女の魔術ではありませんね？」「――何故(なぜ)、そう思う？」

璃々栖の声の温度が下がる。

「それだけの距離を渡れるなど、それこそ悪魔大印章級の大魔術。そして、この部屋に潜む偉大なる気配は――」父が『毎朝見ろ手帳』の所羅門七十二柱の項を繰りながら、

「位階七十位の君主。瞬く間に世界中の何処にでも移動する力を持つ、大悪魔・聖霊」

「あはァッ、正解じゃぁ！」璃々栖が嗤う。「予の侍従たる聖霊は、囚われの予を救うために奮戦し、さらには【瞬間移動】を使ったがために、斯様にまで消耗しておる」

「囚われて……あぁ、なるほど」父がうなずく。「レディ・璃々栖。大変なご無礼を承知の上で申し上げますが、貴女は今、ご自身の印章をお持ちでありませんね？」

（悪魔印章には、二種類ある）皆無は士官学校で学んだことを思い出す。（一つは七大魔王と七十二柱だけが持つ、己以外のあらゆる術式を封じせしめる大印章。そしてもう一つが、甲種悪魔がみな持っている、強大な魔術の発生装置である小印章）

　小印章には『世界』を構築して他者の術を無効化するほどの力はないが、それでも印章持ちと持たない悪魔とでは、その実力は隔絶している。だが短所もある。それが――

「印章持ちの悪魔は――」父が言う。「印章を失うと、魔術の大半が使えなくなる」

　皆無は昨晩の少女の様子を思い出す。（一応、【虚空庫】っぽい術や補助系の術は使えるみたいやけど。つまり璃々栖の印章は、その両腕に刻まれとったんやろう。そしてそれを）

「囚われていたときに、その『叛逆者』の手によって――」父の言葉に、

「失くしたのじゃ！」璃々栖が、初めて怒気を露わにした。凄まじい怒りが感情体を介してヱーテルを発し、部屋の空気をびりびりと震わせる。が、それも数秒のこと。璃々栖はすぐに落ち着きを取り戻し、「……逃げるときに、失くしてしまっただけじゃ」

やはり、敵の手によって印章を腕ごと斬り落とされてしまったのだろう……と、皆無は考える。印章を奪われることは、悪魔にとってよほど屈辱的なことであるらしい。

「……失礼いたしました」父が頭を下げる。「では次に、貴女が他ならぬここ、神戸港に現れた理由についてです」

「秘密じゃァ」早々に調子を取り戻したらしい少女の、小悪魔的な微笑。

父もまたにっこりと微笑み、「駄目です」

「駄目、とは？」

「何が何でも話していただきます」父が虚空から南部式自動拳銃を引っ張り出す。

「分かっておらんようじゃが……予はそなたの息子の命を握っておるのじゃぞ？」

「状況をご理解なさっておられないのは貴女の方ですよ、レディ。私は軍人です。軍人とは、命令とあらば部下や己の命を差し出すものです——たとえそれが、息子の命であっても」その銃口が、あろうことか皆無へ向けられる。「貴女は腕を持たず、侍従の大悪魔・聖霊も消耗している。皆無を失っては、自衛する術を失うでしょう？」

「だ、ダディ――」

「お前は黙っていろ、皆無」恐ろしく冷たい、父――いや、一人の軍人の、声。

父と璃々栖が睨み合う。…………――一分ほども経ってから、

「こやつとは、何故だか抜群に相性が良い」璃々栖が、大袈裟に肩を竦めて見せた。「手放したくはないのぅ」

「利害の一致を見たようですね？」父が南部式の銃口を下ろす。

「はぁあああああ……ッ!!」力が抜けた皆無は、思わずその場に崩れ落ちる。

「じゃが、話す前に一つ条件がある」

皆無は泣きたい気持ちで璃々栖を見上げる。これ以上事態を複雑化させないで欲しい。

が、当の璃々栖は小悪魔的な笑顔で、「湯浴みじゃァ」

「「はぁ？」」思わず、父と一緒に素っ頓狂な声を上げ、「「あぁ」」すぐに納得した。

悪魔の姫君は、全身血塗れ泥塗れなのである……身を清めたがるのも道理であった。

「分かりました。すぐに湯を張ってきますので」言いながら、父が懐からロザリオを取り出し、ぎゅっと握り込む。一瞬だけロザリオが光り輝く。「レディと皆無の移動可能範囲をこの屋敷の居住区全域に広げました。――皆無、屋敷を案内して差し上げなさい」

皆無は璃々栖を連れて、屋敷——第七旅団ではもっぱら『MEP屋敷』と呼ばれている建屋を案内する。ここは神戸・外国人居留地のど真ん中に立つ、第七旅団の出張所だ。

今でこそ各港は退魔専門部隊たる第零師団、その中でも西洋妖魔に特化した部隊たる第七旅団によって守られている。が、第七旅団が成ったのは十数年前の話。それまで日本の港は、『パリ外国宣教会』によって守られていた。ここは、その神戸支部である。

「それでここが休憩室や……あっ、休憩室です」皆無は父の敬語を思い出す。

「よいよい」案内されているくせに前を歩く璃々栖が、くるりと振り向いた。長い金髪が舞い、窓から入ってくる朝日を吸ってキラキラと輝く。「使い魔にしたとはいっても、半ば無理矢理のことだったのじゃ。従うべきには従ってもらうが、臣従せよとまでは言わぬ。それに——砕けた話し方の方が、弟ができたみたいで心地よい」

「…………」弟扱いされたことを、皆無は何故だか残念に感じる。とはいえ皆無は現状、この美少女に対し、どのような感情を抱くべきなのか判断しかねている。「我が子や言うたり弟や言うたり……そもそも何やねん、我が子て。僕はお前の子供ちゃうんやけど」

「予はいずれ王となり、偉大なる国母にして国父となる者じゃぞ？」

「あぁ、そういう……」溜息をついてみせながらも、皆無の視線は璃々栖の横顔にくぎ付けになっている。皆無は我知らず、すでに璃々栖の虜になりつつあった。顔、体、声、ヱーテル総量——何処を取っても、極上の女である。そして何より、心。もしも自分が叛逆の憂き目に遭い、親を殺され、腕を斬り落とされ、自分を敵と見做す集団——悪魔祓師たちのただ中に放り込まれたとして、あれほど気丈に振る舞い、立ち回れたであろうか。

二階建ての二階の隅、休憩室に入ると、

「おやおや皆無、随分と可愛い彼女を連れているじゃァないか！」ビリヤード台の上で胡坐をかき、蒸留酒を喇叭飲みしているシスターが、こちらに気付いて声を掛けてきた。

「うっ……」部屋中に充満する濃厚な酒の臭いに、皆無は堪らず鼻をつまむ。

午前中のことである。ビリヤード台の上には酒瓶が沢山転がっており、酒の肴が載っていたらしき皿も散乱している。部屋には今、このシスターしかいない。

「愛蘭先生！」が、皆無はこの変人のことが大好きであった。

愛蘭——第七旅団の中でも最も優れた悪魔祓師に数えられる『十三聖人』の十三。身長は皆無よりも更に低くて一二〇サンチ程度。西洋風の顔立ちは若々しいが、年齢不詳。皆無が師と仰ぐ数少ない術師の一人だ。

「愛蘭……愛蘭？」璃々栖が首を傾げ、「何とも悪魔的で冒瀆的な名じゃのぅ」

「はぁ？」今度は皆無が首を傾げる。

「アンタがウワサの小悪魔チャンかい？」ビリヤード台から飛び降りた愛蘭が、酒臭い息を発しながら近づいてくる。頭巾の間から長く真っ白な髪が零れ落ち、陽の光に輝く。

そう、随分と年若いように見えるこの女性は、白髪頭なのだ。皆無の記憶によれば、当人曰く『アタシが美女過ぎて求婚が止まらないから、自慢の金髪を脱色することで魅力を抑えている。ついでに髪の色をエーテルに変じた』とのことだが、前者は法螺で、実際の理由は後者であろう。贄――命まで捧げなくとも、声や視力や髪の色や金銭などを信仰対象に奉納してエーテル総量を増やすというのは、退魔師がよくやる手段なのだ。

「何ともまァ可愛らしい！」璃々栖の目の前までやって来た愛蘭が、仁王立ちして酒臭い息を吐く。「アタシゃ可愛い子が大好きだからねぇ！」

「――…う、うむ」璃々栖が一歩、後ずさる。あの璃々栖が圧倒されている。

「アタシはこの子の親から、この子のことを頼まれているんだ。だから」愛蘭が、空っぽの酒瓶で皆無の頭を小突きながら、璃々栖に向って言う。「大切に、おし」

それだけ言って満足したのか、愛蘭が千鳥足で部屋を出て、廊下の奥へと消えていく。

「な、何というか……中々に凄そうな御仁じゃな」

「本当に凄いんやから！」

「おや、誰かいましたか？」声に振り向いてみると、愛蘭とは逆の方向から父がやって来るところだった。「風呂の準備が整いましたよ」

「じゃあ、僕は外におるから」璃々栖を脱衣室に案内した皆無が外に出ようとすると、

「そなたも一緒に入るに決まっておろう？」当然とばかりに、璃々栖が言い放った。

「――――は？」皆無は固まる。

「誰が予の服を脱がすというのじゃ。この通り腕がない」

「はぁッ⁉」

「誰が予の体を洗うというのじゃ」璃々栖が妖艶に微笑む。

「い、い、いやいやいやいや‼　侍従の聖霊って奴にやらせりゃええやん！」

「受肉できないほどに消耗しておるというのに……そなた、悪魔か？」

「悪魔はお前や！　じゃ、じゃあ愛蘭呼んでくる！」

「確かにあやつは悪魔に対しても理解がありそうじゃが……それでも悪魔祓師なのじゃろう？　体を預けるに足る相手とは思えぬ」

「え、え……ほ、本気で言っとるん？」

「予はさっさと、さっぱりしたいのじゃ。ほれ、早う脱がせ」

皆無は白目を剝きそうになる。卒倒できるのなら、したかった。

阿ノ玖多羅皆無、十三歳。未(いま)だ声変わりも精通も経ていないこの子供には、母も姉も妹もいない。許嫁(いいなずけ)はいるらしいが会ったことはなく、無論、交際相手などもいない。異性に関する知識は莫迦(ばか)の男二人から多少仕込まれてはいるものの、莫迦(ばか)たちがこんな子供を花隈町(いろまち)へ連れていくはずもなく。皆無が女の肌を見るのは、これが初めてのことになる。

「ほれほれ、早うせんか」

言って大きく胸を張る美少女璃々栖の、一体全体何処をどう脱がせばよいのか皆無には見当もつかない。それでも——顔を耳の先まで真っ赤っかにして——無我夢中で手を動かし、璃々栖をまずは下着姿にまですることに成功した。

璃々栖の放つ甘い匂いと血の臭いが混じり合った、快と不快の分水嶺(ぶんすいれい)のような香りが脱衣所を満たし、皆無はもうそれだけでクラクラとしてくる。

「————……」そうして皆無はゴクリと生唾を飲み込みつつ、璃々栖の悪魔的な乳房を包み込む乳押さえ(ブラジャー)に手を掛ける。この、第二の心臓が口から飛び出して来んばかりの動悸(どうき)は、性欲ではなく恐怖によるものだ。実際、軍袴(ズボン)の中の一物はすくみ上がっている。

「んっふっふっ……愛(う)いのぅ、実に愛い奴じゃ」璃々栖が余裕の笑みを見せる。が、その頬(ほお)が若干朱に染まっていることに、一心不乱な皆無は気付かない。「ほら、早う」

催促されても、皆無は全身に冷や汗を浮かべるばかりで、一向に手が動かない。

「……はぁ、まぁ仕方がないか。我が使い魔・皆無よ、さっさと予の服を脱がせ」

「ヒッ」命じられるや否や、皆無の体が勝手に動く。璃々栖の乳房押さえを外し、皆無自身の視線と意識はその暴力的な乳房に釘付けになりつつも、体の方は下着に手を掛ける。

「皆無よ、何処を見ておるのじゃ？」

「み、み、見てへん!!」璃々栖のいたぶるような声に、皆無は慌ててそっぽを向く。

「時に、そなたは脱がぬのか？」

主の鈴のような声でそう言われ、皆無は悲鳴を上げる。「ぬ、脱がんわ!!」

「あはァッ！　皆無よ、脱げ」

「ヒッ⁉」己の意志に反して肋骨服を脱ぎ、白シャツを脱ぐ。「し、下は勘弁して――」

「そなた」ふと、主――璃々栖が至極真面目な声を発した。「悪魔化が解けたときの、そなたの裸身を見たときから思っておったのじゃが……背中の、その痣は何じゃ？」

「へ？」言われて皆無は、己の背中を姿見越しに見る。華奢なその背中には、蛇がのたくったような奇妙な痣がある。「分からへん。生まれたときからあったから」

「蛇、葡萄、喇叭、蠍の尾……何だか魔法陣っぽいのぅ。何とも言えぬ悪魔味を感じる」

「で、デビリズム……？？？　魔法陣にはまぁ、見えなくもないかな――って」皆無は真っ青になる。「そんなことより！」

璃々栖の裸身に刻まれた、怪我の数々。大小様々な切り傷や打撲傷も痛々しいが、中でも一番酷いのは、今なお血が滲んでいる右肩——腕を斬り落とされた跡だ。

「と、とにかく清めへんと！」不衛生は破傷風の元だ。

皆無は璃々栖を浴室へ招き入れ、湯船の湯を桶に掬い、蛇口の水で冷ます。数年前に開局した神戸水道局から供給されるこの水は、衛生的と評判だ。清めるための湯は用意したものの、皆無はこの凄惨な切り傷にどう触れてよいやら分からない。

「そんなにオロオロするでない」ここでも、璃々栖が泰然とした様を見せる。「ほれ、その桶を肩口に掲げよ」

「う、うん——って、うわっ⁉」

璃々栖が桶の中に右肩の傷口をばしゃんと突っ込み、じゃぶじゃぶと動かす。顔色一つ変えずに。たちまち桶の湯が血に染まり、「もう一回じゃ」

言われるがまま湯を用意し、璃々栖がまた、じゃぶじゃぶとやる。

「ま、こんなもんじゃな」

「じゃあ逆を——」

「要らぬ」

「……え？」言われて見てみれば、左肩は傷ひとつない。古傷すら存在しない。

「可愛い我が子よ、治癒の魔術で癒やして給れ」

「せ、せやった！」慌てて薬王菩薩の術を使おうとするも、つい先ほどヱーテル枯渇で倒れたばかりであることを思い出す。「待っててな、触媒持ってくるから――むぐッ!?」

いきなり口付けされた。ドロリとした甘く高濃度なヱーテルを喉に流し込まれる。

「んッ」喉が焼けるように熱い。呼吸ができない。涙が出てくる。「んん――ぷはぁッ」

「んふふ」ヱーテルが煌めく糸を舐めとりながら、璃々栖がいたぶるように微笑む。「どうした皆無、何を泣いておる？　誰じゃァ、予の可愛い子供を泣かせた不届き者は？」

「このッ――」皆無は、悔しい。西洋化の最先端たる第七旅団の所属ということもあり、皆無は男尊女卑の意識が薄い。が、そうは言っても女に泣かされるなどは日本男児の恥、という感覚が皆無にはある。ただでさえ精神的に苦しいのに、急激に体内のヱーテル量が上昇したことによる酔いで、目に映る光景がグルグルと回り始める。「おぇっ……」

「吐くな吐くなもったいない」璃々栖の唇で口を塞がれ、無理やり嚥下させられる。「さっさと慣れよ。そんな調子では悪魔化もままならぬ」

「うっぷ……鬼ぃ、悪魔ぁ……」果たして、皆無の体を角、爪、翼、尾といった悪魔の部位が覆う。が、それらはいずれも半透明――受肉未満の状態である。

「悪魔じゃからのぅ！」璃々栖が皆無の角に息を吹きかけ、「やはり悪霊化留まりか」

「デモナキズ？」知らない単語が出てきた。

「受肉未満(マテリアラキズ)を悪霊化(デモナキズ)、受肉(マテリアラキズ)状態を悪魔化(デビラキズ)と言う。悪霊化(デモナキズ)でも十分強い。地獄級魔術が使えるくらいにはな。じゃが悪魔化(デビラキズ)は、悪霊化(デモナキズ)のさらに六百六十六倍強い」

「ろっぴゃく……」卒倒しそうになりながらも、皆無は丹田へと意識を集中する。「【釈迦(しゃか)牟尼(むに)如来が脇侍・星宿光長者(しょうしゅくこう)の薬壷・オン・ビセイシャラ・ジャヤ・ソワカ――治癒(ヒール)】」

両手を璃々栖の右肩にかざすと、果たして傷はみるみるうちに塞がった。更には、他の切り傷や打撲傷まで綺麗さっぱり治ってしまった。

「え、えぇぇ……」想像の斜め上を行っていた効果のほどに、頬が引きつる。今の口付けで渡されたエーテル量は如何(いか)ほどなのやら。

「うむ。やはりそなた、才能があるな。そなたならば、魔王化(サタナキズ)にも至れるやもしれぬ」

「さ、サタナキズ……？」また、何やら悪魔的な単語が出てきた。

「己の霊体(アストラル)を変幻自在にできる秘術じゃァ。魔王化(サタナキズ)に至りし悪魔(デビル)は寿命から解放される。人の子でその域に達した例を予は知らぬが……否、おったな、すぐそばに」

「もしかして――ダディ!?」鳥にも霧にも変化することができる、悠久の時を生きる父。

「左様。ところで」璃々栖が、手袋を脱いだ皆無の左手を見て、「そなた、その手――」

「あぁ、コレ？」皆無は左手の平と甲を璃々栖に見せる。手の平を貫く、大きな傷痕があるのだ。「小さいころ、幼馴染の家で拳銃いじっとったときに、暴発させてもて」

「そなたの父――あの優秀な術師殿なら、綺麗さっぱり癒やしてしまいそうなものじゃが」

「そんとき父は出張で。止血は兎も角、傷痕ひとつ残さずに癒やせるほどの術師は、父以外におらんから。あと、『定着してしまっては、さしもの私でも治せない』とは父の言や」

　璃々栖の瞳がエーテル光を帯び、「なるほど。霊体が、手の平と甲がやや欠けた状態で安定しておるな。この状態を望んだ、ということなのか？　何故じゃ？」

「痛かったし怖かったけど、ちょっと嬉しかってん。真里亜がすごく心配して、僕に付きっきりになって呉れて。真里亜を独占できる気がして。――でも」蛆にたかられた真里亜の顔を、思い出す。「真里亜は、悪霊に憑り殺されて――…僕に、もっと力があれば」

　不意に、璃々栖が体を押し付けてきた――まるで抱き締めようとでもするかのように。皆無の顔が、璃々栖の豊満な乳房に埋まる。

「何やねん。元気付けようとでも？」

「男はこういうのが好きなのじゃろう？」頭上から、麗しの主の、堪らなく耳心地のよい声。「そなたの涙も、もはや予の所有物。勝手に泣くな。泣くなら予の胸の中で泣け」

　皆無は悲しみと性欲の狭間で、精神がぐちゃぐちゃになっている。しばし、されるがまま乳房の感触を堪能していたが、急に恥ずかしくなって飛び退いた。「や、やめろや！」

「あはアッ！　ほれ、皆無よ。早う予の体を洗え」ぐいっと胸を張ってみせる璃々栖。

「実は沙不啼めに辱めを受けてな――あぁ、沙不啼というのは、予らを裏切り、予の父たる魔王阿栖魔台を暗殺し、予の腕を斬り落とした憎き叛逆者の名なのじゃが」

「え………」とんでもない内容の話をあっけらかんとした口調で言ってのける璃々栖に対し、皆無は言葉が出ない。

「何とか処女は守った。じゃからそんな、憐れむような目で見んでもよい。ほれ、早う」

「う、うん」璃々栖の腰まである長い髪を苦労して結い上げ、肩から湯を掛ける。手拭いを持ち出そうとすると、

「手で直接洗うのじゃ」にやにや笑いながら、璃々栖。「乙女の柔肌じゃ。大事に扱え」

「――――……」皆無は卒倒しそうになりながら花王シャボンを手に取り、泡立て、璃々栖の体を磨いていく。高級品たる石鹸が、花畑のような優雅な香りを浴室にもたらす。

「ん…あっ…ふぅぅっ……もうちょっと優しくできんのか？」半笑いの璃々栖の挑発に、

「そ、そ、そんなん言われても……ッ!!」皆無は卒倒寸前である。

「いやぁ、心地よい。本当に不快だったのじゃ……沙不啼の糞爺ぃに右腕を斬り落とされて、台に縛り付けられてじゃな、乳房を揉みしだかれるわ脚を舐め回されるわ……そうそう、そこじゃ。乳の下もちゃんと洗え」

「ひぃっ……」璃々栖からの無茶(むちゃ)な注文に、皆無は前屈(まえかが)みになりながら応じる。

「脚を思いきり開かされ縛り上げられ、あやつの粗末なナニを見せられたときにはもう駄目かと思ったものじゃが、あわやというところで父上と聖霊(セアル)が駆けつけて呉れてのぉ！」

「――……」皆無はこの気高い姫君がやけに早口で、そして涙を堪(こら)えるような表情をしていることに気が付いたが、気付いていない振りをしながら璃々栖の体を洗い続ける。

「父上は……予と聖霊(セアル)が逃げる隙を作るために、死んでしもうた。『神戸へ行け。そこで腕が待っている』――それが、父上の遺言じゃ」

「――ッ!?」璃々栖が核心を話している。この姫君が神戸に現れた理由の核心を。

「湯を掛けて給れ」

皆無は言われるがまま、璃々栖に湯を掛ける。

「阿栖魔台(アスモデウス)家の者はな、大印章(グランドシジル)の刻まれた左腕を代々受け継ぐのじゃ」ゆっくりと湯船に浸(つ)かりながら、璃々栖が言う。「そして、腕に選ばれる者は、生まれつき左腕を持たぬ」

（なるほど）璃々栖の左の肩口がやけに綺麗(きれい)なのは、生まれつき左腕がないからなのだ。

「毘比白(ベヒヰモス)が、叛逆者を使ってまで欲しがったのもまた、その大印章(グランドシジル)であろう。彼の悪魔は、他者の印章(シジル)を喰(く)らうことのできる『暴食』の力を持つ。毘比白(ベヒヰモス)は数々の国を陥とし、その主たる大悪魔たちの力を取り込んでおるのじゃ」璃々栖がうつむく。「そして、父上は

——…父上が賊共と戦うところを見て、父上が、予(よ)を逃がすために賊共に吶喊(とっかん)し、……殺され、その左腕が何の魔術も発しなかったのを見て予は、予は初めて、父上が大印章(グランド・シジル)を持っていなかったことを、持っているかのように振る舞っていたことを、知ったのじゃ」

　璃々栖が勢いよく湯船に顔を沈め、数秒してから顔を上げ、

「この街にあるという、予の左腕を探し出す。そして、その力を以(もっ)て沙不啼(サブナッケ)めを縊(くび)り殺し、毘比白(ベヒヰモス)の軍勢を予の領土から追い出し、土地と民を取り戻す。それが、予がこの街に来た理由じゃ」璃々栖がその、無限の意志力を秘めた赤い瞳で皆無を射抜いてくる。「頼りにしておるぞ、我が使い魔よ」

　その顔にあるのは、泰然とした笑みだ。

（――――……強い）皆無はこの少女に心酔しそうになる。これほどに怖く辛い体験を思い出し、語ったというのに、ものの数秒で持ち直すとは！

「さて、次は髪を洗え」璃々栖が湯船から出てきて、風呂椅子に座る。

「――仰せのままに」

「何じゃ、随分と素直になったのぅ」

「別に」ただ、この姫君のために働くのも悪くないかもしれないと、そう思ったのだ。

「何の話じゃったかのぅ。そう、あの沙不啼(サブナッケ)の糞爺ぃのことじゃ！」璃々栖は皆無に髪を

解かれ、「思えばあの糞爺ぃの予を見る目は、昔っから厭(いや)らしかったのじゃ。毘比白(ベヒモス)とは前々から内通しておったのであろうが——わぷっ」頭から湯を掛けられ、「ぷはっ。あやつ、予を手籠(てご)めにしたいがために、叛逆に踏み切ったようなところがある。あろうことか、あのような粗末なものを予に見せつけてくるとは！　今度会うことがあれば、あの粗末なナニを先端から少しずつ少しずつ切り刻んで呉れようぞ」

「ヒッ……」まさに悪魔としか言いようがないその発想に、皆無は息を呑(の)む。

「つまりは、予が美し過ぎるのがいけなかったのじゃな！」

そう言って高笑いする璃々栖に、皆無は引きつり笑いをするしかなかった。

「コラッ、髪をそう乱暴に梳(す)くでない！」

「はいはい分かりました」

璃々栖の髪と体を拭き、父が準備良く脱衣室に用意して呉れた璃々栖の着替え——洋風の下着と和服——を璃々栖に着せ、自室に戻って璃々栖の髪を梳いていると、

「お話、ありがとうございました」父が部屋に入ってきた。洋食——文明開化日本におけるご馳走(ちそう)・カツレツを台車に載せている。焼けた牛肉の香ばしい匂いが広がる。

「あはァッ！【悟り(ニルヴァーナ)】を持つそなたのことじゃ。盗み聞きなどお手の物じゃろう？」

「この話は上に報告させていただきます。しばし、この屋敷でお寛ぎください」

「よかろう。時に」璃々栖が、父が配膳する皿を眺めつつ、「その汁物は何じゃ？」

「味噌汁やな」「味噌汁です」息ぴったりの息子と父。

「味噌？」璃々栖が魔術で知識を引き出してきて、「うえぇっ、腐った豆!?」

「発酵ですよ。麺麭と同じことです」

「う、ううう……そう言われれば確かに。じゃが……」

「美味いんやで？」皆無は日本の食事を莫迦にされたような気分になり、璃々栖の分の味噌汁を彼女の口に近づける。「まずは飲んでみぃ。『郷に入っては郷に従え』や」

「郷に入っては郷に従え……よ、よし！　皆無、飲ませよ！　んむっ——ん、んん？　おおおっ、美味いな！　塩味とも甘味とも違うこの感覚は何じゃ!?」

「旨味や」「旨味です」

「う、旨味……じゃと!?　旨味とは何じゃ!?」

「出汁、やな」自分が調理したわけでもないのに、自信満々に胸を張る皆無。「美味いやろ？　日本人は、白米と味噌汁だけは絶ぇッ対に欠かさへんねん」

「白米——あぁ、精製したライスか。カツレツをライスで食すのか、日本人は……？」

「大概そうやで」「そうですね。洋食にも白米と味噌汁は欠かせません」

「なんと面妖な……我が祖国の食と、極東の食が調和するとは思えぬのじゃが」

「和洋折衷やな」「和洋折衷です」

「な、何じゃよ『ワヨウセッチュウ』って……」

「寛げ、と言われてものぅ」皆無の体を操って茶碗を傾けさせながら、璃々栖が呟く。

「まァ、『上』とやらの方針が出るまでは、ここでおとなしくするしかないかのぅ」

「やから、いちいち僕の体を操んなや！」皆無は抗議しつつも首を傾げ、「――って、アレ？　何や、璃々栖にしちゃ聞き分けが良過ぎるような……？」

「なァんてな！」璃々栖が勢いよく立ち上がる。「征くぞ、皆無――我が子よ！」

「い、征くって何処へ……？」

「探検、もとい」璃々栖が、悪戯好きな仔猫のような笑みを浮かべる。「脱走じゃァ」

ような、ではなかった。まさしく悪戯好きな仔猫そのものであった。璃々栖は屋敷内を歩き回り、扉と見れば蹴破り、床下と見れば皆無に開けさせ、隠し通路などがないか――結界による封鎖漏れがないかを探させた。そして、度々脱線した。面白そうなものを見つけては一心不乱に突進していって、『アレは何じゃ』『コレは何じゃ』と皆無に問うた。

「あぁ、それは試製参拾伍(さんじゅうご)年式村田自動小銃改弐(に)やな」

とある佐官の私室に勝手に上がり込んだ璃々栖に付き従いながら、皆無は答える。屋敷には自分と璃々栖と愛蘭(アキラム)しかいないとはいえ、内心ヒヤヒヤである。

「そなたが振り回しておった長銃に比べると銃身が短い……というか普通の長さじゃな。そなたの銃、そなたの身長よりもなお長くなかったか？　そなたの背が低いのは別にして」

「ひ、低いって言うな！　伸びとる最中や！」

「んっふっふっ」璃々栖がぐいっと胸を張る。豊満な乳房が強調され、背筋が伸びた璃々栖に、皆無は見下ろされる形となる。「愛(う)いのぅ。実に愛い」

「五月蠅(うっさ)いねん」皆無は頬(ほお)を染めて目を逸(そ)らす。「こっちは改弐、僕のは改壱(いち)やから」

「ムラタ、とは社名か何かかのぅ？」

「村田(むらた)少将閣下。十三聖人のお一人で、第七旅団が誇る最高の技師(エンジニア)。表(アッシャー)向きの銃砲開発は有坂(ありさか)大佐殿に引き継いで、ご自身は裏(アストラル)向きの兵器開発にご尽力なさっとる」

「ふぅん」璃々栖は下駄(げた)の爪先で小銃をコツンと蹴り、「さて、次に征くぞ！」

「あっはっはっ！　駄目じゃな。諦めよう！」

それからしばらく、【万物解析(アナラキズ)】を瞳に纏(まと)わせてあちらこちらを歩き回っていた璃々栖であったが、やがて遊び疲れた仔猫の如き唐突さでその場に座り込み、そう言い放った。

「えええッ⁉」皆無は仰天する。璃々栖の口から、彼女らしからぬ言葉が出てきたからだ。

「作戦変更じゃァ。この結界内から出られぬ以上は、結界内でできることに注力するほかあるまい。できぬことを『できぬできぬ』と嘆くなど時間の無駄。阿呆のすることじゃ」

「できることって……何するん？」一体全体、次は何をやらされるのやら。

「決まっておろう？」璃々栖がニタリと微笑み、「昼寝じゃァ。ほれ、立たせて給れ」

「ひ、昼寝……？」皆無は白目を剝きながら、璃々栖の両脇に手を入れ、立たせる。

「あンッ――……そなた今、予の乳に触れたな？　王の乳じゃ。気軽に触れるでない」

「さ、触ってへんわ！　だいたいお前、さっきはあんなにも執拗に洗わせたクセに！」

「あれだけ触っておいてなお、触り足りないとな？　助兵衛な小童じゃのう」

「ふわぁ〜。では、予は寝る」悪魔が、傍若無人にも皆無のベッドを占領せしめる。

「ちょっ……僕は何処で寝たらええねん」

「床で寝ればよかろう。それとも」璃々栖がにやりと嗤い、「一緒に寝るか？」

「誰が一緒に寝るか！」皆無は顔を真っ赤にして叫んだ。

◇同日二十時三分（フタマルマルサン）／パリ外国宣教会屋敷（MEP）・自室／阿ノ玖多羅皆無単騎少佐

「んぅ……」目覚めると、窓の外は暗くなっていた。「……厠」

慣れ親しんだ洋式の厠で用を足し、部屋に戻る。ふとベッドの方を見ると、璃々栖が無防備な様子で眠っている。璃々栖と花王シャボンの混じり合った甘い香りが鼻腔（びこう）をくすぐる。璃々栖の寝顔は美しくもあり、愛らしくもある。これほどの美少女と何度も口付けをし、肌を見て、あまつさえ風呂に入れたという事実に、皆無は全く実感が湧かない。

「表紙画みだれ髪の輪郭は恋愛の矢のハートを射たるにて、矢の根より吹き出（い）でたる花は詩を意味せるなり」三莫迦（ぶか）たちに読まされた、詩集『みだれ髪』の一説を口する。月明かりの中、璃々栖の、ベッドからこぼれている美しい金髪（ブロンド）に触れようとした、そのとき、
ヴウゥゥゥウウウウウウウゥゥゥウウウゥゥゥゥゥ………

外から、妖魔出現を告げる手回しサイレンの音。

「うぉっ、何じゃ何じゃ!?」璃々栖が飛び起き、ベッドの方に手を伸ばしかけていた皆無と目が合って、「……何じゃ、夜這（よば）いか？」

「ちゃ、違（ちゃ）うわボケけぇ!!」

「呆（ほ）けはそなたの方じゃろう。で、この音は何じゃ？」

「――妖魔警報や。もしかしたら、昨日みたいな百鬼夜行がまた来るのかも……」

「ふむ……おや？」璃々栖がドアの方を見ると同時、

コン、コンコン——

軍衣と、悪魔祓師(エクソシスト)の証たる紫色のストールを身に着けた完全武装の父が入ってきて、

「仕事の時間だよ、皆無」にっこりと微笑みながら、そう言った。

「レディ・璃々栖」けたたましいサイレン音の中で、父・正覚が璃々栖に西洋風の礼を取る。「ひとまず貴女(あなた)と皆無の身柄は、私がお預かりすることとなりました。そして、こう言っては何ですが……貴女が神戸に現れたがために、結果として【神戸港結界(こうべこうけっかい)】が破られてしまい、こうして今まさに、大量の西洋妖魔が神戸港を襲わんとしています。よって、その補填(ほてん)として」父が皆無の肩を叩(たた)き、「貴女の使い魔と貴女のヱーテルを、港の防衛のために使わせていただきます。よろしいですね？」

「仕方あるまい」叢雲(むらくも)模様の着物と、臙脂(えんじ)紫色の袴(はかま)、編み上げの革靴という衣装を皆無に着せられながら、璃々栖がうなずく。「断れば、またぞろ皆無を人質に取るのじゃろう？」

「はい」

「えぇぇ……」呻(うめ)く皆無。全ては己の手の届かないところで決定されてしまうらしい。

「皆無」

「何よ」父の呼びかけに、ぞんざいに返事をする皆無。

「お前は、お前が人間に対して安全な存在であり、かつ日本国にとって有益な存在であることを示せ。それだけが、お前が第七旅団に討伐されずに済む、唯一の道だ」

「……わ、分かった」

「よし、行け！」

皆無は璃々栖からの口付けで以て悪魔の体と成り、彼の姫を抱いて夜空に舞い上がる。

「さぁ我が子よ、腕探しに行くぞ」空に上がるや否や、璃々栖が言った。

「えええッ!?」皆無は仰天する。抗命は最悪、極刑。それに──「あ、嗚呼……」

鋭敏になった【文殊慧眼】からは、海の方から昨夜に倍する量の百鬼夜行が襲来する様子が伝えられてくる。早くも戦闘に巻き込まれ、死に瀕する下士官たちの様子も視える。

「お願いや、璃々栖！」腕の中の璃々栖を見つめると、

「はぁ～……」果たして璃々栖が肩を竦めて、「可愛い我が子の願いじゃからのぅ。予の所為で人の子らが死ぬのも寝覚めが悪いし……さっさと行って、蹴散らしてしまえ！」

鎧袖一触、とはまさにこのことであった。今や悪魔の力を使いこなす皆無は、空に竜

と見れば村田で叩き落とし、陸に小鬼(ゴブリン)の大軍と見れば【第七地獄火炎(プレゲトン)】で屠(ほふ)り散(ち)らした。

そうして、今。皆無は璃々栖を腕に抱きながら、悪魔(デビル)の翼で以てふわふわと夜空を漂っている。半透明の翼では自由に飛び回ることはできないが、こうして滞空はできるのだ。

「ほれ、【万物解析(アナラキズ)】で以て腕(グランドシジル)の反応を探すのじゃァ」

「あぁ、ナルホド……」敵主力との戦闘終了後、璃々栖が自ら上空警戒を志願したときには何が目的かと思ったが、こういう魂胆であった。皆無は璃々栖からの口付けを受け、

「【赤き蛇・神の悪意サマエルが植えし葡萄(ぶどう)の蔦(つた)・アダムの林檎(りんご)――万物解析(アナラキズ)】ッ！」

次の瞬間、血よりも赤い幾何学模様が、神戸一円の空を覆い尽くす魔法陣が現れた！

「わ、わわわッ⁉」仰天する皆無と、

「あー……やってしもうた。エーテルを渡し過ぎたな」溜息(ためいき)をつく璃々栖。

「れ、れれれレディ・璃々栖⁉」何処(どこ)からともなく父が現れて、「住民や軍が驚いております！　すぐにこの魔法陣をお消しください！」

「うむ！」皆無の唇に吸い付き、エーテルを吸い出す璃々栖。途端、魔法陣が消える。

「はぁ……上空警戒にしては随分と力が入っていたように見受けられるのですが？」

「いやぁ、ソンナコトハナイゾ？」「せ、セヤデ、ダディ！」

……結局、【万物解析(アナラキズ)】の使用は禁止されてしまった。

「【万物解析(アナライズ)】で得た情報は、忘れぬうちに紙に起こしておくのじゃぞ」転んでもただでは起きない姫君が、皆無に命じてくる。「しかし、こうも監視の目が厳しいとなるとなァ」

父が現れ、またすぐに消えたことを思うと、とても好き勝手には行動できそうにない。

「結局、信用を積んでいくのが近道か。よし皆無、将兵たちの溜(た)まり場(ば)へ降りよ」

「次は何をするつもりなん？」皆無は、何処までも前向きな璃々栖が眩(まぶ)しい。

「負傷者の治療と、親睦じゃな。目指せ、神戸の悪魔的偶像(アイドル)・璃々栖チャンじゃァ」

「璃々栖病院〜！　璃々栖病院じゃァ！」海岸通りに降り立った璃々栖が、怪しげな客寄せ口上を述べる。「今なら先着十名様を無料で治癒してやろうぞ！」

戦闘の後始末や怪我(けが)人の世話をしていた第七旅団員たちがぎょっとするが、銃を手に取るような者はいない。璃々栖と皆無のことは、どうやら全員に通達されているらしい。

簡易ベッドに寝かされて治療を受けている者たちが顔を上げるが、名乗りを上げるような勇気ある者はいない。何百もの視線が璃々栖と、その隣に立つ皆無に突き刺さる。

皆無は、心細い。こういうとき、隣にはいつも三莫迦(ぶか)がいて、間を取り持って呉(く)れた。

三莫迦(ぶか)がいなかったころは、いつだって一人だった。誰もが皆無のことを日本一の退魔師たる父の息子として腫物のように扱い、遠巻きに見ているか、父に取り入ろうとして露骨にすり寄ってくるか、親の七光りだ何だと陰口を言うかのいずれかであった。

(同じや。悪魔にならうがなるまいが)皆無が自身の闇の中に沈み込もうとしていると、

「あはァッ！　犬っころじゃァ。可愛いのぅ！」場違いに明るい声がした。驚いて顔を上げると、璃々栖が英吉利犬のそばにしゃがみ込むところであった。「じゃが……嗚呼、可哀そうに。こやつ、怪我をしておるな。皆無！　か〜い〜な！　こやつを癒やして給れ」

「はァ」場違いに場違いを重ねる璃々栖の言動に、皆無は落ち込んでいるのが莫迦らしくなってしまう。「術式治癒って本来はめっちゃ高価やねんで。それを犬に使うって？」

「じゃが、可哀そうであろう？」璃々栖が上目遣いに見つめてくる。

「うっ」皆無は、堪らない。「【オン・ビセイシャラ・ジャヤ・ソワカ——治癒】」

瞬く間に快癒し、皆無と璃々栖の周りを元気に跳び回る英吉利犬。

璃々栖がやおら立ち上がり、旅団員たちに微笑みかけ、「——さて。先着十名じゃぞ？」

怪我人たちが、殺到した。

「傷が完全に塞がった！」「全く痛くない！」「こんな高度な治癒術式見たことないぜ！」

皆無は戸惑う。皆無は目の前に広がる光景が——同僚たちが自分に笑いかけてくるとい

う光景が、信じられない。皆無の知る第七旅団は、もっと殺伐とした組織のはずであった。

父の名に泥を塗るわけにはいかない。父の名に恥じぬ戦果を挙げ続けなければならない
……常に己にそう強いてきた皆無にとり、三莫迦以外の旅団員は戦果を奪い合う相手――敵か味方かで言えば敵と言うべき存在であった。そのはずだったのだ。なのに、

「すげえな、阿ノ玖多羅少佐」治療を受けていた単騎少佐――二十代半ばの男性が皆無の肩をバンバンと叩いてきた。「戦いぶりも見事だったし、まさに八面六臂の活躍だな！」

皆無は心底ビビる。璃々栖と遭遇したときですら、ここまで驚かなかった。だが思えばこの気の良い同輩は、今まで何度か自分に声を掛けてきたり、飯に誘って呉れたことがあった。が、その都度自分は要らぬ警戒をして誘いを断り、逃げ回ってきたのだ。

小一時間後。

結局皆無は、十人と言わず全員を治療して回った。自ら立てないほどの重傷者も少数いたが、幸いにして――本当に幸いにして、死者はいなかった。

治療を受けた将兵たちが、お礼と称して煙草や茶葉や菓子などを押し付けていく。璃々栖が皆無にそれらを開封させ、水と火の魔術で湯を沸かさせて茶とともに振る舞うと、どんどん人が集まって瞬く間に茶会になり、いつの間にやら酒が混じって酒宴になった。

野戦将校というのはみな基本的に、強い者を好む。だから彼ら彼女らは圧倒的強さで悪魔悪霊を祓ってみせた皆無を愛したし、皆無を強者たらしめる璃々栖を愛した。

「ほら阿ノ玖多羅、お前も飲め。本場シャンパーニュから取り寄せた三鞭酒だぞ」「ちょっと少佐殿、子供にお酒すゝめちゃ駄目ですよ！」「こぉら男ども！　女子供がいる前で煙草をバカスカ呑むんじゃァないよ！」「阿ノ玖多羅少佐殿、甘い真珠麿はいかがですか？」

上は大佐、下は下士官。老若男女様々な同僚たちが、皆無をもみくちゃにする。

「あはは！」皆無は、可笑しい。自分を甘やかして呉れるこの大人たちのことを、自分はつい先刻まで『敵』だと思っていたのだ。一年以上もの間、そう思い込んでいたのだ。

「あ、今、笑った？」「きゃぁ、可愛い！」「お前、そんな顔もできたんだなぁ」

皆無はなんだか、第七旅団に溶け込みつつある。きっかけを作って呉れたのは璃々栖だ。

当の璃々栖はといえば、皆無が同僚たちとの歓談を楽しんでいるのを見て皆無のことは同僚たちに任せるのが吉と判断したのか、自分は別の輪の中に飛び込んでいってしまった。

「そなたの髪、良い匂いがするのぅ」「分かりますか？　花王シャボンで毎日洗ってるんですよ」「あの石鹸は予も気に入った」「璃々栖様の御髪、本当に綺麗……」「ふふん、自慢の髪じゃァ。ただ、寝起きにぶわっとなるのが悩みの種でのぅ」「でしたら良い香油が！」

早々に女性下士官などを垂らし込み、食事の世話をさせている璃々栖である。

たった一晩である。たったの一晩で、皆無が一年以上もの間できずにいたことを、璃々栖は実現してしまった。屈強な男どもや男勝りな女どもの心を篭絡し掌握し、今やこうして酒を酌み交わしているのだ。文化も価値観も異なる地から来た、人間ですらない少女が！

「璃々栖は何で、こんなことができるん？」皆無は今や明確に、璃々栖に心底惚れ込む。

「何を言う」璃々栖が晴れやかに笑っている。「予は一人では何もできぬ。このとおり腕はなく、印章も失くしてしもうた。じゃが、腕がなくともできることはある」

「うん」たった今、見せてもらったばかりである。

「そも、予は阿栖魔台の名を襲い、王となるべき女じゃ。王は自分一人では何もできぬ。臣あっての王、民あっての王なのじゃから」

「璃々栖は何で、そんなにも強いん？　悩んだりせぇへんの？　怖くはないん？」

「王は、悩まぬ」璃々栖が泰然と微笑む。皆無の目には、璃々栖がまるで巨人のように大きく見える。「王がクヨクヨ、メソメソしておっては、民が動揺するであろう？　しかし皆無、何故にそのようなことを聞く？　何ぞ悩みでもあるのか？」

ないわけが、ない。悪魔となってしまった我が身。明日をも知れぬ身の上である。

が、

「思索し検討するのは良い。が、悩みはいかん」璃々栖が、笑う。「思い悩むだけでは答えは出ぬからのぅ。悩む暇があったら、今できることを全力で為せ」

そうして璃々栖は今、それを有言実行しているわけである。昼間は寝るしか方法がなかったから、少しでも体力を回復・温存させるために潔く寝た。そして自由になるや腕探しに出ようとし、それが叶わぬと分かると早々に作戦を変更して、こうして今、彼女が自由に活動するための土壌を耕し、彼女を応援して呉れる臣民を増やしつつあるわけだ。

『拙速』と見えるかもしれない。『節操なし』と嗤う者もいるだろう。だが、九歳のあの日から一歩も進めずにいた皆無にとって、璃々栖の行動は途方もない偉業に見えた。

「悩むな、とは手厳しい姫君だが」先ほどの少佐が話しかけてきた。「俺で良ければ話を聞くぜ、阿ノ玖多羅少佐。そりゃそうだよな、天才少佐殿にだって悩みはあるよなぁ」

「そうじゃぞ、人の子よ」璃々栖が皆無の肩に顎を乗せ、嗤う。「こやつ、たったの十三で国のために戦っておるのじゃ。予が十三のころなど、遊び惚けておったものじゃァ」

「そうだった。まだ十三なんだよな」「言われてみれば」「苦労してたんだなぁ、お前も」

気が付けば、大人たちが皆無を取り囲み、労って呉れている。

「本当はもっと、お前と仲良くしたかったんだよ」先ほどの少佐が言う。「けどお前、いっつもピリピリしててさ。——って、おいおいどうした⁉」

気が付けば、皆無は泣いていた。自分はようやく、第七旅団の一員になれたのだ。

◇◆◇◆

そんな風にして、一週間が過ぎた。

夜は父に見守られ――もとい督戦されながら西洋妖魔の百鬼夜行を相手に戦い、父の目を盗んでは腕(グランドシジル)を探し、戦の後は璃々栖を風呂に入れ、昼まで同じ部屋で眠り、起きたら父が出して呉れる食事を摂(と)り、今や皆無と璃々栖が起臥(きが)する城――もしくは監獄――となったパリ外国宣教会(MEP)屋敷で、璃々栖から魔術の数々を学んだ。

将来に対する不安はあったが、楽しくもあった。悪魔化(デビラキズ)はできないまでも徐々に悪霊化(デモナキズ)が上手(うま)くなっていき、様々な魔術を修得していき、ぐんぐんと強くなっていった。

そんな幸せな毎日の中で、皆無はどうしようもないほどに、璃々栖に溺れていった。

璃々栖なしの生活が想像できなくなるほどに、璃々栖に惹(ひ)かれ、璃々栖の虜(とりこ)になった。

幸せだった。幸せだったのだ。

――十一月十日の夜、人生の岐路に立たされることになる、その時までは。

◆◇◆◇

◇十一月九日十九時五十五分(ヒトキューゴーゴー)／パリ外国宣教会(MEP)屋敷・自室／阿ノ玖多羅皆無単騎少佐

「レディ・璃々栖、日中の外出許可が出ました」出撃の準備を行っていると、父が部屋に入ってきてそう言った。「皆無、明日はレディを元町へ連れていって差し上げなさい」

「も、も、も、元ブラデヱト⁉」皆無は大興奮である。

「デヱトは分かるが、元ブラとは何じゃ？」璃々栖が小首を傾(かし)げる。

「『元』ってのはここ、神戸港の西隣にある『元町』っていう街のことや。『ブラ』はブラブラすること。元町は今、ここいらでは一番ハイカラなデヱト場やねん」

しかも明日の観艦式――戦艦三笠(みかさ)を始めとした艦隊を明治聖帝が観閲する式典――を控え、元町は大変な賑(にぎ)わいを見せているらしい。

「では、可愛(かわい)い可愛い皆無とのデヱトを楽しみに、今日も仕事に勤(いそ)しむとするかのぅ」

「ダディ殿よ」璃々栖はこの父のことを、揶揄(からか)うように『ダディ殿』と呼ぶ。揶揄われているのは皆無である。「予(よ)の腕探し――神戸の霊場巡りの件、掛(か)け合(お)うてもらえたかの？」

「正直、上は渋面一色ですね。やはり悪魔(デビル)たる貴女(あなた)の戦力強化を恐れる向きは多い」

「何卒(なにとぞ)、頼む。何度も言うが、祖国奪還が果たされた暁には、必ず貴国に報いるが故」

璃々栖は父に、腕を見つけ、仇敵・毘比白(ベヒキモス)を祖国から追い祓い、国を建てた後は、阿栖魔台(アスモデウス)王国が日本と同盟を結び、対悪魔(デビル)防衛や、場合によっては人間同士の戦争にも参加して良いと話している。父曰く、隣国に怯える伊藤サンが、前向きに考えて呉れているらしい。

「許されるなら、予が直談判に行きたいところなのじゃが——あっ」珍しく、璃々栖がばつの悪そうな顔をする。「今のは失言じゃった。忘れて給れ」

「いえ」父が苦笑する。「結果が出ていないのは事実ですから」

「すまぬが、疾く頼む。毘比白と沙不啼の目的は、我が家の悪魔大印章なのじゃ。沙不啼は無数の人形を操る。いずれ彼奴は、予がここにおることを嗅ぎつけるじゃろう」

「承知しております。引き続き、全力で交渉に当たりますので」

「祖国復興も一歩ずつじゃな！　今日も点数稼ぎに勤しむとしよう。では、皆無」

「う、うん」皆無は璃々栖に歩み寄り、背伸びして彼女の愛らしい唇に吸い付く。よりにもよって親が見ている前での口付け。父も父で、面白がってじっくりと見てくるのだ。

　ドロリと、甘く愛おしいヱーテルが流し込まれてくる。最近では喉を通る感覚で、渡されたヱーテル量が把握できるようになってきた。今回渡されたヱーテル量はおよそ五千万。己の心臓維持に必要な素の一千万と合わせると、実に六千万単位。父の三倍だ。

「こんなところかのぅ。どうじゃ？」自身の唇をペロリと舐めながら、璃々栖。

「うっぷ……う、うん。これ以上入れられると、破裂する」

「軟弱じゃのぅ。ほれ、さっさと変身せよ」

「うん」皆無は目を閉じて集中し、「ふんっ！」

丹田にぐっと力を込めれば、二本の角と、蠍(さそり)のような尻尾と、蝙蝠(こうもり)のような翼がにょきにょきと生えてくる。が、それらはどれも半透明で触れられない——受肉(マテリアライズ)していないのだ。結局、皆無は一週間経(た)っても悪魔化(デビラキズ)を習得できずにいる。

「相変わらずじゃのぅ」璃々栖が溜息(ためいき)をつく。「ヱーテル量的には十分足りておるというのに……何じゃろうな、やはり悪魔味(デビリズム)が足りておらんのじゃろうな」

「せやから悪魔味(デビリズム)って何やねん」

　ヴウゥゥゥゥウウウウウウウウウゥゥゥウウウウゥゥゥゥゥ………

サイレンの音とともに、皆無はするりと璃々栖を抱き上げ、窓から外へと飛び出す。

『外国人居留地』は英吉利(イギリス)人の土木技師J・W・ハートが設計した欧羅巴(ヨーロッパ)風の市街地である。二十二ブロック、百二十六区画による碁盤目状の街並みの南端には、第壱波止場と神戸税関、検疫所がある。その検疫所が今、西洋妖魔の群れに襲撃されている。

　皆無は翼を動かして空を滑空していたが、徐々に高度が落ちていく……受肉(マテリアライズ)未満の弊害である。やむなく皆無は無詠唱で【韋駄天(いだてん)の下駄(げた)】を脚に纏(まと)い、ちょうど着地地点にあった『ORIENTAL　HOTEL』と書かれた看板を踏み台にし、戦場へと飛び込む。

「悪魔姫様のおなりだァッ！」「待ってました！」「璃々栖様、今日もお麗しい！」

防護結界を張って小鬼(ゴブリン)の群れを押(お)し留(とど)めていた悪魔祓師(エクソシスト)たちから、歓声が上がる。

今や璃々栖と皆無は、璃々栖の計画通りすっかり悪魔的偶像(アヰドル)だ。上層部や参謀畑には、【神戸港結界(こうべこうけつかい)】崩壊の遠因を作った璃々栖を疫病神呼ばわりし、祓うべきだと主張する向きは多い。が、毎晩が生きるか死ぬかの野戦将校たちはみな、今や璃々栖のファンである。何しろこの二人が夜の神戸を駆けるようになってから、ただ一人の損害(戦死者)も出ていないのだ。

皆無は火炎魔術を乗せた【悪魔の吐息(デビラ・ブレス)】で以(もっ)て、小鬼(ゴブリン)の軍勢を瞬く間に消し炭にする。

豚鬼(オーク)の集団が、牛鬼(ミノタウロス)の軍勢が闇より現れる。見上げれば、遠く上空では紋章竜(ワヰバーン)が群れを成して飛んでいる。港中でポルターガイストが荒れ狂う。西洋妖魔の百鬼夜行だ。

「あはァッ！」自分が璃々栖そっくりな笑みを浮かべていることに、皆無は気付かない。

悪魔の時間が、始まる。

夜明け前――敵が去った後の、上空警戒の時間。皆無は璃々栖を抱きかかえながら、悪霊化(デモナヰズ)した翼でよろよろと神戸上空を飛び、【万物解析(アナラヰズ)】で腕の反応を探す。
「何とか飛べておるではないか。それに、先ほどの戦いぶりもまぁまぁじゃったぞ」璃々栖が褒めて呉(く)れる。「もうあと一手、コツのようなものがつかめれば悪魔化(デビラヰズ)できそうなものなんじゃがのう。ダディ殿は何と言っておったか……『む』とか『くう』とか？」

「うん。『無』ってのは『無我』のことで、何て言えばええんやろ……自分や物に執着するなとか、煩悩を捨てろとか、諸行無常とか？？？」

「自分で言ってて理解しておらぬではないか。そなたが使う【収納空間（アイテムボックス）】の極東版」

「【虚空庫（こくうこ）】？」

「そう、それの詠唱じゃが」

「【色即是空（しきそくぜくう）・空即是色（くうそくぜしき）】――」

「それじゃ。その『空』とダディ殿が言う『空』は別物なのか？」

「同じと言えば同じ、らしい。『色即是空』と『諸行無常』はだいたい同じ意味らしい。どっちにしても、我欲――煩悩を捨ててお釈迦様（しゃかさま）に帰依しろってのが要旨らしいねんけど、会ったことも見たこともない釈迦牟尼（しゃかむに）如来に全てを委ねろなぁんて言われてもなぁ」

かつて、世界は闇に閉ざされていた。森や山の暗がりや、夜の闇には妖（あやかし）が潜み、人は森で迷っては死に、山で足を滑らせては死に、夜道を歩いては――人からも妖からも――攫（さら）われ、そして殺された。怪我（けが）をしては死に、病に冒されては死んだ。貴い身分に生まれた者ですら、流行（はや）り病であっけなく死んだ。人々は衛生の観念を知らず、傷口を不潔にしたがために破傷風で死に、水質汚染によって虎列痢（コレラ）に罹（かか）っては死んだ。

世界だけでなく、そこに住む人々の頭脳もまた、闇に閉ざされていた。生まれた瞬間から身分が、人生が決定している社会。職業選択の自由も、移動の自由もない。故郷を出ることなく人生を終える村民たち。己の考えを持たず、お上の命を唯々諾々と遂行することこそが美徳とされ、そんな社会を補強するために儒教が推奨された。

死が、驚くほど身近にあった。己の力では何一つ変えることのできない、不自由な人生があった。拠り所が必要であった――神仏は望まれるべくしてそこにあった。

状況が変わったのは、ほんの数十年前のことである。

明治元（一八六八）年、明治政府が建ち、神戸を始めとする六つの港が欧米に対して開かれ、今までになかった新しい物品・人種・価値観が津波のように押し寄せてきた。西洋文明を積極的に取り入れる御維新が始まり、その流れは一八七五年に福沢諭吉が世に出した『文明論之概略』によって『文明開化』という名を得て、大きく広まった。

一八八〇年代にかけて全国で次々と電灯会社が建ち、神戸に住まう人々もまた、一八八七年に弧光灯によって宵闇が祓われる瞬間を目の当たりにした。

一八九〇年、大日本帝国憲法が施行され、伊藤博文元内閣総理大臣が『大日本帝国憲法義解』において『定住シ借住シ寄留シ及営業スルノ自由』と述べたとおり、日本国民の誰もが生まれと土地に縛られず、己の意志で生きて良いことを日本国が宣言した。ここに至ってようやく人々は、ベストセラーの書『學問ノス、メ』が説く『自由・独立・平等』が正しかったことと、己の手で人生をつかみ取るための勉強の大切さを知った。『日本国民』となった人々は、己の責任の下で自由に生きられる喜びに酔いしれ、あるいは戸惑った。

皆無の基本思想である『勉強し、訓練に励み、軍人として栄達し、名誉を得て、国の礎となりたい』という大志(ambitious)もまた、そういった明治人らしい思考の上にある。

皆無にとって、神仏とはあくまでヱーテルを支払って各種術式の力を借りるための実利的な存在であって、漠然と祈りを捧げて救いを求める対象ではない。皆無は闇を知らず、束縛された時代を知らず、救いを求めなければ人々が正気を保てなかった時代を知らない。だからこそ、『釈迦(しゃか)に帰依せよ』と言われても困ってしまうのだ。

「そもそも『煩悩を捨てろ』って言うけどや、ダディこそ煩悩塗(まみ)れやと思うねん」

「と、言うと？」腕の中から璃々栖の声。

「自分の歴代の妻百八人の霊魂を成仏させずに現世に縛りつけて、式神化させとんねんで？　趣味悪過ぎやろ。あ、煩悩と言えば愛蘭(アキラム)先生も煩悩塗れよな」

朝っぱらから休憩室で大量の酒と肴(さかな)をかっ喰(く)らう、年齢不詳の十三聖人の十三である。

「ダディ曰く、十三聖人は大半が『空』に至っとるらしい。確かに、愛蘭(アキラム)先生の扱う術はとんでもなく精緻で精巧やけど……酒乱って時点で煩悩に負けとると思うんやけど」

「うむ、それは確かに——えええっ⁉」いきなり、璃々栖が悲鳴に近い声を上げた。「か、か、皆無、上！　上！」

「ん、どしたん？　上？」

「――上官の陰口とは良いご身分さね？」

頭上から、愛蘭(アキラム)の声がした。そうして初めて皆無は、愛蘭(アキラム)が己に肩車していることに気付いた。「い、一体いつから――」

「さぁてなァ」愛蘭(アキラム)のいたぶるような含み笑いの声とともに、皆無の肩に徐々に重みが掛かっていき、やがて愛蘭(アキラム)の体格相当の重さになる。「いよいよ明日は観艦式だろう？　小悪魔チャンを守る気があるのなら、さっさと悪魔化(デビラキズ)を会得すべきだと思うがねぇ」

「な、何のこと……？　ど、どういう意味……？」混乱する皆無に対し、

「お前さんが何故(なぜ)、悪魔化(デビラキズ)できないのか……それは、お前さんが一番よく知っているはずさね」愛蘭(アキラム)が畳み掛けてくる。「お前さんまだ、人間として生きるか悪魔(デビル)として生きるか迷っとるンだろう？　虫の良いことに、小悪魔チャンがその心臓を提供して呉れてた上で使い魔から解放して呉れるかも、と考えておるんじゃァないのかい？」

「――――……」図星を指され、言葉も出ない皆無。

少なくとも皆無には、人間としての人生を捨てて璃々栖に一生服従するような意志はなかった。璃々栖は――やや嗜虐的(しぎゃくてき)ではあるが――基本的には皆無に対して優しく、皆無

を可愛がって呉れる。璃々栖が阿栖魔台(アスモデウス)家の悪魔大印章(グランドシジル・オブ・デビル)を手に入れ、魔王毘比白(ベヒキモス)を打倒せしめた暁には、人間としての生活に戻してもらえるのではないかと期待していた。

「内心で悪魔(デビル)になりたがっていないンだ。悪魔化(デビラキズ)が上手(うま)くいかないのなんて、当然のことさね」愛蘭(アキラム)が皆無の肩の上で立ち上がる。「まずはその辺、自問自答してみるこったね」

それだけ言って、愛蘭(アキラム)は落下していった。その様子を、皆無は呆然(ぼうぜん)と見守る。

◇十一月十日五時十分(マルゴーヒトマル)／パリ外国宣教会(MEP)屋敷・風呂場／阿ノ玖多羅皆無単騎少佐

「璃々栖」皆無はいつものように、花王シャボンの泡を纏(まと)った手で璃々栖の裸身を磨く。

「ん、あっ、ふぅぅ……んんんっ」璃々栖が恥じるように身をよじり、「……ま、まさぐるでない！　そこまで触る必要はなかろう!?　こ、コラ！　勝手に口付けしようとするな！」

「いつもして呉れるやん」

「あ、あれは……エーテルの受け渡しのためじゃろう!?」

(璃々栖は女夢魔(サキュバス)や。間違いない)軍袴(ズボン)の中の一物は、張り裂けんばかりに膨張している。

「もうよい、そなたは外に出ろ！　聖霊(セアル)に腕になってもらって自ら洗う！」

「聖霊(セアル)にやったら触られてもええんか？」

「聖霊(セアル)は同性じゃからの」

「……へ？」思わず手が止まった。「あ、あいつ、女やったか。知らんかった……」

「ほら、分かったらそなたはさっさと出て、聖霊を――ああんっ」

遡ること、三日前――皆無は、精通を経験した。

性教育については学校や莫迦たちから人並みに施されていたので、精通自体にはそれほど驚かなかった皆無だが、とある二つの理由により、大きな『安堵』と『衝撃』を感じた。

一つは、悪魔化を経験した己の体が、ちゃんと人間らしい成長をしているということに対する『安堵』。もう一つは――…その精通体験が、よりにもよって、全裸の璃々栖に迫られる夢を見たことによる夢精だったことへの『衝撃』だ。

それ以来、皆無は璃々栖に対して積極的に触れたり、口付けしたがるようになった。これほどの美少女が挑発してくるのだ。思春期真っただ中の少年にとって、『触れてよい』と言われるなら触れたくなるのは道理だった。

反して璃々栖は最近、皆無に対する接触が減った。当初の揶揄うような、過剰なまでの肌の触れ合いは鳴りを潜め、口付けも一日に二回、出撃時のエーテル供給と、帰投時のエーテル吸い戻しのとき以外はしなくなった。一度、皆無が寝ぼけて璃々栖の布団の中に潜り込んだときなど、本気で怒ってベッドから蹴り落としたほどだ。

皆無は己のことを嫌われてしまったのかと一時不安で堪らなかったが、特段そういうわ

けでもないらしい。現に今など、

「――皆無！」お風呂上がりの自室で、璃々栖の髪を梳(す)いていた皆無の胸に、璃々栖がうりうりと額をこすりつけてくる。その仕草は実に愛らしい。皆無としてはもう少し濃厚な触れ合いを求めているのだが、こんな璃々栖も可愛いので、それはそれで問題ない。

「わっ、何やのっ⁉」

「今日の午後はいよいよ『元ブラデヱト』じゃ。デヱトプランは完璧なんじゃろうな？」

　笑顔の璃々栖が、至近距離で皆無をじっと見つめてくる。

自惚(うぬぼ)れでなければ、璃々栖と目が合う機会が増えた。

「う～ん、計画(プラン)て言われても、適当にブラついて何か食って、買い物して……璃々栖こそ、行きたいところはないん？　その……」

「予(よ)は無論、腕探しじゃな」皆無が言い淀んだことを、ズバリ言う璃々栖。「第七旅団の皆に怪しまれぬ範囲で――『元町』を逸脱せぬ範囲で、最大限、霊場を巡りたい。じゃが」

　璃々栖が頭をこちらの肩に乗せてくる。可愛い、愛おしい……皆無はもう、堪らない。

「そなたとのデヱトを楽しみにしておるというのも、事実じゃぞ。腕はヱーテル溜(だ)まり――民の関心(アストラル)や歓心(アストラル)の集まりやすい場所に隠されておる可能性が高い。なれば、この国の民と同じように遊び、楽しむこともまた、腕探しの一助となるであろう。日本人研究じゃ」

わざと小難しい言い方をしてはいるものの、璃々栖の声は露骨に浮ついている。璃々栖が心底楽しみにして呉れている様子が、皆無には嬉しい。

◇同日十時五分／神戸鎮台・第零師団長執務室／阿ノ玖多羅正覚単騎少将

およそ軍人の居室らしからぬ、豪奢な調度品や絵画で溢れる西洋風の部屋にて。

「考え直していただけませんか⁉」正覚は、何度目かも知れぬ意見具申を行う。「レディ・璃々栖は我々に協力的です。現に、彼女に命を救われた士官たちが相当数おります」

「貴様、やけにこの甲種悪魔の肩を持つな？」拾月大将――第零師団を預かる小心者の男が、正覚が提出したレディ・璃々栖に関する報告書をばんばんと叩く。「我らの敵たる悪魔に肩入れするなど……貴様、異端審問に掛けられたいのか？　前々から思っていたのだが、貴様からは瘴気を感じる。よもや十三年前に毘比白を撃退したときに、彼奴の邪気で霊体が汚染されてやいないだろうな？」

自分が異端審問に掛けられることでレディ・璃々栖を、彼女に付随する皆無を死なせずに済むなら御の字だが、拾月大将はきっと、自分を追い落とした上で、なおかつレディを封印し、皆無を殺すだろう……正覚はそう考える。自分と拾月大将の確執は根深い。

第零師団は家柄・派閥云々よりも個々人のエーテル総量と武力が物を言う実力主義の集

団。それだけに、薩長閥(さっちょう)であるという理由だけで分不相応にも師団長という席に座る拾月大将よりも、孤児出身ながら実力の権化たる正覚の方が師団内では人気があるのだ。そしてそれを、薩長閥の者たちが面白く思っていないのは当然のことであろう。

「相手はヱーテル総量五億超えなのですよ⁉」感情論が無理ならばと、今度は数字を持ち出す。「そんな大悪魔(グランドデビル)を封印すると⁉　できるとお思いで⁉」

「できるとも。そのための観艦式。そのための、全国から大々的に呼び集めた多数の参観者なのだから」拾月大将はたっぷりと肉の付いた腹を揺らしながら、高級葉巻を吸う。

「帆を脱いだ、蒸気機関の力のみで海を走る軍艦――自然を超越した、文明開化と科学の象徴。その艦隊を親閲なさる明治聖帝(へいか)。大日本帝国の国威を裏付ける、世界各国の参加艦艇。民衆は大いに感動し、その感情(アストラル)のうねりは巨大なヱーテルを生むだろう」

「レディ・璃々栖は日本国への協力を申し出ています！　隣国との戦を前にして、これほど心強い援軍もいないでしょう⁉」

国際法上、退魔師――術師の戦争参加は禁止されている。

空高く舞い上がって弾着観測し、念話で即座に正確無比な射撃を指示し得る術師。そんな敵術師を、超長距離射撃で迅速に撃破せしめ得る術師。大容量の【虚空庫(こくうこ)】で兵糧・武器弾薬を運び、兵站(へいたん)の概念を破壊せしめる術師。【渡り(わた)】の秘術で大兵力を瞬時に敵司令部に送り、敵将の斬首作戦をすら容易たらしめる術師……術師は列強各国にとって貴重な存在であると同時に、単騎で戦況を変えるだけの潜在能力を持つ。

第零師団の将校たちが『単騎』の名を冠するのは、伊達ではないのだ。

そんな術師が戦場に現れるとなれば当然、事前に敵国の術師を暗殺しておこうという動きに発展する。結果、退魔師が減り、人類共通の敵たる妖魔に人類が駆逐されては元も子もないわけで、一六四八年のウェストファリア条約を以て術師の戦争参加が禁じられた。

無論、術師が使役する妖魔の戦争参加も国際法違反である。伝説によると阿ノ玖多羅家が擁する九尾狐は、祟り神と化した山神を調伏するために、その鬼火で以て山一つを丸々焼き滅ぼしたことがあるらしい……そのような妖魔が戦争に参加したとすれば、相手側にとっては悪夢以外の何物でもないであろう。

――しかし、そこに抜け穴がある。

術師と、それに使役された妖魔は戦争に参加できない。が、独立した悪魔が、その自由意思の元でいずこかの国と軍事同盟を結び、戦争に参加するのは――前例がないが故に――国際法違反にならないのだ。無論、レディ・璃々栖や阿栖魔台王国の力を以て南下著しい隣国の軍勢を滅ぼしたとして、戦後に日本国が列強各国から猛烈な批判を浴びるのは必至であろうが……国ごと滅びるよりは遥かにマシである。

「伊藤サ――伊藤閣下も前向きにご検討下さっておいでだと伺っております」

「伊藤閣下か……あの方は耄碌しておるのだ」

「なっ……⁉」敬愛する人物に対する侮辱に、思わずかっとなる正覚。「閣下！」

「露助を怖がるあまり、悪魔と同盟を結びたがる？　正気ではあるまい。そも、今の内閣を取り仕切るのは桂首相閣下である。首相閣下からは、国防上の重大な不安要素であり、かつ国際社会からの非難の的たるあの悪魔を速やかに調伏せよとのご命令を受けておる」

――国際世論。

この時期の日本ほど、国際社会の声を気にした国家もない。それだけに、国際社会による『日本が悪魔を飼っていて、妖魔退治に使っている』という噂――事実――は、日本政府にとってよほど都合の悪いものであるのだろう。だが同時に、その悪魔と使い魔――璃々栖と皆無が一晩でも不在になれば、神戸港は崩壊する……そういう状況でもあった。

「同盟といえば、日英同盟がある。英国の資金援助があれば、戦は勝てる」

（大英帝国か）この同盟が成った一年前は正覚も素直に喜んだものだったが、今となっては同盟がレディ・璃々栖と愛する我が子の明日を危うくしている。（まったく……日清戦争中は清に肩入れしていたくせに、日本が勝つや否や手の平を返してくるのだから）

英国の日本を見る目が明確に変わったのは、日清戦争における日本の圧勝を経てのことである。特に、快活な巡洋艦群の単縦陣を以て清に多大な傷を負わせた黄海海戦などは、世界一を誇る海洋大国・英国をして、戦術の一つとして参考にしたほどである。

それまで英国は、日本のことを単なる茶畑（プランター）の一つだと考えていたのだろう……と正覚は思っている。阿片（アヘン）を禁止する幕府を下ろさせ、その後は清に対してやったことと同じことをやろうと考えていたのであろう、と。何処（どこ）かの地域を侵略するとき、一つの勢力を支援して、もう一つの勢力と潰し合わせるのは英国の伝統的手法である。覇権主義を唱える隣国が極東を喰（く）い散らかすのを防ぐための番犬の役割を、英国は日本に期待しているのだ。

「貴官は子の命を握られておるから、正常な判断ができんのだ」

「…………」正覚は、息子が悪魔（デビル）となったあの夜、目の前のこの上官が実にあっさりと息子の命を諦め、あまつさえ自分に、息子を見捨てさせようとしたことを忘れていない。

「あの悪魔（デビル）と手を組んだとして、土壇場で彼奴が裏切らぬと言い切れるのか？　ヱーテル総量五億の化け物を、一体全体誰が調伏できると言うのだ」

「私なら――」

「莫迦（ばか）が。その腕を治すことすらできぬほど、消耗しているというのに？」

「…………」右肩に付けた義腕を握る手に、力が入る。

「口を慎むことだ。とはいえ貴官の、二度も大悪魔（グランドデビル）から日本を救ったその実力は、首相閣下も、無論儂(わし)も大いに認めているところである。今後も日本国のために励むように」

拾月大将が、羽虫でも追い払うようにしっしっと手を振る。

が、正覚はその振る舞いを不快に思うでもなく、とある疑問に囚(とら)われていた。「二度？」

「は？」拾月大将が葉巻をふかす。

「いえ、二度もありましたか？　十三年前、毘比白(ベヒモス)と戦った以外に……」

自分はまた何かを忘れてしまったのであろうか。昔はそこまで忘れっぽくなかったように思う。だが皆無が生まれたころにはもう、こんな調子だったようにも思う。

(駄目だ……思い出せない。私は何を忘れている？　何か、とても重要な――……)

「……もう良い。貴官と話していると頭が痛くなってくる。さっさと観艦式の準備に戻れ」

「そ、そうはいきません！　お考え直しいただけるまで、私はここを動きませんからね⁉」

◇同日十一時三分(ヒトヒトマルサン)／神戸元町／阿ノ玖多羅皆無単騎少佐

雲一つない晴天の下、皆無は璃々栖と二人、大通りを歩く。

「これが元町かぁ！」溢れんばかりの人だかりに、璃々栖が目を白黒させている。

まだ少し眠かったが、『早(はよ)う行くぞ』とせがむ璃々栖に根負けし、やって来たのだ。

皆無はいつもの軍衣ではなく和服姿だが、足元だけは軍支給の革靴を履いている。これが下駄(げた)なら書生風にも見えたであろうが、下駄は足元が覚束(おぼつか)なくて好かないのだ。

一方、璃々栖はいつものように上は和服、下は臙脂(えんじ)紫色の袴(はかま)、そして革靴である。角と右肩を隠すために白を基調とした大判の羽織を着込んでいるのだが、羽織と一体になった頭巾が花嫁衣裳を思わせて、皆無の心をかき乱す。

二人して、実に新時代の日本らしい和洋折衷でハイカラな格好をしていた。

璃々栖の金髪が目立つかと言われれば、別段そんなことはない。観艦式当日ということも相まって、元町の大通りは実に雑多な色の髪と瞳で溢れていた。

「さて、何食べよか」

通りは出店で溢れ返っており、様々な匂い、沢山の『美味(おい)しそう』で充満している。

「あれは何の店じゃ⁉」璃々栖が皆無の袖をぐいぐいと引っ張ってくる——その左手で。

そう、今の璃々栖には左腕が付いている。義腕めいたその腕が、璃々栖の意志どおりに動く。ヱーテルが回復してきた聖霊(セアル)が受肉(マテリアラキズ)して璃々栖の左肩に憑りつき、ヱーテルの根を張ることで主の意を酌み、腕として動いているのだ。聖霊(セアル)は璃々栖が幼少のころから彼女の身辺の世話をしてきたお側付き。生来片腕のない璃々栖を助けるために、文字通り璃々栖の腕役を務める機会が多かったのだそうだ。【変化(トランスフォーム)】は聖霊(セアル)の得意魔術の一つである。

「皆無！」その、左手の甲に口が現れた。「殿下のご質問にさっさと答えぬか！」

「分かっとるってもぅ」璃々栖第一主義の聖霊(セアル)は口五月蝿(うるさ)い。正直、皆無は苦手である。璃々栖が示す行列、その先にある店は、「『吉野家』――牛メシ屋さんやね」

「ほほぅ、牛メシ屋さんかぁ！」子供っぽい物言いを璃々栖に揶揄(からか)われ、

「五月蝿(うっさ)いねん！」皆無は真っ赤になる。「――って、痛っ！」

璃々栖の左腕――聖霊(セアル)が、皆無の脇腹を殴る。

「これこれ聖霊(セアル)、そう目くじら立てるでない。兎角、その牛飯屋・さ・んに入ろうかの」

店に入るや否や、ウシ特有のむわっとした臭みと、それでいて食欲をそそる割り下の良い匂いが襲い掛かってきた。店員に案内された席に着き、

「牛メシ二人前」皆無は早速、注文する。「あと生卵二つお願いします」

「生卵など、どうするのじゃ？」「牛メシに掛けんねん」「な、生卵を掛ける……じゃと⁉き、気色悪……そなた悪魔か⁉」「悪魔はお前やん」

などと話をしているうちに、早々に牛メシが出てきた。ほかほかご飯の上に割り下の沁(し)みたウシのこま肉と、臭み消しの白ねぎが載っている。皆無はその上に溶いた生卵を、

「ほ、本当に掛けおった！」「璃々栖もやってみぃって」「いや、予(よ)はいい」「そう言わんで」「厭(いや)じゃ」「喰うてみりゃ分かるって。ほら」「やめ――ぎゃぁぁあ⁉ 鬼、悪魔、糞野郎(メフィストフエレス)！」「ほら、口開けて」「無理じゃ無理じゃ無理じゃッ‼」「う～ん……あ、じゃあ」

皆無は璃々栖の丼に手をかざし、(――【第七地獄火炎】)

地獄級魔術を脳内詠唱かつ省略詠唱で極小規模に行使する。皆無の手の平が熱を放ち、生卵を掛けた牛メシが、瞬く間に卵閉じになった。ふわっとした玉子の匂いが立ち上る。

「はい、なんちゃって他人丼」

「おおお、これは美味そうじゃ！　……って、他人丼？　何故に他人なのじゃ？」

「鶏肉の卵閉じ丼を親子丼って言うねん。で、牛と卵は親子やないから他人丼」

「こ、これから食す相手に『親子』と名付けるとは！　すごい悪魔味を感じるのぅ！」

「はぁ？」

などと不思議な掛け合いをやっていると、

「……な、なぁ、あんちゃん」ふと、隣の席に座っていた男性客から話し掛けられた。

「あんた悪魔祓師様かい？　今、あっちゅう間に卵を煮たように見えたけど」

「――!?」学校や軍という閉じられた世界の中でしか人付き合いをしたことがなかった皆無が戸惑っていると、

「そうじゃそうじゃ」代わりに璃々栖が答えて呉れる。「この子はな、幼いながらも毎晩々々、神戸港の平和のために戦っておるのじゃ。崇めるが良いぞ」

「ははぁ～ッ！　ありがたやありがたや……」

「⁉　⁉　⁉」拝まれてしまい、さらに戸惑う皆無。

「良かったら俺の牛メシも他人丼にして呉れへんか？　ご利益ありそうやから」

「え、ええですけど……」言って男性客の皿に手をかざし、地獄級魔術で生卵を熱する。

「おおお！」感動する男性客と、

「儂のにも頼む！」「私のも！」「僕も！」便乗してくる他の客たち。

「お騒がせしてもぅてすみません」食事を終え、虚空から財布を取り出す皆無に対して、

「お代はええよ！」皆無の術に目を白黒させながらも、店長がそう答えた。「ささやかやけど、感謝の気持ちや。いつも街を守って呉れてありがとうな！」

そこから『やっぱり支払う』『タダでいい』の問答をした後、璃々栖の『気持ちはちゃんともらっておけ』という言葉により、皆無は有難くご馳走になることにした。

店を出るときも、店員や客たちが皆無と璃々栖に手を振って呉れた。嬉しいやら恥ずかしいやら、何だかフワフワした心地であった。

（僕はまだ、人間として生きててもええんやろか……）

その心地よさが、人魔の狭間で揺れる皆無の悩みを一層深くする。

「なぁ璃々栖……」元町の往来を歩きながら、麗しい主人に話し掛ける。

「ん？」

「璃々栖はこれから、どうするつもりなん？」

「甘い物が食べたいのぅ」

「そうやなくて」

思わず立ち止まってしまった。道行く人々が迷惑気に避けていく。

「そうじゃな」璃々栖がうなずく。皆無に歩くよう促しながら、「当面は、神戸の霊場巡りの許可をもらうための点数稼ぎじゃな」低く抑えた仏蘭西(フランス)語で話し始める。「許可が出れば、神戸中を巡り歩いての腕探しじゃ。無論、そなたにも手伝ってもらう」

「うん……」

「腕が見つかった暁には、霊界(アストラル)へ戻り、祖国の周辺に潜んで毘比白(ベヒモス)の勢力を追い落とすべく機を窺(うかが)う。——できれば」璃々栖と目が合う。「できればそなたには、一緒について来てもらいたいと思っておる。そのためには悪魔化(デモナキズ)を完全に会得し、さらにその上、魔王化(サタナキズ)の境地に至ってもらわねばならぬ。ダディ殿と同じ、エーテル体になるのじゃ」

「エーテル体……」父が至った悟りの境地に、自分が到達できる気がしない。

「どのくらいの期間が掛かるかは分からぬ……が、予は必ずや毘比白(ベヒモス)を祖国の領土から排除し、阿栖魔台(アスモデウス)王国を再興してみせる。そうしたら、まずは日本国との同盟締結じゃな。

そなたには、是非とも予の右腕として働いてもらいたいものじゃが――」

　再び璃々栖と目が合うが――……皆無は思わず、その目を逸らしてしまう。

「……嫌ならまぁ、阿栖魔台（アスモデウス）王国大使になる、というのもアリじゃな」

　それはつまり、人間として生きる道も考えて呉れているということだ。

「腕（グランドシジル）さえ手に入れれば、予に味方する悪魔（デビル）は多かろう。七大魔王（セブンスサタン）の中には、毘比白（ベヒキモス）の強引なやり方を非難する者も多い。正直言って、そなたより頼りになる者など掃いて捨てるほどいるであろうよ」

「んな……っ⁉」璃々栖の挑発に、思わずむっとなる皆無。無論、言外に『だから気にするな』と言って呉れているのは分かっている。「……璃々栖、ありがと」

　気付けば、自分でも驚くほど晴れやかな気分になっていた。自分が悟りに至り、ヱーテル体となれるかどうかは疑問であるし不安もあるが、少なくとも自分が第七旅団と、日本国と敵対する未来はなさそうである。

◇同日十二時五十分（ヒトフタゴーマル）／神戸南京（ナンキン）町／阿ノ玖多羅皆無単騎少佐

「見ろ皆無！　道化師（ピエロ）が見えない箱に閉じ込められておる！」大道芸人のパントマイムに大興奮の璃々栖。

大道芸人が不思議そうな顔をしながら、目の前の空間を触ったりノックしたり、体当たりして転んだりしている。

「お腹まだ入るんやったら豚まん買うけど？」

「豚まん⁉　豚まんとは何じゃ⁉」

◇同日十三時四十分／神戸元町・風月堂／阿ノ玖多羅皆無単騎少佐

「へぇ〜皆無チャン甘いもん好きなん？」

一八九七年創業の有名な洋菓子屋の店内で、関西弁で揶揄ってくる璃々栖に対し、

「五月蠅いねん」皆無は、この小憎らしくも愛らしい主人の口へ、氷菓を突っ込む。

◇同日十四時五分／神戸元町・大通り／阿ノ玖多羅皆無単騎少佐

「せっかくのデヱトなのじゃ。麗しの主に、なんぞ貢ぎ物でもせんのか？」

「うん？」言われて璃々栖の視線の先を追えば、女性向けの装飾品店があった。「せやな、僕が買ったろ！」皆無は胸を張る。「自慢やないけど、僕めっちゃ金持ちやねん」

何しろ軍人にして単騎少佐という地位にあるのだ。実に月給百五十円である。公務員の初任給のざっと三倍。陸軍の給料というものは高くなく、普通の少佐であれば月給百円を

下回る。が、貴重な技能職たる第零師団(だいぜろしだん)員は、通常の陸軍士官の一・五倍の給金を受け取る。毎日々々死線をくぐらなければならぬことを思えば、それでも安過ぎるほどだが。

なお、先ほど腹に収めた牛飯は、卵なしで一杯二銭である。

皆無は意気揚々と店に入り――……安易に店になど入った己を呪った。

「皆無！　これはどうじゃ、可愛かろう⁉」

璃々栖である。皆無が今まで一度も見たことがないくらいにはしゃぎにはしゃいだ璃々栖が、店の物――髪飾り、ネックレス、イヤリングなどを一つずつ丁寧に手に取っては身に着けてみせ、皆無に見せびらかすのである。そして、

「うん、可愛(かわ)えよ」

「皆無！　どう可愛いのか説明せよ！」

……絡んでくるのである。感想を言わねば怒られる。可愛いと言ったら言ったで、どう可愛いかの説明を求められる。ただ、腕輪・指輪の類(たぐい)にだけは触れずにさっさと次へ行く璃々栖が不憫(ふびん)で、結局店の端から端まで付き合う運びとなった。

「どれにするのがよいじゃろうなぁ。皆無はどう思う？」

「ええっと……」とにかく早く終わって欲しい。が、璃々栖の機嫌を損ねたくないし、楽しそうにしている璃々栖を見ているのは自分も楽しい――そんな皆無が、適当かつ的確に

選んだものが、「これなんてどうやろ？」

真っ赤な——璃々栖の瞳そっくりな色の——大きな、髪留め用のリボンであった。

「おおおっ？　随分と派手な色じゃが」髪にリボンを添えた璃々栖が、鏡を見て戸惑う。

「ええやん。璃々栖の瞳と同じ色や」

「んお、言われてみれば確かに」璃々栖が目を見開きながら鏡を覗き込む。それから、鏡越しに皆無に嗤い掛け、「そなた、予の瞳のことを随分とよく見ておるなぁ？」

「う、う、五月蝿いねん!!」

いっぱい歩いて、いっぱい遊んだ。

道中、皆無は散財の限りを尽くした——と言っても食べ歩きをしたり、璃々栖に大量の衣類やら小物やらを貢いだくらいであったが。皆無は楽しかった。本当に本当に、自分でもびっくりするくらい楽しかった。だからこそ、こう夢想せずにはいられないのだ。

——もしも、璃々栖が人間だったなら。

斯くも強く美しい女性を妻に迎え入れることができたなら。自分はきっと、父への隔意とか、己の不甲斐なさなど関係なく、この美しい女性のために生を全うすることに、生き甲斐を見出せたかもしれない——。栄達こそが全てという明治日本において、その思考は極めて異質であったが、しかし皆無の本心でもあった。

……気が付けば、あれだけいたはずの人だかりが、波が引くようにいなくなっていた。

まだいる人々もみな一様に東——神戸港へ歩を進めている。

観艦式が始まるのだ。

◇同日二十時十七分（フタマルヒトナナ）／神戸港・第壱波止場の鉄桟橋／第零師団（だいゼロしだん）長・拾月単騎大将

「「せ〜のっ」」

拾月大将が鉄桟橋に降り立つ——二人の部下に手漕（てこ）ぎ船から体を引っ張り上げられて。

「ふうっ、ふうっ」拾月大将は豪奢（ごうしゃ）な刺繍（ししゅう）の入った手巾（ハンケチーフ）で額の汗を拭う。

港の方を見れば、日本の戦艦・巡洋艦・駆逐艦数十隻が、その艦首・マスト・艦尾の三点をロープで結び、ロープに光り輝く電灯を巻きつけ、眩（まぶ）しいほどの輝きで海を照らしている。満艦飾の電灯版、電灯艦飾である。恐らくは世界初の、壮大な試みである。

はっきり言って電力不足であった。今の時間帯、神戸港、外国人居留地、異人館街と、病院や鉄道ステーション等の重要施設を除いて、神戸一帯は停電状態となっている。拾月大将がこの電灯艦飾を実施すると決めた際、兵庫県知事から猛烈な抗議が入ったが、黙らせた。当然である。こちらとて神戸の存亡を——いや、神戸港崩壊による国内外の物流の鈍化と、列強各国からの信用失墜を思えば、国家の存亡をすら背負っているのだ。

拾月大将の目論見（もくろみ）通り、光り輝く軍艦の姿に、群衆は大いに感動しているらしい。夜空を見上げれば、港上空に固定した外燃丹田に、人々の感動を介して光り輝くヱーテル（アストラル）が続々と流れ込んでいるのが見える。

鉄桟橋の先端に佇（たたず）む全長一五三メートルの十字架に向かって歩き始めるも、拾月大将の足取りは重い。（疲れた……）

【神戸港結界（こうべこうけつかい）】を成すための巨大十字架は、四ヵ所に設置されている。一つ、兵庫港の西隣、海防砲台が立ち並ぶ和田岬（わだみさき）。二つ、現在埋め立て工事中の、湊川（みなとがわ）河口のそば。三つ、亜米利加（メリケン）波止場。そして最後の四つ目がここ、第壱波止場の鉄桟橋である。今の今までその四ヵ所を、鉄道・馬車・小舟を駆使して行脚（あんぎゃ）してきたのだ。

（まったく……阿ノ玖多羅少将の【渡り（わた）】が使えれば、斯様な苦労などせずに済むというのに！　肝心なときにおらぬとは、あの愚図（ぐず）めが）

阿ノ玖多羅少将は現在、【渡り（わた）】の秘術で以（もっ）て明治聖帝と重役たちを東京へ送り届けるという重要任務に就いている。そしてそれを命じたのは、他ならぬ拾月大将である。

（あやつが纏（まと）う瘴気（しょうき）は臭くてたまらんのだ。今度何かへまをしたら、異端審問に掛けてやろう）拾月大将は巨大十字架に両手で触れ——というよりほとんどもたれ掛かり、厭（いや）らしく微笑(ほほえ)む。「これで【神戸港結界(こうべこうけっかい)】が完成する。これで、あの忌まわしい悪魔も用済みだ。

――【イヱスは言われた・舟の右側に網を打ちなさい・さすれば獲(と)れるはずだ】」

結界起動の詠唱とともに、巨大十字架が徐々に白い光を帯び始める。

「【そこで網を打ってみると・魚があまりに多くて――】……な、な、なっ」

拾月の詠唱は続かなかった。南の海上から、とてつもなく巨大な、そして忌々しいヱーテル反応を感じたからだ。【文殊慧眼(もんじゅけいがん)】を使うまでもなく感じられるソレが、海の向こうから凄(すさ)まじい勢いで迫ってくる。ふと、視界の先――南の海上に違和感。

――蜃気楼(しんきろう)のような揺らぎの後、そこに城が現れた。

城。

塔という塔、窓という窓を煌々(こうこう)とした明かりで満たした、それは巨大な、欧羅巴(ヨーロッパ)風の城であった。その城が、四方を鉄の壁で鎧(よろ)った城が、海上に浮いていた。

◇同日二十時二十四分(フタマルフタヨン)／パリ外国宣教会(MEP)屋敷・自室／阿ノ玖多羅皆無単騎少佐

「「…………ッ!?」」

第壱波止場南の海上で、膨大な量のヱーテル反応。皆無と璃々栖は同時に顔を見合わせ、聖霊(セアル)が速やかに璃々栖の左腕に変じる。

皆無は窓を開け、慣れた所作で璃々栖を抱き上げ、悪霊化した翼で飛び上がり、

「ぁ痛っ⁉」見えない壁――MEP屋敷を取り囲む、璃々栖と皆無を閉じ込めるための結界に鼻先をぶつける。この結界はいつも、毎晩の出撃前に父が解除して呉れるのである。

皆無は屋敷の屋根の上に降り立つ。そして見た。

――第壱波止場南の海上に浮かぶ、煌々とした明かりを纏った巨大な城を。

「あ……あぁ……あぁぁぁ……。来た……来てしもうた……沙不啼の奴めが」腕の中で璃々栖が震えている。「早過ぎる……もっと猶予があると思うておったのに……」

「え？　ど、どういうこと――」

「あれは……あれこそが、阿栖魔台移動城塞じゃ」

空に浮かぶ城は、強烈な幾本もの探照灯の明かりで威嚇するかのように海上の艦艇たちを照らしている。

「あの城を動かしておるのは、予の父を殺し、予の右腕を斬り落とした憎き叛逆者・沙不啼じゃ。奴は自身の悪魔大印章をあの城と連結させることで、あの城を手足のように動かすことができる。巨大な城を構築し、それらを武具で満たし、自由に動かす……それが彼奴めの、所羅門七十二柱が四三位、悪魔侯爵沙不啼の能力なのじゃ」

そのような存在が、よりにもよって叛逆者となったのだ……皆無は故阿栖魔台王と璃々

栖に同情する。いつだったか、璃々栖は悪魔侯爵沙不啼のことを、『予のことは厭らしい目で見るが、それ以外はいたって真面目で目立たぬ老人』と評していた。そうやって長年にわたって猫を被っていたからこそ、その叛意を見抜けなかったのだと。

そのとき、【遠見】の術で望遠化させた視界の中、海上でいくつかの火花が上がった。

「えっ、撃った!?」

◇同日二十時二十六分／第壱波止場の鉄桟橋／第零師団長・拾月単騎大将

空飛ぶ城に最も近しい位置に錨を降ろしていた防護巡洋艦から、速射砲らしき砲弾が数発、撃ち上げられた。

「何ッ!?【文殊慧眼】!」拾月がとっさに動体視力や察知能力を強化して空飛ぶ城の方を仰ぎ見れば、果たして砲弾は、城の下部で薄っすらと光り輝く魔術結界に弾かれた。

観艦式であるがため、どの艦も主砲の砲弾は積んでいないが、積んでいたとしても結果は何ら変わらなかっただろう……城が展開する見事な防護結界術式を見ながら、拾月大将は深く絶望していく。

巡洋艦から、なおも砲撃が続く。

「あ、莫迦——」パニックに陥って砲を乱射する艦に、拾月が毒づく。無駄な攻撃で敵の怒りを深くするなど下策も下策。「【色即是空・空即是色——虚空庫】」拾月大将は短弓と、【錦の御旗】の付いた一本の矢を取り出し、素早く天に打ち上げる。「【五芒ノ鎮メ】！」

本来は必要な、長ったらしい詠唱などやっている場合ではない。その分エーテルをごっそりと消耗するが、仕方がない。

天高く舞い上がった矢を中心に、光り輝く晴明紋——五芒星——が展開され、それが第壱波止場を覆うほどの大きさにまで巨大化していく。やがて、清明紋から白い雪が降ってきた。人の心を強制的に鎮静化させる陰陽術である。

瞬く間に、第壱波止場に停泊している艦艇の乗組員や、海岸通りに溢れ返っていた人々から狂乱や恐怖心が取り除かれていく。巡洋艦からの砲撃も止んだ。

……だが、問題はまだ何も解決していない。

視界の先で浮かんでいる、あの城は何だ。それに、向こうからの報復措置があるかもしれない——などと拾月大将が考えていると、果たして城の方で動きがあった。砲門らしきものを開いたのだ。

「ヒッ⁉——く、【空間遮断結界】‼」

視界が、爆炎に包まれた。

◇同日二十時二十八分（フタマルフタハチ）／パリ外国宣教会（MEP）屋敷・自室／阿ノ玖多羅皆無単騎少佐

遠目にも、拾月大将が精神系の術を使ったのは分かった。そして次の瞬間、

「――あっ」

移動城塞から、一発の砲弾が撃ち放たれた。上空から突き刺すように撃ち込まれた砲弾は防護巡洋艦の艦首に着弾し、大爆発と共に艦首をごっそりと消し飛ばした。

「な、なんやあれ……」視線の先では巡洋艦が――巨大な艦艇が、まるで子供に嬲（なぶ）られる玩具（おもちゃ）のように艦尾を天高く突き上げている。「あんなん、勝てるわけがない……」

腕の中では、璃々栖が、まるで年相応の少女のように震えている。

◇同日二十時三十五分（フタマルサンゴー）／第壱波止場の鉄桟橋／第零師団（だいぜろしだん）長・拾月単騎大将

結界の中で亀のようにうずくまっていた拾月大将は、やがて爆風と波が収まっていることに気付く。結界を解きながら顔を上げてみると、自分に同行していた二名の下士官も生きていた。

（糞（くそ）っ、腹が痛い……）エーテル消費量度外視で大型術式を使ったがために、丹田がキリキリと痛む。そんな状態だから、

『――この港の管理者を出せ』

目の前に佇む人影――いや、西洋風の少女を模した精巧な人形に、気付かなかった。

「なっ⁉」

金髪で赤い瞳、豪奢なドレスを着ていて、一対の白い翼を持つ人形。何処（どこ）となく、あの小憎らしい悪魔（デビル）・璃々栖に似ている。その口から、

『この港の管理者を出せ、と言っておる』

しわがれた老人の声が出てくる。言語は仏蘭西（フランス）語だ。

「き、貴様があれをやったのか……？」あれ――艦首を削り取られるようにしてごっそりと失っている防護巡洋艦を指差しながら、拾月が仏蘭西語で問いただす。

『左様（Oui）』

「ヒッ……」拾月はその場に尻もちをつく。逃げ出したくなったが、腰が抜けてしまっていて動けない。助けを求めるように後ろを見るも、二人の部下は震えるばかりで盾にもなりそうにない。

『撃たれたから撃ち返した。そちらが主砲を用いていないから、こちらも副砲で応じた。しかも、そちらは複数発撃ったのに、こちらは一発で済ませてやった』少女人形の口から、ひどくつまらなそうな老人の声が続く。『貴様ら猿どもに国際法があるのかは知らんが、悪魔（ジャビル）の世界では正当防衛だ』

「さ、猿だと……ッ!?」悪魔（デビル）らしき存在からの侮辱に、拾月が怒りを露（あら）わにするが、

『よいからさっさと我が問いに答えよ』悪魔（デビル）が、がさがさとした溜息（ためいき）をつく。『この猿……状況が分かっておらんのか？　それとも、脅しが足りておらぬのだろうか……もう一発、次は罐（ボイラー）を狙ってやろうか？　そこな小舟など、主砲を用いれば一発で消し飛ばすこともできる。それで足らぬなら、この港に浮かぶ船をことごとく沈めてやろう』

「ま、待て！　待って呉れ！　待ってください！」拾月は悲鳴を上げる。

　この悪魔（デビル）が話した内容は事実であろう……この悪魔（デビル）は、富国強兵の象徴を、大艦隊を、対露戦の要を、日本国の生命線をことごとく沈められるだけの力を持っている。

にもかかわらず、対話らしきものを求めている。ならば、その対話に乗る以外に、この場を切り抜ける方法などありはしなかった。

「儂（わし）、いや私です！　貴女（あなた）は悪魔（デビル）なのでしょう!?　悪魔（デビル）に関することであれば、私がこの港の管理者です！」

『ふむ。では名乗れ』

「は、はい！　大日本帝国陸軍、退魔機関たる第零師団（だいゼロしだん）の師団長、拾月であります！」

『ふん……よもや斯様（かよう）な小国の、悪魔祓師（エグズロシスト）風情と取引することになろうとはな』

「取引……？」活路になりそうな単語を聞き、拾月が慌てて悪魔（デビル）の顔を見上げれば、

『我は悪魔侯爵沙不啼。あの城の主である』少女人形が空を舞う移動城塞を指差す。『我が主、毘比白陛下の御名において、璃々栖・弩・羅・阿栖魔台の引き渡しを要求する』

◇同日二十時四十分／パリ外国宣教会屋敷・自室／阿ノ玖多羅皆無単騎少佐

「船は……沈まずに済んだか」腕の中から、弱々しい璃々栖の声。

「うん……」

軍艦というものは、砲弾や魚雷が当たることを前提に設計されている。艦内は幾重もの層に分けられ、火災や浸水が艦全体に伝播しないようになっている。艦首を大きく削り取られたからといって、それで艦ごと沈むものではなかった。

――もっとも、

「人が、死んだであろうな……」

「うん……」少なくとも皆無は【遠見】で望遠された視界で、甲板上でパニックに陥りながら阿栖魔台城に向かって砲や小銃を撃っていた水兵たちが、爆炎の中に呑まれていったのを見た。

「予の……所為じゃ」

「そ、そんなことは……」ない、とは言い切れなかった。

璃々栖は先ほど、『沙不啼（サブナツケ）』という単語を口にした。あの天に浮かぶ移動城塞を動かす悪魔（デビル）の名を。璃々栖の父を殺し、璃々栖の右腕（シジル）を斬り落とした叛逆者の名を。

「あやつの狙いは予と、腕（グランドシジル）の在りかじゃ」璃々栖が弱々しく言葉を紡ぐ。「……もっとも、よもや予が腕の在りかを知らぬなど、あやつも知らぬであろうが」

つまり、あの巡洋艦に乗っていた兵たちは——恐慌の中で先に攻撃したという理由はあれども——璃々栖の戦いに巻き込まれて死んだ、ということになる。

「……すまぬ」その言葉は、彼の艦艇に乗っていた兵士たちに向けたものであろう。

璃々栖には、そういうところがある……皆無は思う。璃々栖は人が傷付くのを嫌がる。実際、毎晩の西洋妖魔掃討作戦の際、璃々栖は皆無を使って積極的に第七旅団員たちや、巻き込まれた民間人の救助や治癒をして回っていた。そして、

(そう……一日の夜)

璃々栖は、心臓を失った自分を、貴重なエーテルを割いてまで助けて呉（く）れたのだ。結果として璃々栖と自分の相性が良く、璃々栖は自分という剣と盾を手に入れたわけだが……単なる人助けで終わった可能性もあったのだ。

「……降ろして給（たも）れ」

「……うん」言われるがまま、璃々栖を屋根の上に降ろす。璃々栖がひょいっと地面へ飛

び降りたので、皆無もそれに続く。

「港が静かじゃ……沙不啼め、直接乗り込んでくる気はないようじゃの」

「………」

「あやつの操る人形や阿栖魔台城は強力じゃが、あやつ自身の腕っぷしは弱い。あやつは自分で動くのを嫌うから、きっと今頃、誰ぞに予を連れてくるよう命じておるのじゃろう」

「でも、もしそうだとして日本が、第零師団がそんな脅しに屈するわけないやろ！」

皆無は国家というものを——列強諸国の遊び場たるこの世界で、軍事と産業と政治と外交の力で以て、かくも難しい『独立』という一大事業を維持している日本国を信じている。その日本が、よりにもよって悪魔の要求に屈するなどというのは、皆無の想像力の外のことであった。

「屈するであろう。屈さねば、沙不啼にあの艦隊を沈められてしまう。あれは、隣国との戦争の切り札なのじゃろう？」

「なっ！　なら、ヱーテル呉れや！　今から僕が沙不啼の奴を縊り殺してきたるわ！」

「——無理じゃ。悪魔化も満足にできない今のそなたでは、城に近づく前に羽虫の如く叩き落とされるだけじゃ。あの砲撃を見たじゃろう？　あれと同じ副砲が数百門、あれの何十倍もの威力を持つ主砲が十六門。さらに、幾つもの浮遊艦艇が城の中で眠っておる。その全てが、沙不啼（サブナツケ）の操る無数の人形たちによって運用されておるのじゃ」

「聖霊（セアル）の【瞬間移動（テレポート）】で城内に転移して、沙不啼（サブナツケ）を直接叩いたら!?」

「はは……まぁ悪くない案だと褒めてやっても良い。丸腰の沙不啼（サブナツケ）は弱いからのぅ」

「せやったら！」

「阿栖魔台（アスモデウス）城内への転移はできない」沈黙を保っていた聖霊（セアル）が、口を開いた。

「【瞬間移動（テレポート）】の使い手は、何も私だけではないからな……国防上、あの城には転移を封じる高位の【対魔法防護結界（アンチマジカル・バリア）】が敷かれている」

「………」皆無は言葉を失う。

「のぅ、皆無。我が愛（いと）しき使い魔よ」璃々栖が数歩、道路の方へ歩き、立ち止まる。編み上げの革靴で何もない空間を蹴り上げると、ゴン、という音がする——目に見えない、結界の境界線だ。「この国は、予を捕らえ、沙不啼（サブナツケ）めに差し出すであろう。でなくば国が傾くのじゃ。必ずやそうするであろう。予が国家ならばそうする」

璃々栖が振り向いた。赤い、覚悟を秘めた瞳が皆無を射貫（いぬ）く。

「予は、これよりここを抜け出して、腕探しの旅に出る。阿栖魔台（アスモデウス）家が誇る悪魔大印章（グランドシジル・オブ・デビル）さえ手に入れれば、この程度の状況、簡単に打破できるのじゃから。この国やダディ殿を裏切る形になるが……こうなってしまった以上、仕方がない」

「………は？　一体全体、何を言って――」

「一緒に、来て給れ」

「り、璃々栖……」

「――頼む」璃々栖がその場に両膝をつく。璃々栖が、あの気高い璃々栖が、深く深く頭(こうべ)を垂れている。「頼む、皆無」

「――ッ⁉」皆無は顔を歪(ゆが)める。恐怖と困惑と怒りと悲しみが一緒くたになった不快感。人として生きるのか、悪魔として生きるのか。国家の僕(しもべ)として生きるのか、国家の敵として生きるのか。選択せざるを得ない時が、来た。

来てしまった。

LILITH WHO LOST HER ARM

Satanize

第参幕

腕やいずこか
屍山血河

◇同日二十時四十五分(フタマルヨンゴー)／パリ外国宣教会(MEP)屋敷前／阿ノ玖多羅皆無(あのくたらかいな)単騎少佐

ヴウゥゥゥゥウウウウウウウゥゥウウウゥゥゥゥゥ……

不快なサイレンの音。港の方から聞こえる喧騒(けんそう)。早鐘のように鳴り続ける心音。

——璃々栖(リリス)に握られている、心臓の、音。

「頼む」その璃々栖が、気高き姫君であるはずの璃々栖が今、己の目の前にひざまずき、頭を垂れて懇願している。「予(よ)とともにここを抜け出し、腕探しを手伝って呉れ」

「……ぬ、抜け出すったって、結界があるやろ」

分かっている。皆無には、この問いが単なる時間稼ぎに過ぎないことはもう、分かっている。それでも問わずにはいられない。突如として突きつけられた人生の岐路を、その選択を、少しでも先延ばしにしたくて仕方がない。

「聖霊(セアル)の【瞬間移動(テレポート)】で、この結界の外へ転移すればよい」

「————……」そう、それはつい先ほど、他ならぬ己が口にしたことである。阿栖魔台(アスモデウス)城内に転移すればよい、と。「で、でも……許可なく抜け出したら、命令違反になる」

抗命——それは、国家に対する叛逆(はんぎゃく)を意味している。

「頼む、皆無。我が祖国復興のために、一緒に来て呉れ」

「ぼ、僕に叛逆者になれって？　社会的に死ねって、お前はそう言うんか⁉」

「頼む」璃々栖がさらに姿勢を沈め、道路に額をこすりつけ、「予のために、死んで給れ」

胸の中では、ありとあらゆる不快感を大鍋に放り込んで煮詰めたような、ぐらぐらとした気持ちが渦巻いている。

――気が付けば。あれほど大きく心の中を占めていた、璃々栖へ懸想、憧憬、心酔といった感情が、根こそぎなくなっていた。目の前にいるのはただ、自分の命惜しさに頭を下げている浅ましい悪魔(デビル)の姿であった。

見た目こそ美しい娘ではある……が、実態はどうだ。昼間は皆無に人として生きる道もあるようなことを言っておきながら、いざ自分が追いつめられるや否(いや)や、手の平を返して『予のために死ね』と言う。皆無の歓心を買おうとして『愛しき使い魔』などと呼んで媚(こ)びを売り、皆無の人生を破滅させようとしている。まるで悪魔ではないか。

(……悪魔、か)

そう。そもそも璃々栖は悪魔(デビル)なのだ。西洋から来た妖魔。人間とは相容(あいい)れない存在。

「僕は――……」

皆無とて、死に対する覚悟はあった。退魔を生業とする以上、そして軍人である以上、死は仕事の一部である。皆無は常日頃から、己の『死』について思い、己の『死』に意味を見出(みいだ)していた。だが、それはあくまで国家のために戦い、死んで、国家繁栄の礎に――

英霊になる場合においての話である。悪魔の手を取って国家を裏切り、追われ、討たれ、叛逆の徒として吊し上げられるような『死』には、全く意味がない。意味がないのだ！

「僕は、お前とは、行かへん」


「皆無――」璃々栖が顔を上げる。

その瞳に宿る果てしない意志力に、しかし皆無はもう、尊敬の念を感じない。

「頼む」璃々栖が立ち上がり、一歩こちらに歩み寄る。「……皆無」

「来んな！」皆無は後ずさる。

璃々栖が立ち止まる。「……そう、か」

途端、体が金縛りのようになって動かなくなった。これまでにも何度もやられた、璃々栖による肉体の操作。己の体が、悪魔によって好き勝手に動かされているという、絶望的なまでの不快感。

結局自分は、この女の使い魔だったのだ。道具でしかなかったのだ……一歩一歩こちらに近づいてくる璃々栖を睨みながら、皆無は思う。

璃々栖が、目の前に立つ。

璃々栖は皆無より背が高い。皆無の顎が、己の意志に反して上向く。真正面から見せられた璃々栖の顔は、ひどく寂しげな微笑み（ほほえみ）で彩られていた。その璃々栖の顔が近づいてくる。皆無は初めて璃々栖の唇に嫌悪感を覚えたが、体が動かず拒めない。

――口付けを、された。

いつもと違い、ひどく穏やかにヱーテルが流し込まれてくる。皆無の意志はそれを拒みながらも、体は嚥下（えんげ）していく。ヱーテルが喉を、胃を、腹を温めていく。

璃々栖が唇を放す。「これで、数十年は生きられるじゃろう。……餞別（せんべつ）じゃ」

（……えっ？）

「実はな、そなたの心臓を予が動かしているというのは、はなから嘘（うそ）だったのじゃ。心臓は完全に回復しておるし、予がおらんでもちゃんと動く。これでそなたはもう、人としての生に戻ることができる」

璃々栖が背を向ける。その姿が一瞬だけ消えて、すぐに道路の先――結界の少し外側に現れた。聖霊（セアル）の【瞬間移動（テレポート）】だろう。

「…………………さらばじゃ」言って、璃々栖が北の方へ駆けていく。

皆無は、その後ろ姿が見えなくなるまで見つめ続けた。気付けば、金縛りは解けていた。

◇同日二三時五分／神戸鎮台／阿ノ玖多羅正覚単騎少将

会議室は、まるで戦場のようだった。士官たちの命令で兵士や事務員たちが必要な書類を探し回り、入れ替わり立ち代わり会議室へ運んでくる。

「あの悪魔はまだ見つからんのか！」会議室の上座でふんぞり返り、高価な葉巻を吹かせた拾月大将が喚き散らす。

長机には神戸一帯の地図が広げられ、何処そこで金髪の女性の目撃情報があったとか、捜索の術式を使って何処そこ一体は捜索済だとかといった情報が書き込まれていく。

『至急帰投セヨ』

という電報受けて【渡り】で戻ってみれば、もうこの有様であった。エーテル節約のため、本来は鉄道で戻ってくる予定であったのだ。が、部下から状況の説明を聞くうちに、己が呼び戻されたのももっともだと、正覚は納得させられることとなった。

すぐさま璃々栖捕縛を命じられた。確かに、パリ外国宣教会屋敷におけるレディ・璃々栖と皆無を閉じ込める結界は、レディ・璃々栖が従者聖霊に【瞬間移動】を使わせれば簡単に出られる。あの処置は、レディ・璃々栖の善意が前提にあるものだった。正覚はすぐに外国人居留地へ飛んだが、レディはすでに逃亡した後だった。

……息子は、正覚が来たことにも気付かず、ただ呆然と、北の方を見つめ続けていた。

息子は、ひとまず屋敷で待機させることとした――監禁とも言うが。呆然自失といった様子の息子から事の顚末（てんまつ）を聞き出すのには苦労した。

（それにしても、妖魔たちが沸き立つ時間帯の前に【神戸港結界（こうべこうけっかい）】を再構築できたのは本当に僥倖（ぎょうこう）だった）騒がしい会議室の片隅で、正覚はしみじみと思う。（レディ・璃々栖が居なくなった今、皆無は悪魔（デビル）の力を使えば使うほど、そのエーテル総量を目減りさせてゆくだろう……尽きてしまえば、死ぬ）

皆無が退役して退魔の世界から足を洗えば、恐らく天寿を全うするくらいのことはできるであろう。が、沙不啼（サブナッケ）襲来のいざこざで【神戸港結界（こうべこうけっかい）】が再構築できなかったとしたら、拾月大将は皆無を死ぬまで働かせたであろう。

（とはいえ）正覚は意識を遠く東南の海に向ける。無詠唱の【文殊慧眼（もんじゅけいがん）】から、【神戸港結界（こうべこうけっかい）】のすぐ外側の海上に佇（たたず）む巨大な城の反応が返ってくる。（本当に、どうしたものか）

沙不啼（サブナッケ）が操る人形越しに沙不啼（サブナッケ）と対面した拾月大将は、はっきり言って彼の悪魔（デビル）に怯（おび）えきっている。もう完全にレディ・璃々栖を捕らえて沙不啼（サブナッケ）に差し出す気でいる様子だが……念のため、その対応で良いかどうかを東京に確認している状況である。

正覚としては、レディ・璃々栖と共闘し、レディの左腕たる悪魔大印章（グランドシジル・オブ・デビル）を手に入れ、その力で以（もっ）て沙不啼（サブナッケ）を排除するのが、最も勝算ありと考えている。

　息子の言葉によれば、あの城は沙不啼(サブナッケ)の大印章(グランドシジル)の力で動かしているのだという。レディの大印章(グランドシジル)を使えば、阿栖魔台(アスモデウス)移動城塞を無力化することも、あるいは可能かもしれない。大印章(グランドシジル)と大印章(グランドシジル)がぶつかり合った場合にどうなるのかは正覚には分からないが……レディ・璃々栖の約五億という天文学的なエーテル量で以て大印章世界(グランドシジル・オブ・ワールド)を展開すれば、沙不啼(サブナッケ)の大印章(グランドシジル)を呑み込むこともできるのではなかろうか。

「閣下」正覚は自説を具申(ぐしん)する。「レディ・璃々栖との共闘をお考えになった方が――」

「貴様は黙っておれ!!」ぴしゃり、と発言を禁じられた。

「………」黙れと命ぜられた以上、黙らなければ、下手をすれば抗命の意志ありと捉えられかねない。それでなくとも、この上官は何かにつけて正覚を処分したがるのだ。

「悪魔(デビル)と共闘など、気でも狂ったか阿ノ玖多羅少将」

(他ならぬ閣下が一週間、その悪魔(デビル)に神戸港を護(まも)らせたのでしょうに……)

「そもそもあの悪魔(デビル)は、左腕(グランドシジル)の具体的な在りかを知らんという話ではないか！　すぐに見つからなかった場合、その間、沙不啼(サブナッケ)にどう説明するのだ？　沙不啼(サブナッケ)が癇癪(かんしゃく)を起して艦艇を沈めぬ保証は？　結果腕が見つからなかったらどうするというのだ!?」

(それは、確かにそのとおりだね……残念ながら)

「沙不啼(サブナッケ)には現状、艦隊を人質に取られておる。露西亜(ロシア)は今や満州において我が物顔で鉄道を敷き、好き勝手に商売を始め、朝鮮半島にまで食指を動かしておる。いざ開戦となったその時に、艦隊が動けなければどうするというのだ！」

（うん……それもそのとおり）

　確かに、レディ・璃々栖を捕まえて沙不啼（サブナッケ）に献上し、彼の悪魔侯爵には移動城塞ごとお引き取りいただくのが、日本国としては上策なのである。

（だけど……レディ・璃々栖と共闘して腕を見つけ、その力で以て沙不啼（サブナッケ）を撃破し、阿栖魔台（アスモデウス）移動城塞を入手。日露開戦の際にはその城で以て露西亜の旅順艦隊や浦塩（ウラジオ）艦隊を撃破せしむ——なんて未来を思い描くのも、悪くないと思うんだけどねぇ）

「そもそも儂（わし）には、お前があの小娘に入れ込む理由が全く分からん！　同じ悪魔（デビル）だとしても、『国際法』を持ち出してくる沙不啼（サブナッケ）の方が、まだ信じられる」

　よほど恐ろしかったのか、もしくは殺さないで呉（く）れたことに感じ入っているのか、拾月大将こそ、沙不啼（サブナッケ）に入れ込んでいるように正覚には思える。

（まぁ結局のところ、両方とも本来人間とは相容（あいい）れないはずの悪魔（デビル）。約束を守ってもらえないって可能性も大いにあるわけで）正覚は、気付かれないように小さく溜息（ためいき）をつく。

（レディ・璃々栖と沙不啼（サブナッケ）のどちらがより信用できるかって話なんだよね）

　そして自分は、レディ・璃々栖の方をより信用している。レディのこの一週間における態度は見事であった。彼女はただ一人の死者も出さずに、神戸港を守り切ったのだから。

（それに――）そういった理屈を抜きにして、（何故(なぜ)だか、レディ・璃々栖のことを見捨てる気になれないんだよね）

遠い記憶の中で、彼女を守るように誰かに頼まれたような気がするのだ。その曖昧な記憶は、十一月二日に阿栖魔台(アスモデウス)の名を聞いたときに覚えた違和感の延長上にある。

「――閣下!!」一人の尉官が会議室に転げ込んできた。一枚の紙切れを手にしている。

「東京からの天連関理府(テレガラフ)か!?」拾月大将が勢いよく立ち上がる。テレグラフ(telegraph)――電信、電報のことである。「読み上げろ！」

「はっ！」尉官が紙を広げ、「『直チニ悪魔璃々栖ヲ悪魔沙不啼(サブナッケ)ヘ引キ渡スヘシ』！」

「伊藤サン……」正覚は天を仰ぎ、かつての盟友の名を口にする。

現在の首相は伊藤博文ではなく桂太郎(かつらたろう)である。が、それでも元老院の一角として、影響力を発して呉れるのではないかという淡い期待があったのだ。

尉官が再び大きく息を吸う。どうやら電報には続きがあるらしい。

「『沙不啼(サブナッケ)ノ使ヒ魔ヲ招キ入レル事、悪魔璃々栖ノ捕縛ニ限リ、此ヲ許可ス』――以上であります！」

「――はぁッ!?」黙っていろ、の命令にもかかわらず、正覚は驚きの声を上げてしまう。

「さ、沙不啼(サブナッケ)の使い魔を【神戸港結界(こうべこうけっかい)】内に招き入れるですって!?」

「左様。そしてそれを【悟り(ニルヴァーナ)】による広域【文殊慧眼(もんじゅけいがん)】で以て監視するのが、貴官の任務だ」

（なんて無茶(むちゃ)苦茶な伺いを立てたんだ、この方は！）正覚はあきれる。（そして政府も、その意見を容(い)れるだなんて！）

「必要な処置である。というより、沙不啼(サブナッケ)の方から言ってきたのだ」

（つまり、またぞろ艦隊を人質に、自軍を進駐させろと沙不啼(サブナッケ)に脅されたわけだ）

「待機している小隊も全て出動させろ！」拾月大将が鼻息を荒くする。「露西亜との戦を目前にして、大切な艦隊をこれ以上傷付けられるわけにはいかんのだ！」

日清戦争と、その講和である下関条約で日本が手にした遼東(りょうとう)半島。露は独・仏と手を組んで、『東洋の平和安定のため』にその半島を手放すよう、日本に圧力を掛けてきた——世に言う三国干渉である。にもかかわらず、北清事変の後は当の露が遼東半島全域を占領し、今まさに旅順でベトン(コンクリート)と砲台で鎧(よろ)った大要塞を築いているのだ。

（神戸が、第二の遼東半島にならなければいいけどね……）

無論その場合、神戸を占領するのは沙不啼(サブナッケ)になるであろう。

◇同日二三時十分(フタサンヒトマル)／パリ外国宣教会(MEP)屋敷・自室／阿ノ玖多羅皆無単騎少佐

父から、自室での待機を命じられた。ベッドに潜り込み、璃々栖の匂いがして、かっとなって掛け布団とシーツを魔術で燃やした。代わりにこの一週間、床で寝るときに使っていた寝具をベッドに持ち込んで眠ろうとした。が、眠れなかった。眠れるはずがなかった。

部屋の中をうろつき、暇に飽かして本棚をあさってみれば、

「――『みだれ髪』」

三人の莫迦(ぶか)に押しつけられた歌集が出てきた。ベッドで仰向(あおむ)けになって本を広げる。

「表紙画みだれ髪の輪郭は恋愛の矢のハートを射たるにて……恋愛……恋、恋、ねぇ」先ほどから、胸のあたりがひどく虚(むな)しい。胸に触れてみれば、トクン、トクンと鼓動を返してくる。皆無はそのことに安堵(あんど)するとともに、「この虚しさは何なんやろう……」

与謝野晶子(よさのあきこ)著『みだれ髪』は六つの章からなり、まず第一の章題が、『臙脂(えんじ)紫』となっている。その文字を見て、皆無はドキリとする。いつも璃々栖が穿(は)いていた袴(はかま)の色なのだ。妖魔と戦う間、月光の中で璃々栖が飛んだり跳ねたりする度に、その色が映えたものであった。『臙脂紫』という言葉一つで璃々栖の動き回る姿が鮮明に思い出されてしまい、皆無は困惑する。頭を振って璃々栖の姿を追い出し、読み進めていく。
『その子二十　櫛(くし)にながるる黒髪の　おごりの春のうつくしきかな』

豊かな金髪を誇るように棚引かせ、颯爽と歩く璃々栖の姿。元ブラデヱトのときなども、陽の光をいっぱいに蓄えた髪が、キラキラと輝いて見えたものだった。彼女のはにかむような笑みは、到底忘れられそうにない。

『ゆあがりの　みじまひなりて姿見に　笑みし昨日の無きにしもあらず』

元ブラデヱトの前夜、せがむ璃々栖の肩にショールを掛けてやったときの、璃々栖のはしゃぎっぷりといったらなかった。

『乳ぶさおさへ　神秘のとばりそとけりぬ　ここなる花の紅ぞ濃き』

「――ぶっ」思わず吹き出してしまう。「随分とあけすけやなぁ！」

十一月二日の朝、初めて璃々栖の服を脱がしたときには、緊張で頭が真っ白になったものだった。そこから一週間、皆無は璃々栖を風呂に入れ続けた。璃々栖は、最初の方こそ乳やら股やらを執拗に洗わせて挑発してきたものだったが、皆無が精通を経験すると、一転して皆無に見られ、触れられるのを恥ずかしがるようになった。最初のころの挑発も、ひょっとしたら彼女なりの強がりだったのかもしれない……などと璃々栖の裸身を思い出しているうちに、軍袴の中で一物が首をもたげ始める。

――いつの間にか。先ほどまで璃々栖に対して抱いていたはずの、怒り、侮蔑、嫌悪といった負の感情が、すっかり溶けてなくなっていた。

『おりたちて　うつつなき身の牡丹見ぬ　そぞろや夜を蝶のねにこし』

退魔の時間が終わり、第七旅団員たちを治癒して回る時間も終わった夜の公園で、牡丹の花を見つけて『綺麗な花じゃのぅ』と呟く璃々栖。

『つばくらの　羽にしたたる春雨を　うけてなでむかわが朝寝髪』

璃々栖の金髪は、ベッドから出てくるといつも爆発していた。それを整えるのが毎日々々ひと苦労なのだ。

どの歌も、日常の何気ない情景を繊細な筆使いで以て鮮明に描き出している。そしてそのどれもが、皆無の脳内では璃々栖の姿を以て表現されるのだ。

夜空を舞う璃々栖の姿。朝日に照らし出される璃々栖の横顔。飯を食べる璃々栖。風呂に入る璃々栖。寝る璃々栖。街を闊歩する璃々栖。笑う璃々栖、怒る璃々栖、そして……別れ際の、泣き笑いのような表情を浮かべる、璃々栖。

(僕……そんな、そこまで璃々栖のこと見とったんや……)

そうであった。この一週間というもの、自分は璃々栖のことをずうっと目で追い、寝ても覚めても璃々栖のことばかり考えていた。璃々栖に夢中になっていた。

頁を繰ると、『はたち妻』という章題が目に飛び込んできた。思わず息が詰まる。まさに今日の昼間、元ブラデヱトの最中に、自分は夢想したではないか。人間として生を受けた璃々栖と出逢い、彼女を娶れたら、と。

『人ふたり　無才の二字を歌に笑みぬ　恋二万年ながき短き』

恋。この歌集の、恋を扱うものの多いこと。だがそれも当たり前のことであった。恋はこの歌集の主題そのものであるのだから。

（…………恋、か）皆無は本を閉じる。この胸を侵す喪失感の理由が分かったのだ。（そっか。僕は恋をしとったんか……そしてそれを、失くしてもうたわけや）

初恋であった。十一月一日の夜に始まり、今日終わったこの十日あまりの出来事は、凄惨なまでに鮮烈な、初恋体験だったのだ。

涙が出てきた。布団に潜り込んで、泣いて、泣いて、泣いて、泣いて、泣き疲れて眠った。

◇過去の思い出／阿ノ玖多羅皆無

皆無は母親を知らない。母親のことを聞くと父は決まってはぐらかそうとするので、何となく、もう亡くなってしまっているのだろうと思っている。折しも皆無が生まれた年は神戸で虎列痢が大流行した年であり、大悪魔毘比白が神戸港を襲った年でもある。それらのことが産後の体に追い打ちをかけて……というのは、何も不思議な話ではない。

母がいないとはいえ、寂しくはなかった。父がいたし乳母もいた。父が教えて呉れる数々の術式はとても面白くて、三歳になる頃には【韋駄天の下駄（いだてんのげた）】を身に纏（まと）って飛んだり跳ねたり、屋根の上に登ったり壁を走ったりして、周りを驚かせていたものだった。

　皆無は、士官学校で寮に入っていた時期を除けば、生まれてこの方ずっとここ、パリ外国宣教会（MEP）屋敷に住んでいる。今でこそ、皆無たちを監禁するために第七旅団員が出払っているものの、平時であれば老若男女様々な団員たちが出入りするし常駐している。団員たちからは、それはもう可愛がられたものであった。近所の同年代からの反応も友好的で、様々な術式が使える皆無は、ちょっとした英雄的扱いを受けていた。

　世界は皆無を中心に回っていた。

……おや、どうやら様子がおかしいぞ？　と気付いたのは六歳、皆無が尋常小学校――小学校のうち前期四年分を過ごす学校――に入学してしばらく経（た）ったころである。

　教師などを始めとする大人たちが、妙に自分にだけ優しいのである。大人の親切な態度は皆無にとっては普通のことだったが、しかし皆無は、学校という少年たちの集団の中で、ただ一人自分だけが特別丁寧に扱われていることに気付いた。また、教師たちがやたらと父のことを聞いてくるのである。父の好きな酒とか茶とか食べ物とか、趣味とか服とか。

皆無は物心ついた頃から【文殊慧眼（もんじゆけいがん）】を常時耳目に発現させる訓練をしてきた。そんな皆無だからこそ、相手の視線、声の上擦り、鼓動、発汗といった情報から、相手のことを過剰なほど敏感に感じ取ってしまう。

　そういう大人たちによる皆無への『配慮』が最も顕著に出たのが、『罰』に関してであった。悪戯をしたり不出来であったりすれば、硬い石の上で正座させられるだとか竹刀で尻を叩かれるなどは日常茶飯事である。が、こと皆無に関しては、その手の『罰』を受けたことが一度もなかった。皆無が勉学や運動においても卓越した成績の持ち主だったということは理由に成り得るだろうが……忘れ物だとかちょっとした悪戯への加担だとか、そういう『罰』の対象に成り得る行動を全く取らなかったわけでもない。なのに皆無だけは、ただの一度も叱られたり体罰を受けたことがなかった。

　子供という生き物は、そういう依怙贔屓を非常に敏感に察知する。皆無を嫌い、仲間外れにする向きも相当数いたが、皆無はその持ち前の術の力と武力で以て歓心を集めて一派閥の長であることができたし、事実皆無に腕っぷし――術とエーテルを含めてだが――で敵う者など、同学年、上級生はおろか教師においてすらいなかった。

　二年生に上がる頃には、皆無は結論を得ていた。つまるところ、大人たちは偉大なる父・正覚に気に入られたいのだ。皆無を罰しないのは父に目を付けられたくないがため。皆無を過剰なまでに褒めるのは、皆無の口から『何某という教師に褒められた』と父に報告してもらうため。父の嗜好を聞き出そうとするのは、贈り物でも見繕うためだろう。

つまり、大人たちの誰一人として、皆無自身のことを見ては呉れていないのである。

それに気付いた時、皆無はひどく冷めた。皆無自身が努力しようがしまいが、真面目にやろうがやるまいが、それで大人たちの自分に対する評価が変わるわけではないのだ。己の評価はただ『阿ノ玖多羅正覚の息子』ということによって満点と結論づけられており、大人たちから毎日々々呪いのように浴びせ掛けられる『偉いね』『賢いね』『頑張ったね』という言葉の数々は、自分ではなく父に対するものなのだ。

それでも腐らずに済んだのは、同年代の子供たちが皆無についてきて呉れたからである。子供たちは、皆無が魅せる魔法の数々――壁を走ってみせたり、小石を握って粉砕してみせたり、火の玉を出してみせたり、鋭い風で空飛ぶ鳥を落としてみせたり――に夢中になり、皆無を崇拝し、大将たらしめた。

四年生――九歳のある日、状況は一変した。

肌寒い秋の日であった。昼休みに焼き芋をやろうということになって、皆無は子分たちを引き連れて学校の庭に陣取っていた。落ち葉を集め、芋を放り込んで、さぁ火を点けようというときに、子供の一人が『でかい火が見たい』と言った。そのころ求心力不足に危機感を抱いていた皆無は、その希望に沿うべくエーテルの限りの火柱を立ち上がらせた。

――火事になった。

幸いにして死傷者はなく、家屋に延焼することもなく、ただ、学校の庭が焼野原になるのみで済んだ。悪童たちは罰せられた。当然のことであった。教師から竹刀で殴られ、殴られ、殴られ、何度も殴られ、額から血を拭き出す者や、気を失う者も出た。皆無もこのときばかりは体罰を覚悟した──…なのに。

教師は、皆無にだけは手を上げなかった。

上げて呉れればどんなにか救われただろうか、と皆無は今でも思う。結局、この件で皆無を叱り飛ばし殴り飛ばして呉れたのは、実の父たる正覚だけだった。

その日を境にして、皆無の世界は一変した。大人たちの露骨な依怙贔屓を目の当たりにした子供たちが、皆無から急速に離れていったのである。皆無は孤独になった。皆無はやがて学校に行くのを嫌がり、その原因であるとの自覚がある父は、それを容れた。

代わりに父は、皆無に陸軍士官学校の試験を受けさせた。霊感──人並み外れたヱーテル総量──持ちは希少故、試験に合格し得る能力さえあれば、士官学校は皆無の如き児童にすらその門戸を開く。果たして皆無は、二位と隔絶した成績で首位を取った。

こうして皆無は、若干十歳にして士官学校の門をくぐった。それで、状況が変わって呉れれば良かったのであるが。

◆十一月十一日五時四十五分(マルゴーヨンゴー)／神戸・生田(いくた)神社／所羅門七十二柱(ソロモンズ・デビル)が一柱・聖霊(セアル)

主たる璃々栖殿下が皆無と一緒に暮らしていた屋敷の北。人間が『生田神社』と呼んでいるエーテル溜(だ)まりにて。

「―――居たぞッ！」成人男性の声。境内に、二人の男性が駆け込んできた。皆無が普段着ている物と同じ紺色の軍衣と、小銃――悪魔祓師(エクソシスト)だ。

聖霊(セアル)は今現在、主の左腕を務めているので、対応ができない。

「【隠者は霧の中(ハーミット・イン・ザ・フォッグ)】！」主が、腕(シジル)のない身で唯一使える隠密(おんみつ)の魔術を省略詠唱する。すぐさま主の周囲に真っ白な霧が生じ、その姿を人間どもの眼から眩まそうとするが、

「「【オン・アラハシャノウ――文殊慧眼(もんじゅけいがん)】！」」二人の軍人が索敵の術式を展開し、迷うことなくこちらに迫ってくる。

「――ちっ」主が本殿の裏手に広がる林へと飛び込む。

（おいたわしや、殿下……）聖霊(セアル)は内心、歯噛(はが)みする思いである。せめて太陽が出ていなければ、あのような脆弱(ぜいじゃく)な人間どもに魔術を破られることもないであろうに。ましてや主は今、自身の魔術発射装置たる右腕(シジル)を持たない身なのである。

聖霊(セアル)が代わりに魔術を使うという手もあった。が、主は聖霊(セアル)のエーテルを、切り札たる【瞬間移動(テレポート)】のために温存しておくようにとお命じになった。

「殿下、後方より来ております。尉官が二」

「分かっておる！」

　聖霊(セアル)は無意味な報告しかできない己の不甲斐なさを呪い、それ以上に、人間どもを――この一週間、散々神戸港を守ってもらっておきながら、沙不啼(サブナツケ)に脅されるや否(いや)や、手の平を返して主を捕らえようとしている人間どもを呪った。

「殿下！　やはり皆無を連れてきましょう！　今から私めが【瞬間移動(テレポート)】にて――」

「ならぬ！」

「ですが――」

　そのとき、空から悪魔祓師(エクソシスト)の一人が降ってきた。林の中、主の行く手を阻むように立ち、小銃を向けてくる。が、男は泣くのを堪えるような顔をして、引き金を引けないでいる。

「そなた、一昨日に死にかけておった……」主の声。

　聖霊(セアル)にも覚えがある。主が皆無を従えて治療して回った軍人の中に、この顔があった。

「どうした、早く撃て！」背後から、もう一人が軍刀(サーベル)を抜刀しながら駆け寄ってくる。が、小銃を構える男は震えるばかりで撃とうとしない。主は、この男は撃てないと判断したようだ。速やかに振り返り、すぐそこまで肉薄していたもう一人の軍人の顎を蹴りぬく。軍刀(サーベル)の男は気を失い、倒れ込む。男が倒れる寸前に、怪我(けが)をしないように軍刀(サーベル)を蹴飛ばすあたり、実に主らしいと聖霊は感じる。

　主が振り向けば、小銃の男が、銃口を下ろしてうつむいている。人間の中にもちゃんと、主に感謝している者がいるのだな、と聖霊は少々気を良くする。

「……すまぬな」主が男へ短く告げ、林を抜けるために走り出す。

　主と聖霊は今、阿栖魔台家の家宝たる左腕——悪魔大印章を探している。印章というものは、ただ存在しているだけでヱーテルを喰う。ヱーテルが枯渇してしまうと印章は砕け散り、消えてしまう。だから印章は、神社・寺・教会といった人間の信仰心を介してヱーテルが溜まりやすい場所に隠されている可能性が高い。そのため、主はまずは外国人居留地のすぐ北にあるここ、生田神社に来たのである。が、腕は見つからず、夜明けとともに隠密の魔術が弱まり、人間どもに追い掛け回される羽目になったわけである。

　主は走り続ける。たかが神社の、小さな林である。すぐに抜けた。抜けて、

「十日振りですかな？　お逢いしたかったですぞ……姫君」

　人形が、いた。仇敵沙不啼が操る、主を模した金髪赤眼の人形が、林の外で待ち伏せていた。人形の口から発せられるのは、ねっとりとして気色の悪い、しわがれた老人の声。

「沙不啼………」主が、絶望に彩られた声で呻いた。

◇過去の思い出／阿ノ玖多羅皆無

結論から言えば、状況は改善するどころか悪化した。士官学校に入ることによって、皆無を取り巻く人たちの平均年齢がぐっと上がったのである。皆無の目から見れば、教師も生徒もみな等しく『大人』であった。大人たちは執拗(しつよう)なまでのしつこさで皆無に付きまとい、父を紹介するように、父に会わせるようにとせがんだ。父に対する熱量が違った。

皆無はその潔癖なまでの『生の自分を見て欲しい、認めて欲しい』という渇望を前面に出すのではなく、『英雄の子』としての立場を使って適量の甘い汁を吸いつつ、たまの休みに学友たちを父と引き合わせるくらいのことはしてやるべきであった。そうすれば周囲に溶け込むこともできたはずである。が、皆無はそういう『割り切り』をするにはまだまだ子供過ぎた。己に言い寄ってくる大人たちは、皆無にとって一様に『敵』であった。皆無は自分で勝手に壁を作り、その中に閉じこもって、一人で勝手に孤独に陥っていった。

さらに、敵が増えた。こちらは明確な『敵対者』である。陰口を言ったり、肩でぶつかってきたり、教科書を隠したり、石を投げてきたり……といった虐(いじ)めっ子(こ)どもだ。こういう手合いには、皆無はその卓越した術の力で対抗した。ぶつかってきたその肩をつかんで空高く投げ飛ばした。自分の持ち物には、誰かが勝手に持ち出そうとしたら相手に幻痛を与える術を仕込んだ。投げ込まれた石は百倍にして投げ返した。

彼ら虐めっ子の正体は、薩長閥の子弟であった。かつて錦の御旗を掲げて官軍として戦った彼らの親は、陸軍という組織において、ただ薩長閥であるというだけで栄達が保証されていた。そんな彼らの聖域を荒らしているのが、皆無の父・正覚である。父は実力のある者なら薩長の生まれであろうがなかろうが、どころか商家や農家の生まれ、孤児出身者すら重用した。そんな『傍若無人な』父の行いに臍を噛んでいる親たちに命じられ、その子弟が皆無に挑んでくるわけである。とはいえそんな彼らも命は惜しかったらしく、数ヵ月もすると、陰口以外の攻撃は鳴りを潜めるようになった。その陰口の内容というのが、

『阿ノ玖多羅少将閣下に比べ、阿ノ玖多羅一年生はあまりにもふがいない』

『ヌーテル総量など、数千に満たないという。少将閣下は二千万を上回るというのに』

という具合であった。他ならぬ阿ノ玖多羅少将を貶めたいがための大作戦であるのに、その少将を引き合いに出して皆無を貶めようという、噴飯ものの内容であった。実際、非・薩長閥には失笑する者も多かった。……が、他ならぬ皆無がそれを真に受けた。六歳のころから抱き続けてきた父に対する劣等感が爆発したのだとも言える。皆無は痛々しいまでに落ち込み、自身を追い込むような過酷な訓練に打ち込んだ。周囲は、それを遠巻きに見ていた。相変わらず、皆無自身を認めて呉れる大人はいない。

そんな風にして、飛び級に飛び級を重ねてたったの二年で卒業した十二の春、皆無は陸

軍第零師団（だいゼロしだん）第七旅団に入隊した。軍人となり、栄達すべく血眼になって任務に励む同僚たちの中に叩（たた）き込まれ、年齢こそ上とはいえ父と教師以外で初めて己より優れた同僚と戦果を競い合うことになり、皆無の承認欲求は哀れなほどに先鋭化していった。

入隊して一年ほど経（た）ち、皆無の戦術がただただ『同僚よりも一歩でも先に敵の前に立ち、一秒でも早くその銃弾を敵の額に叩き込む――自身の損耗は顧みず』となっていたころに、配置転換の辞令が出た。三人の、明らかに未熟な新兵を与えられ、第一線を退いて練兵をやれと言われた。皆無は戸惑った。が、父・正覚によるこの作戦が大成功を収め、皆無が大いに快復したのは、十三歳の十一月一日を迎えた皆無が見せた姿の通りである。

とはいえ当初は、このあまりにも脆弱な三人の部下を、どう扱うべきか悩んだ。

部下たちは、ありとあらゆる言葉と態度で皆無を持ち上げた。当然のことである。この年端も行かぬ上官は、自分たちを死地へ飛び込ませる命令権を持っているのだから。そんな文字通り必死な部下たちの姿を見て初めて――優秀な成績に比すれば、ようやくと言えるほどの期間を以て――皆無は理解した。この部下たちが命懸けで、他ならぬ自分を見ており、自分の歓心を買おうと躍起になっているということを。人はあらかじめ『立場』という役割を与えられていて、その役に沿って演じる責任を負わされていることを。

部下たちが皆無の顔色を窺（うかが）うのと同様に、長年来皆無を悩ませてきた『大人たち』が父の顔色を窺うのもまた、当然のことなのだ。

皆無がようやく、自分が『立場』という名の仮面(ペルソナ)を身に付け、相手の仮面(ペルソナ)と付き合うことの必要性に気付いたのは、このころのことであった。なまじ【文殊慧眼(もんじゅけいがん)】で心の機微を敏感に把握し回避してきただけに、こと人付き合いに関しては、皆無は人よりも遅れていた。齢十二の終わりにしてようやく、皆無は社交性を身に付けた生き物となった。

が、未(いま)だ『恋』は知らない。

◆同日六時三十一分(マルロクサンヒト)／神戸・南京町の裏路地／大悪魔(グランドデビル)・聖霊(セアル)

「殿下、あと二回分しかありません」聖霊(セアル)は主に絶望的な報告をする。

「はは、参ったのぅ……」薄汚れた家屋の壁にもたれ掛かりながら、主が空笑いをする。

こんな状況でも癇癪(ヒステリー)を起こさないあたり、さすがは主であると聖霊(セアル)は感じ入る。

あれから三十分ほど、【瞬間移動(テレポート)】を駆使して沙不啼(サブナッケ)から逃げ回っている。

【瞬間移動(テレポート)】の魔術は、実際に訪れたことがある場所へしか転移できない。退魔の時間や元ブラデヱトの際、聖霊(セアル)は主とともに神戸港や元町を色々と訪れたが、その範囲は精々が外国人居留地、第壱から第肆(よん)波止場近縁、そして元町周辺程度である。

他に、六甲山上にある寺院・神社がいくつか。それが、日本国において聖霊(セアル)が転移できる範囲の全てである。十一月一日の夜、神戸港に【瞬間移動】することができたのは、聖霊の大印章が過去に神戸港を訪れたことがあったからである。

訪れたのは聖霊自身ではなく、先代聖霊――先王の従者であった聖霊の母である。先王――璃々栖父の兄は百年ほど前に、弟に王位を譲ってから世界各地を旅した。旅の主目的を聖霊は知らない。が、その副目的は、先王とともに旅をした聖霊の母の大印章が数々の転移先を覚えることにあった。その母も先王の死とともに隠居し、聖霊が『悪魔君主聖霊』の名と大印章を襲うことになった。

七大魔王や七十二柱の上位の如き大悪魔は、過去・現在・未来の出来事を見通す力を持つという。あるいは先王は此度の叛逆を予知し、主のために神戸港を訪れたのかもしれない。阿栖魔台王が最期に『神戸へ行け。そこで腕が待っている』と仰ったことを思えば、その可能性は十分にあるように、聖霊には思える。あらかじめ大印章が覚えていた、神戸における転移可能な地点――先王が歩いた軌跡――を辿るのも、有用な手かもしれない。

（とはいえ今は、この状況を脱しなければ）

状況は絶望的と言える。町中で主を探し回っている悪魔祓師ども。上空を舞い、その索敵魔術で以て主を見つけ、襲い掛かってくる沙不啼の人形。しかもたった一体の人形でこの状況。沙不啼は未だ無数の人形を所持しているのだ。

「意見具申（ぐしん）をお許しください」

「ならぬ」ぴしゃり、と主が言う。

それでも主のために聖霊（セアル）は言う。「皆無を連れてくるべきです」

「ならぬと言ったじゃろう」

「皆無を戦力とせねば、この状況は打破し得ません！」

「ならぬならぬならぬッ！」珍しく、主が声を荒らげる。「あやつは、予（よ）の頼みを断ったのじゃ！」

「無理矢理（むりやり）にでも従わせれば良いではありませんか！」

「それで、あやつに寝首でも掻（か）かれたらどうするのじゃ!?」主が涙ぐんでいる。

幼少からこの主を見守り続けてきた聖霊（セアル）は、実のところ主が、それほど強くはないことを知っている。皆無に断られたことが、随分と堪（こた）えている様子であるのを見抜いている。

「——こんなところにおられましたか」上から沙不啼（サブナツケ）の声。

見上げれば、路地裏に人形が飛び降りてくるところであった。

「くっ——…聖霊（セアル）、頼む！」

「はっ！【瞬間移動（テレポート）】!!」

◇過去の思い出／阿ノ玖多羅皆無

泣き疲れた皆無は、まどろみの中にいる。夢の中で、十三年ばかりの己の人生を反芻している。どこまで思い出しただろうか……そう、恋の話である。阿ノ玖多羅皆無という名の少年が、初めて異性に惚れたときの話である。

皆無は術式、勉学、運動、戦果等々において人よりも圧倒的にできる自分を誇り、誇りながらも常に、圧倒的存在たる父と比べられて落ち込んだ。父には敵わない、絶対に。それが皆無の限界であり絶望だった。最初から絶対に超えられない壁が存在していることが、皆無の世界をつまらなくしていた。そういう世界の中で、騙しだまし生きていくしかないのだと――そう割り切り始めていた、まさにそのときに。

皆無は、出逢った。

明治三十六年十一月一日、二十二時の少し前。巨大な壁であるはずの父、その父をして心胆寒からしめるエーテル総量五億の悪魔が神戸港に降り立ち、皆無はその悪魔の戦に巻き込まれて心臓を失い、その悪魔――璃々栖からの口付けを受け、使い魔となった。

皆無の日常は、璃々栖を中心に回るようになった。皆無にとって、璃々栖はとてつもなく大きな存在だった。己の心臓を握られている？ ――それはある。こちらの体を無理矢理動かすことができる？ ――それもある。皆無にとって璃々栖は、物理的に従わざるを得ない相手である。が、それだけではなかった。五億ものエーテル総量と数々の叡智を持ち、なのに驕り高ぶるというわけでもない少女。親を失い、国を失い、腕を失い、圧倒的窮地に立たされておりながら、絶望せず、笑顔を絶やさず、必死にあがいている少女。

圧倒的精神力。

使い魔になって数日経ったころにはもう、皆無は璃々栖に心底惚れ込んでいた。無論、彼女の優れた容姿にも夢中になった。が、皆無は璃々栖の、強靭な精神にこそ惚れ込んだ。

『ふむ。父親がおるだけ良いではないか。予なぞ昨日、二親を始めとする親族を嬲り殺しにされたのじゃからのぅ！』

璃々栖と会話した十一月二日の早朝。そう言って己の不幸を『あはァッ』と嗤い飛ばした彼女の姿は、皆無に途方もない衝撃をもたらした。己の悩みの、絶望の、何と矮小たることか！　下らないことで何年来も悩んできたことを、己で勝手に高い壁を築いていたことを、皆無は恥じた。璃々栖は、皆無のちっぽけな世界観をぶち壊して呉れたのだ。

◆同日六時五十分／神戸元町／大悪魔・聖霊

海岸通りに近い公園に身を潜めるも、沙不啼の人形にあっさりと見つかった。エーテルが残り少ない。あと一回の【瞬間移動】が限度だ。

「はぁっ、はぁっ、はぁっ……」主が息を切らして走る。その背後からは、

「どうしました、姫君？」聖霊（セアル）の人形が追ってくる。わざと、翼ではなく足を使って。楽しんでいるのだ。「もう【瞬間移動（テレポート）】はしないのですかな？」

「殿下！　皆無を――」

「ならぬ！」

「優先順位をお考え下さい！　祖国の復興と、皆無の命――」

「ならぬならぬならぬ!!」

まるで駄々（だだ）をこねるような主。聖霊（セアル）の方も、いよいよ我慢の限界に達する。

「殿下の強情者!!」聖霊（セアル）は、生まれて初めて主の意に背いた。「――【瞬間移動（テレポート）】!!」

◇同刻／パリ外国宣教会（MEP）屋敷・自室／阿ノ玖多羅皆無単騎少佐

皆無は起き上がる。いつの間にか、眠っていたらしい。ベッドから降り、

「ん～ッ！」伸びをした、まさにその時。

「助けて呉れ、皆無ッ!!」目の前に、聖霊（セアル）が現れた。もはや受肉（マテリアラキズ）も維持できないほど消耗した聖霊（セアル）が、懇願してくる。「頼むッ!!　殿下が、沙不啼（サブナツケ）めに追われているのだ!!」

「は？　沙不啼（サブナツケ）!?」目が冴（さ）える。（拾月大将、悪魔（デビル）を街に招き入れたんか！）

「頼む皆無！　お前の力なくしては、殿下が沙不啼(サブナツケ)めに攫(さら)われてしまう！」

「なっ——…け、けど僕にはもう、あいつを助ける義務も義理もあらへん」皆無は聖霊(セアル)から目を逸(そ)らす。沙不啼(サブナツケ)に捕らえられてしまっては、璃々栖はきっとひどい目に遭うだろう……見せしめのために処刑されるかもしれない。（やけど……やけど！）

そんな璃々栖の姿は見たくない。璃々栖のことは好きだ。好きだが、こんな一方的な淡い恋心のためだけに、己の命を投げ出すなんて馬鹿げている。

「大莫迦(ばか)者！　姫様のご好意に報いる気はないのか⁉」

「…………は？　好意？」怒りとともに皆無は問いただす。「あいつは自分のために、僕に死ねって言うてんで⁉　そんなあいつからの、好意やって⁉」

「糞(くそ)っ、こんなことを議論している場合ではないのだ！　兎(と)に角(かく)、一緒に来い！」

「答えろ！　答えん限り、僕は動かん」

渋面一色の聖霊(セアル)がやがて、「——二つだ‼」

「二つ？」

「一つは餞別(せんべつ)として殿下がお前にお与えになったヱーテルだ！　あんなことをしなければ、殿下はもっと戦えたはずだ‼」

確かにそうであった。絶望ばかりが深くて思い至らなかったが、受け取ったヱーテルは数十年を生きられるほどの量なのだ。だが自分如きに渡す量など、璃々栖の巨大なエーテル総量からすれば微々たるものだと、皆無は勝手に思い込んでいた。

「二つ目は、お前に選択を迫ったとき、【魅了(チャーム)】の魔術を解いたことだ!!」

「はぁ!?」皆無は仰天する。「【魅了(チャーム)】!?【魅了(チャーム)】って何やねん!?」

「そもそもお前の体は今、元々のお前のエーテル総量を圧倒的に上回る、殿下のエーテルで満ちている。お前の体や意志は、自然と殿下の望む方向に動くようになっている。殿下が、お前が殿下を好くようにと少し願うだけで、お前は殿下に夢中になる」

「そ、そんな――…僕はずっと、操られて――」

「お前に裏切られては御身が滅びかねないのだ！　仕方のないことであろう!?」

思い返してみれば、自分の璃々栖に対する執着振りはいささか異常であった。そして、周り全てが敵になり得る状況下で、多少手荒な方法ながらも皆無を手元に置きたがる璃々栖の思惑もまた――納得はできずとも――理解できた。

「え、でも……その【魅了(チャーム)】を解いたって？　なんでや？【魅了(チャーム)】したままの僕に、同行するように言えばよかったやん。そしたら僕は、璃々栖についていってたはずや」

「だから、好意だと言っているではないか！」

「――は？」

「好意だ！　殿下は、お前の自由意思を尊重なさったのだ!!」

◆同刻／神戸元町／悪魔姫　璃々栖・弩・羅・阿栖魔台

沙不啼が操る人形に背中から蹴り飛ばされ、転んで、両手のない身では満足に起き上がることもできない。

「無様ですなぁ」人形の口から、堪えきれないといった様子の笑い声が出てくる。

皆無には拒絶され、聖霊すら何処かへ行ってしまった。味方はいない。

「斯様な脚があるからいけない」人形の踵が、地面に這いつくばる璃々栖の右足首を踏みつける。「本来は斬り落としてしまいたいのですが、今はこれで我慢するとしましょう」

「や、やめ――…」

踏みつぶされる。肉と筋と骨と髄が砕かれる感覚と、熱と、強烈な痛み。

◇同刻／パリ外国宣教会屋敷・自室／阿ノ玖多羅皆無単騎少佐

「ご自身の一大事というときにだぞ!?」聖霊が泣きそうになっている。「しかも、【魅了】を切った直後は、反動で負の感情が現れやすくなる。殿下はお前のことを想い、お前が、お前の人生を、お前自身の意志で歩めるようにと、わざわざ分の悪い賭けに出たのだ！」

「そ、そんな――…」血の気が引く。自身の危機を押してまで皆無のことを考えて呉れていた璃々栖に対し、自分は『来んな』と言い放ったのだ。「僕は、僕は何てことを――」

「殿下がお前のような小童(こわっぱ)相手に恋心を抱いているかどうかまでは知らぬ。が、お前のことを一人格として見ているのは確かだ！」


（璃々栖が、僕を、見てる!!）


全身が震えた。それは、六歳のころからずっとずっと抱き続けてきた強い願いではなかったか。その願いを、他ならぬ璃々栖が叶(かな)えて呉れていたのだ！

心臓が高鳴る。鳥肌が止まらない。脳がしびれる。興奮で、視界がちかちかと輝く。丹田が、体中が熱い。体内を巡るエーテルが、璃々栖から与えられた血液が、沸騰するかのように熱を帯びる。

（見て呉れてる！　璃々栖が、僕を――俺のことを!!）

途方もない感動が、感激が皆無の感情体(アストラル)を駆け巡り、エーテルが全身を覆う。部屋中が真っ白なエーテル光で満たされ、数秒して収まる。

……気が付けば。

「悪魔化(デビラキズ)、できとる」己の体が、璃々栖の言う十一月一日の夜に変じた悪魔(デビル)の姿そのものとなっていた。山羊(やぎ)の角、長く鋭い爪、隆々たる筋骨、蠍(さそり)の尾、真っ赤な瞳、尖(とが)った牙。

「無……空(くう)……悩みを捨てろ、か。はは、より一層悩みが深(ふこ)うなってもぅたってのに……ダディの言うことはいっつも適当なんやから」

悪魔化(デビラキズ)に成功したことで、様々なことが腑(ふ)に落ちた。ヱーテルの動かし方、魔術の使い方、部屋の温度、舞い上がる塵芥の一粒々々の形。

「こっから先は、璃々栖自身の口から聞きたい。行こか聖霊(セアル)、璃々栖のもとに」

「来て呉れるのか、皆無!?」聖霊(セアル)が歓喜の声を上げる。「よし、よし！　では【瞬間移動(テレポート)】で今すぐ殿下のもとへ行く！　沙不啼(サブナッケ)の人形との戦いになるだろう。心の準備をしろ」

「ちょっ、待てや！　そんな体で【瞬間移動(テレポート)】なんて使ったら、お前死ぬで!?」

皆無は焦る。悪魔化(デビラキズ)に成功したことで、聖霊(セアル)のヱーテル残量や、聖霊(セアル)が展開しようとしている術式に必要な消費ヱーテル量が正確に把握できるようになったのだ。

「ああ」聖霊(セアル)が、少しの動揺もなく言い放つ。「だから、どうか殿下のことを頼む」

「――――……」皆無は聖霊(セアル)の覚悟に舌を巻き、そしてそこまで聖霊(セアル)を心酔させる璃々栖に感じ入る。「大丈夫や、俺に任せぇ」

ヱーテルを纏(まと)った左手の中に聖霊(セアル)を収め、窓を開けて外へ出る。受肉(マテリアラキズ)した翼で器用に

飛び、右の拳を振りかぶり、

「おらっ！」

屋敷を取り囲む結界を殴りつける。ガシャン、という硝子窓が割れるような音とともに、まさに硝子でも割るかの如き手軽さで、結界に大穴を開ける。

「【万物解析】」省略詠唱した瞬間、皆無の脳裏に神戸一円の地図が浮かび、虫まで含めた全ての命と、その位置、そしてヱーテル量が描き出される。「──見つけた」

ヱーテル総量六千万単位の甲種悪魔が今、晴天の空へと舞い上がる。

◆同刻／神戸元町／悪魔姫・璃々栖

左の足首まで潰された。悲鳴は上げなかった。上げてたまるか、と必死に堪えた。

「それでは、懐かしの王城へ向かいましょうか」

そうして、今。璃々栖は人形に髪をつかまれ、吊り下げられている。

「くくくっ、今夜が楽しみですなぁ！」

「糞っ、糞っ、糞ぉ……」味方はいない。「聖霊……」従者は何処かへ行ってしまった。

「…………皆無……皆無ぁッ!!」

呼んだ。呼んでしまった。絶対に、この名だけは絶対に呼ぶまいと堪えていたのに──

——そのとき、目の前の人形が頭から真っ二つになった。

人形の手から力が抜け、両足を潰された璃々栖はその場に崩れ落ちそうになり、

「呼んだか？」

声。声がした。皆無の声が！

「えっ⁉」璃々栖は混乱する。気が付けば自分は、ひどく逞(たく)ましい腕に抱き上げられていた。

その腕の主が、誰あろう——「皆無⁉」

「ああ」

「こ、コイツはそなたがやったのか？」倒れ伏す人形と、皆無の顔を交互に見る。

「せやで」誇るでもなく皆無が答える。

「殿下、よくぞ御無事で！」消耗しきった様子の聖霊(セアル)が姿を現す。「意に背き、申し訳ございません！　ですがほら、皆無が自らの意志で殿下のもとに馳(は)せ参(さん)じたのです！」

「か、皆無……そうなのか？」璃々栖は恐る恐る尋ねる。

「あーうん。まぁ概(おおむ)ねそんな感じ——…って璃々栖、足！　足！」皆無が慌てる。「すぐ治したるからな。【万物解析(アナラヰズ)】で具合を確認して……【完全治癒(パーフェクト・ヒール)】！」

所羅門七十二柱(ソロモンズ・デビル)級でも扱うのが難しい最上位治癒魔術を省略詠唱で行使する皆無。靴を脱がすこともなく、璃々栖の足がみるみるうちに治ってしまった。

「降ろすで。立てそうか？」

「……う、うむ」立つ。立てる。わずかの痛みも違和感もない。「見事な魔術じゃ。それに、その姿――」

均整の取れた、実に見事な悪魔（デビラキズド・フォーム）の姿である。

「迷いがなくなったのか……？」璃々栖は、随分と逞しくなってしまった使い魔を見つめる。身長差的には見下ろす形になるのだが、皆無が放つ雰囲気（オーラ）があまりにも大きく逞しくて、見上げているかのように錯覚する。「悪魔として生きていく決心が、付いたということか？」

「付いてへん」皆無がにぃっと嗤（わら）う。皆無という少年は、こんなにも主体性に富んだ笑い方をする子だっただろうか。「付くわけないやん、そんな大層な決心なんて。――けど」

皆無が真っ直（ます）ぐに璃々栖を見上げてくる。その眼差しに、璃々栖はドキリとする。

「お前のために生きたい、とは思う」

全身が、震えた。

「俺は……」璃々栖の感動を知ってか知らずか、皆無がはにかむように笑う。「お前の、いや、貴女の、騎士になりたい」

「……あ、あはは、――あはァッ」ややあってから、璃々栖はようやくいつものような泰然とした笑みを取り戻す。「騎士かぁ。そなた、欧羅巴の風習を分かっておるのか？」

「いや、分からへん。けど、この命に代えても璃々栖のことを護るって、誓える」

「――……ッ!!」璃々栖は鳥肌が止まらない。この、目の前に佇む小さな少年に対する愛おしさが、胸の奥から洪水のように溢れ出てくる。

抱きしめたい、と思った。腕のないこの身がもどかしい。

「良かろう。そなたを予の騎士に勲する。誓いの口付けじゃが……残念ながら、予にはこのとおり手がない」

「何処にすれば？」

「足？」

「舐めろって言われりゃ舐めるけどやぁ」苦笑しつつ、皆無が顔を赤らめて、「できればその、やっぱ、ほら、なぁ？」

「あはァッ、イケナイ騎士様じゃァ！」

——思えば。

これが、ヱーテルの供給・回収目的以外での、初めての口付けだった。

こうして、二人の逃避行が始まった。

◆同日七時十五分（マルナナヒトゴー）／神戸元町・神戸駅／璃々栖の騎士　大悪魔（グランドデビル）・阿ノ玖多羅皆無

「ほほぉ。本当に石炭の火力だけで動いておるのか！」髪を結い上げ、例の頭巾付き羽織で頭部を覆い隠した璃々栖が、汽車を見上げて感嘆の声を上げる。

服は、皆無が元町デヱトで璃々栖に大量に送った物の一つ。上は叢雲（むらくも）模様の着物、下は璃々栖お気に入りの、臙脂（えんじ）紫色の袴（はかま）。頭巾は、今や神戸中で指名手配されているであろう璃々栖の、角と金髪を隠すためだ。

白を基調とした頭巾は花嫁衣裳（いしょう）を思わせて、つい先ほど一世一代の大告白を済ませたばかりの己の心をひどく昂（たかぶ）らせるが、

（あかんあかん！　俺は璃々栖の騎士。剣であり盾や）頭を振って、邪（よこしま）な思いを締め出す。璃々栖のことは好きだ。が、少なくとも左腕（グランドシジル）を見つけ出し、沙不啼（サブナッケ）を退けるまではこの気持ちには蓋をして、目の前のことに集中すべし、と皆無は己に課している。「璃々栖、汽車ばっか見てへんで客車にお入り。もう出るで」

璃々栖が皆無のそばに駆け寄ってくる。心なしか、並び立つ際の距離が近い。

「殿方と二人旅など、胸が高鳴るのぅ」

揺れる車内。客車の片隅で、並んで座る璃々栖が甘えるようにもたれ掛かってくる。

皆無としては、璃々栖に頼られることがひどく心を高揚させる。と同時に、

「と、殿方って……」もしかして璃々栖は、己のことを男として見て呉(く)れているのであろうか？　思春期真(ま)っ只中(ただなか)であり、璃々栖に身も心も捧げて悔いなしとまで思い切った皆無にとって、これは最重要課題である。「璃々栖……」

璃々栖の方を見ると、果たして視線が絡み合った。皆無はそのまま、璃々栖に口付けしようと顔を近づけ――

「ごほん」聖霊(セアル)が、二人の間へ割って入るように出現した。「私めもおるのですが」

「そ、そうじゃったな！」璃々栖が赤くなりつつ顔を逸らした。

(――ちっ)皆無は内心、舌を打つ。

◆同刻／同地／悪魔姫(プリンセス・デビル)・璃々栖(リリス)

(わ、我ながら何とはしたない！)顔が熱い。胸が苦しい。「か、皆無よ！」

「ああ」気恥ずかしそうにしながらも、皆無が即座に返事をする。

こういうとき、従来であれば『うん』ときたように思う。雰囲気といい話し方といい、皆無が突然に男らしくなってしまい、璃々栖はこれをどう扱ってよいやら分からない。

「そ、そなたは予の騎士たらんと望んだな⁉」

「ああ」

迷いのない返事に、また心がドキリと踊る。「な、なればそなたには、場合によっては予のために命を捨てる覚悟が必要じゃ。必要とあらば、予はそなたを捨て駒にもする」

『捨て駒』

などという極端な言葉を使ったのは、そうとでも言わねば、自分の方がこの逞しい少年に依存してしまいそうだったからだ。

「ええで」皆無が力強くうなずく。それから不敵に嗤い、「もっとも、そんな事態には陥らんと思うけどな。今の俺なら、どんな敵が来たかて撃退できるわ」

できるであろう――皆無の即答に若干の不安を覚えながらも、璃々栖は内心うなずく。不和侯爵庵弩羅栖(アンドラス)を瞬殺せしめた甲種悪魔(デビル)が、今や理性を持ちながらここに在るのだから。

「それに俺はまだ、日本を裏切るつもりもないで。左腕(グランドシジル)を探し出して沙不啼(サブナツケ)を縊(くび)り殺したら、許してもらえるかもしれんし……」一転、やや不安げな表情になり、すぐに笑顔に戻る。「ま、それでも許してもらえんかったら、そのときはお前と一緒に地獄の果てまで旅したるわ。我が愛しのベアトリーチェ」

「〜〜〜〜ッ!!」顔が真っ赤になる。この胸の高鳴りは、一向に収まる気配を見せない。


神戸駅を出て、兵庫駅で降りる。西に向かったのは、今や悪魔祓師(エクソシスト)たちで溢れ返っている神戸港・元町から距離を取るためだ。

『神戸』と定義される地域の西端たる兵庫から順に、神社や寺院といった人々の信仰(アストラル)の集まる場所、のみならず人々の歓心(アストラル)が集まりやすそうな名所をぐるりと巡る計画であった。

皆無は今、元ブラデヱトのときと同じ姿——上は着物、下は袴(はかま)に私物の革靴——をしている。顔を隠すためにぶかぶかの山高帽を被っているのが何とも可愛(かわい)らしい。

愛しい使い魔との二人——と従者一人——旅に、璃々栖はすっかり舞い上がっている。気分はさながら神戸一周旅行であった。無論、自分が今ここで生きているがために犠牲となった者たち——父、家臣たち、臣民、そして自分の戦いに巻き込まれて死んだ巡洋艦の乗組員たち——のことは、重く胸に伸(の)し掛(か)かっていたが。

そうして、皆無が広げた『兵神市街之図(ひょうしんしがいのず)』という地図の西端が、

「和田岬砲台。あの勝海舟(かつかいしゆう)が設計してんで」

「カツカイシュー？　『あの』と言われても、分からぬのじゃが」

「ごめんごめん、そりゃそうか」皆無が、潮風に曝(さら)されて黒ずんでいる二階建ての砲台を見上げている。「これが造られたんは四十年前なんやけど、そのころは隣国を始め外国の船がここらの海を好き放題、跳梁跋扈(ちようりようばつこ)しとったって話でな。『海防』って言葉が使われ始めたんも、発端は隣国の南下政策やとか何とか、ダディが言うとったわ」

　観光解説を受けている当の璃々栖は、砲台ではなく皆無の横顔を見つめている。

「さっさと沙不啼(サブナツケ)を港から叩(たた)き出して、艦隊が動けるようにせやらな、な」


「で、ここが和田神社」砲台から北へ少し歩いて。四方を海や川に囲まれた、浮島の如(ごと)き不思議な神社で皆無が微笑み掛けて呉れる。「どうや、何か感じる？」

「ううむ……なるほど確かに強いエーテルを感じるが、生田神社ほどではないな」

　璃々栖は己の左腕――生来存在しない、己の悪魔大印章(グランドシジル・オブ・デビル)が収まるべき空間を意識する。じんじん……という、痛みと心地よさの分水嶺(ぶんすいれい)のような感覚が浮かび上がってくる。

『腕が近くにあるとき、腕に認められし者は、空なる腕に幻の痛みを感じる』

　というのは、阿栖魔台(アスモデウス)王家に伝わる話として、寝かしつけられるときなどに乳母からよく聞いたものであった。父のそばにいるとき、その痛みを感じないのはきっと、未だ父が健全であり、己が未だ腕に認められていないからなのだろうと勝手に解釈していたのが、今となっては滑稽なほどである。父は腕を持たず、腕は神戸に隠されていた。

父が賊どもに吶喊して――……殺され、その隙を突いて聖霊の魔術で神戸港に転移した璃々栖は、その港に降り立ち、けして涙をこぼすまいと堪えながら顔を上げ、

――その途端、左腕に幻痛を得た。鮮烈な痛み。歓喜の痛みであった。

四方八方、周り全てが敵。そういう状況下にあって、己があれほどまでに気丈に振る舞うことができたのは、『腕は確かにここに在る』という確信を得られたからに他ならない。

……が、今。あの夜感じた鮮烈なまでの痛みとは、この幻痛はほど遠い。痛みに慣れてしまったというのはあるかもしれないが。

（ここに腕はない、ということか？　いや、思えば生田神社でも、今よりなお痛みは鈍かった。単純な距離の問題ではないのじゃろうか……？）己の不確かな感覚だけではなく、悪魔化にまで至った皆無の優れた魔術にも頼ることにする。「魔術で探って呉れるかの？　エーテルを渡してやろうぞ」

「お、おう」顔を赤らめる皆無。

二人してひと気のない本殿裏に行き、

「神の社の背に隠れて口付けとは」赤くなった皆無を見下ろしながら、璃々栖は背筋に『ゾクゾク』という快感としか表現しようのない興奮を得る。「何とも悪魔的じゃのぅ！」

◆同刻／兵庫・和田神社／大悪魔（グランドデビル）・阿ノ玖多羅皆無

璃々栖からの口付け。出逢ったころのいたぶるような、かぶりつくようなそれではなく、まるで啄（ついば）むような、少し触れては離れて、その感触を確かめ合うような口付け。

己も随分と興奮している自覚があるが、見れば璃々栖もまた、その頰（ほお）が真っ赤に上気している。明らかに、口付けそのものを楽しんでいる様子であった。その様が、璃々栖の乙女のようなその表情が、赤く染まった頰が、狂おしいまでに愛おしい。

（あ、あかんあかん！　ええと何やったっけ――せや、【万物解析（アナラキズ）】！）虫ですらその数、エーテル総量を把握せしめる究極の捜索魔術が、和田神社をくまなく調べ上げる……が、

「……この神社には、腕らしき反応はない、な」

「そう、か」束の間（つかま）、物憂げな表情を見せた主だが、すぐにいつもの泰然とした笑みを取り戻し、「まぁ神戸横断作戦も始まったばかりじゃ！　臆せず先に進もうぞ!!」

◇　◆　◇　◆

二人の逃避行は、続く。

けして楽な旅路ではなかった。皆無たちは度々、第七旅団の包囲網に捕まり、その都度逃亡した。沙不啼（サブナツケ）の人形たちから襲撃された夜も数知れない。神戸のありとあらゆる街角で、自分と璃々栖の手配書を見た。使える宿は急激に減っていった。

第七旅団員にせよ人形たちにせよ、敵は極めて高度な気配隠蔽術を使う。それらを探知するために、皆無は常に【万物解析（アナライズ）】を展開し続ける必要があった。そのため、皆無は璃々栖から大量のエーテルを引き受けた。エーテル酔いによる吐き気と頭痛。皆無はそれらを必死に無視し、懸命に戦った。戦い続けた。皆無は己に、璃々栖の騎士たらんと強いた。

絶望的な状況の中で、次第に覚悟が出来上がっていった。

必要とあらば、璃々栖のために死ぬ覚悟が。

……そんなふうにして、実に一週間が経過した。未だ、腕は見つからない。

◆　◇　◆　◇

◆十一月十八日二十一時四分／神戸・灘　とある安宿／大悪魔・阿ノ玖多羅皆無

「……脱がすで、璃々栖」このところずっと続いている体調不良とは別に、皆無は己の声が安定しないことを密かに気にしている。これが、声変わりというやつなのであろうか。

「……うむ」

六畳しかない狭い一室で、皆無は璃々栖の背中を拭く。このような粗末な宿でも、泊まれるだけまだマシであった。身を刺すような隙間風も、いっそ愛おしく思える。

「………痛ッ！」また、耐え難いほどの頭痛。

いよいよ第零師団と沙不啼の人形たちによる連携が緊密になり、その精緻な包囲網から逃れるために、皆無は二十四時間絶え間なく【万物解析】を展開せざるを得なくなった。もう何日も、まともに眠っていない。如何に悪魔化した強靱な肉体といえど、心身ともに限界だった。さらには、間断なく襲ってくるヱーテル酔いによる頭痛と吐き気。

「——皆無⁉」麗しき主が振り向く。その顔は青白く、目には涙が浮かんでいる。乳房を見られることに対する恥じらいとか、そういうことを気にする余裕はとうの昔に消え去っている。「も、もう良い、皆無！　ほら、今すぐヱーテルを吸い出してやる」

皆無の脳裏に浮かぶ三次元の地図に、精緻な隠蔽魔術でヱーテル反応を隠した悪魔祓師の反応が数十。宿を取り囲もうとしている「残念やけど、敵さんや」

皆無は慣れた手つきで璃々栖に服を着せ、璃々栖を抱き上げて窓から夜空へと飛び立つ。宿にいる間は人間の姿であったのに、地を蹴る寸前、その背中に悪魔化(デビラキズ)した翼が宿っている――慣れたものであった。当然である。皆無はこの一週間、国家の退魔戦力の粋を集めた第零師団(だいぜろしだん)第七旅団と、それを凌駕(りょうが)する沙不啼(サブナツケ)の人形たちと戦い続けてきたのだ。

一週間前、『そなたには、場合によっては予(よ)のために命を捨てる覚悟が必要じゃ』と言った璃々栖に対し、自分は即座に『ええで』と答えた。正直に言って、あのときの自分は悪魔化(デビラキズ)に成功したことによる万能感にひたっており、『己(おの)が命を捨てる』という凄(すさ)まじいまでの一大決心をしたわけではなかった。が、この一週間、璃々栖のそばにおり、璃々栖を支え、璃々栖を抱き上げて神戸中を奔走するうちに、『命を捨てる』という意味が腑(ふ)に落ち、その覚悟が、徐々に出来上がっていった。

（俺は、璃々栖の騎士や）悪魔化(デビラキズ)した姿で夜空を舞いながら、皆無は思う。（俺の人生は璃々栖のためにある。俺は璃々栖のために生き、死ぬ）

今、己の腕の中にすっぽりと収まっている麗しき主。今でこそ左腕(グランドシジル)が見つからず、多少弱ってはいるが、やがては腕を得、沙不啼(サブナツケ)を縊り殺し、阿栖魔台(アスモデウス)領から毘比白(ベヒキモス)の勢力を追い出し、大帝国を築くであろう未来の王女である。

【万物解析(アナラキズ)】から沙不啼(サブナツケ)の人形一個分隊――十体分の反応。槍(やり)で武装している。

「——璃々栖、ちょい揺れるで」

「う、うむ！」麗しの主が、己が腕の中でぎゅっと縮こまる。

地上を第七旅団が浚（さら）い、上空を沙不啼（サブナック）の人形が浚う。そういう役割分担が、第七旅団と悪魔侯爵沙不啼（サブナック）の間にできているようであった。皆無は全身を悪魔化（デビラキズ）させ、南の方角、海へと飛ぶ。東西を走る阪神間の鉄道が見えてきて、すぐに眼下を通り過ぎる。東の空から、十体の人形がぐんぐんと近づいてくるのを感じる。

果たして海岸線で会敵した。眼下にはまだ細々と家屋がある。皆無は空で宙返りを打ち、北の方角へ逃げるような素振りを見せる。敵たちが追いすがってきて、

「【第二地獄暴風（ミーノース）】ッ！」振り向き様に、風を纏（まと）った腕を振る。腕から膨大なエーテルを纏った突風が吹き荒れ、人形たちを遥（はる）か南の海へと吹き飛ばす。地上で使えば家屋を軒並み吹き飛ばしかねないほどの暴風。

二体が風から逃れ、残った。皆無はそのうちの一体に吶喊し、

「【十二の悪の爪（マレブランケ）】！」腕を振る。無類の切れ味を持つ鎌鼬（かまいたち）が、人形の体を十二等分する。

背後から、もう一体がエーテルの乗った槍を投げつけてくる。あれは当たると痛い。第七旅団員が扱う銃弾の最高峰たる熾天使弾（セラフィムバレット）と同じくらいの威力がある。つまり並の悪魔（デビル）などが受けると、ただの一発で即死する。が、

「【ディースの城壁(じょうへき)】！」皆無が叫ぶと同時、皆無の背中に赤熱した鉄の壁が生成される。人形の槍は鉄壁にぶち当たるや、溶けて消え去る。「おらっ！」皆無は鉄壁を展開したまま人形に突進する。壁が形を変えて人形に巻き付くのを見届け、皆無は南の海へと飛翔(ひしょう)する。【万物解析(アナライズ)】からは残り八体の位置と、背後の一体が燃え尽きたことが伝えられる。

日本国と沙不啼(サブナック)との間に何かしらの取り決めがあるらしく、沙不啼(サブナック)の人形は人間を襲わない。が、積極的に襲わないというだけの話であって、奴(やつ)らは皆無を攻撃する際に周囲の家屋・住民を平然と巻き込む。だから皆無はいつも、戦闘開始と同時に敵をひと気のない場所へ吹き飛ばす。幸いにして神戸は海と山に囲まれた街である。

灘の海上で再び会敵。そしてそのころには、皆無の準備は終わっていた。丹田からありったけのヱーテルを引きずり出し、それで以(もっ)て肺を満たし、

（【第七地獄火炎(プレゲトン)】ッ!!）皆無の持つ攻撃手段の中で最も高火力の術を、【悪魔の吐息(デビラ・ブレス)】に乗せて吹きつける。鉄すら溶かす青い火炎が視界一杯に広がった。

後には、何も残らない。

「げぇっ、っは、おえぇ……」六甲山の奥深くに潜む。皆無は木の幹に手をつき、ヱーテル酔いによる嘔吐(おうと)を繰り返す。

「皆無、早ぅヱーテルを吸い出すのじゃ！　顔を上げよ！」そばでは璃々栖が泣き出しそうな顔をしている。

「……待ってな、今口ゆすぐから」

「そのようなことはよいから、早く！」

また、吐き気。地面にぶちまけたそれは――……鉄の味が、した。

「………え？」呆然となる。手が震える。【万物解析】が維持できない。頭が痛い。頭が痛い。頭が痛い。冷や汗が止まらない。

「皆無！」

気が付けば、その場に倒れ込んでいた。視界は明滅していてあてにならない。

「皆無ぁ……」璃々栖の、泣き出しそうな声が聞こえる。

何とかして仰向けになった。すぐさま璃々栖が唇に吸い付いてくる感触。途端、気分が和らいだ。急速に引いていく頭痛と吐き気。

「……大丈夫や」意識がはっきりする。足腰は震えていたが、皆無は何とか立ち上がる。

「皆無ぁ……血じゃ」璃々栖がみっともなく泣いている。「やはり戦いのとき以外はヱーテルは最低限にすべきじゃ。でないとそなたが……」

「璃々栖のヱーテルがないと、隠れとる奴らを見つけられへんやろ。俺は大丈夫やから」

「じゃが……じゃがぁ……」

「情けないこと言うなや、璃々栖」皆無はやや強めの口調で主を窘める。「お前は王になるべき女やねんで⁉　家臣の一人や二人が弱っとるからって、自分まで弱る王がおるかよ」

「うっ……」よほど刺さったらしく、璃々栖がしゅんとなってうつむく。

この場に璃々栖至上主義者の聖霊がいれば、璃々栖を励まし、皆無の無礼を叱責したであろう。だが、彼女は今、ここにはいない。十一月十一日の連続転移で消滅寸前にまで消耗した彼女は、先王の軌跡――六甲山上の寺院・神社巡りをした中で見つけた天然のヱーテル溜まりで休息を取っている。そのように璃々栖が命じたのだ。

「…………」璃々栖はうつむいたまま、何も言わない。

「…………」皆無は気まずくなる。皆無は璃々栖の圧倒的な精神力にこそ惚れて、惚れて、惚れ込んだ。それだけに、弱っている主の姿は見たくないのだ。

「随分と追い詰められている様子じゃァないか？」

木の上から、声。

「……ッ⁉」皆無はすぐさま璃々栖を抱き上げ、声の方角から距離を取る。

果たして、木の上から飛び降りてきたのは、『十三聖人』である。最も
「——愛蘭先生!?」よりにもよって第七旅団の精鋭中の精鋭、『十三聖人』である。最も
敵にしたくない相手だ。「璃々栖、ヱーテルを——」
「待て待て！　アタシゃ敵じゃアない!!」いつものシスター服ではなく、軍衣姿の愛蘭が
ぶんぶんと手を振る。
「え……？」罠かもしれない、と皆無は警戒する。
愛蘭が軍袴のポケットから十字架を取り出す。「完全にヱーテル反応を遮断して呉れる
結界さね。まぁ、効果は一度発動させてから半日程度だが」
つまり、丸半日、無警戒で眠れるということだ。喉から手が出るほど欲しい一品。
「呉れてやるよ」
「えっ!?」皆無は十字架と愛蘭の顔を交互に見る。
その顔がにやりと微笑み、「言ったろう？　アタシゃ可愛い子が大好きだ、と」

◆同日二十一時四十分／ORIENTAL HOTEL／大悪魔・阿ノ玖多羅皆無

愛蘭が取っているという高級ホテルのスイート・ルームに案内された。皆無たちは
十字架の効果で気配を消しつつ窓から入ったが。

西洋式の部屋は寝室と居間が分かれており、何とシャワールームまである。璃々栖が嬉しそうにしているのが良かった。

「アタシャ可愛い者の味方なンだ」虚空から取り出した和洋中様々な料理や甘味をテーブルに並べながら、愛蘭が言う。

璃々栖が目を輝かせている。斯く言う皆無の目も料理に釘付けだ。

「お前も小悪魔チャンも実に可愛く、そして健気に頑張っている。逆に豚の拾月やいけ好かない阿ノ玖多羅の味方なンざ、する気も起きないさね。あぁ、好きに食べていいよ」

「「戴きます！」」

愛蘭は、わちゃわちゃと食事をしている二人の様子を楽しそうに見ていたが、やがて、

「食べながらで良いからお聞き。明日の九時、布引の滝に向かいなさい。そこでアンタたちの窮地を打破し得る好機を手に入れるだろう」

それだけ言って、愛蘭は退散してしまった。

「……で、どうする、璃々栖？」久々に璃々栖を風呂に入れ、自身も烏の行水を済ませた皆無は、居間でお茶を淹れながら主に問う。「罠かもしれへん」

「ここまでしてもらっておいて、罠も何もあるまい。まぁ、罠に掛けるための仕込みの可

能性もあるかもしれぬが……乗ろう！」すっかり顔色が良くなった璃々栖が嗤う。「予はな、あやつが好きなのじゃ。人をいたぶるような嗤い方や、己の愉悦のためならば国家をも裏切るような在り方……あやつからは悪魔味を感じる」

確かに、あの嫌らしい嗤い方は璃々栖に似ている……と、皆無は身震いする。

「それより見たか皆無、あのベッドを！　ふっかふかであったぞ⁉」

「そりゃァ良かったなぁ」

「今夜は久々にヱーテルが回復できそうじゃァ」

『ヱーテル』——超常のその力は、時間とともに自然回復する。魔術を使ったり悪魔化で消費しても、次第に回復していく。ヱーテルは、その者の感情体が安定していればいるほど、空気中の微細なヱーテルを吸い込み、臍の下にある丹田に溜め込まれていく。

有体に言って、満腹状態で眠っているときがもっとも回復する。瞑想しているときや、快楽を得ているときも回復しやすい。一部の密教道で儀式に性行為が用いられるのは、そういう理由からである。

が、このごろの璃々栖は心身の疲労甚だしく、皆無が使う量も非常に多いため、ヱーテル残量は目減りする一方だったのだ。元は五億もあった璃々栖のヱーテルは、今や一億程度にまで落ち込んでいる。皆無の奥の手たる全力の【第七地獄火炎】が、大飯喰らいなのである。先ほど人形八体を屠(ほふ)ったあのひと吹きに、一千万近くのエーテルが込められている。そうでもしなければ滅ぼせないほど、あの人形たちが強敵だとも言える。

「しかし、そなたも上達したのぅ！」「ん、何が？」「魔術じゃ」「ああ」

皆無は今、お茶の準備をしている――手を全く使わずに。【念力(サイコキネシス)】でティーポットに茶葉を入れ、【火炎(ファイア)】と【水球(ウォーターボール)】の混合魔術で生み出したお湯を注ぎ、ティーカップへ器用にお茶を注ぐと、そのティーカップをこれまた【念力(サイコキネシス)】で璃々栖の口元に固定している。そして、璃々栖が飲みたそうな素振りを見せれば、絶妙な角度でカップを傾ける。

いろいろな魔術を覚えた。璃々栖に教えてもらった。中でもゐの一番に強力なのが、

「地獄級魔術」皆無は呟(つぶや)く。ダンテの『神曲・地獄篇』になぞらえられた究極の魔術群である。その中でも最大の威力を誇ると言われているのが、「【第九氷地獄第肆楽章(コキュートス・ジュデッカ)】」

「できればそれは、教えたくなかったのじゃ……」璃々栖が深く溜息(ためいき)をつく。

そう。十一月三日から始まった璃々栖による魔術講座の中で、この魔術だけはなかなか教えてもらえなかった。が、皆無がダンテの『神曲』を学んでおり、第九氷地獄(コキュートス)には四種の地獄があることを知っていたので、璃々栖も隠しとおすことができなかったのだ。

「よいか皆無？　改めて言うが、その魔術は絶対に使ってはならぬ」

その効果は、『己の心臓を凍らせる』というもの。そうして己を疑似的な仮死状態とし、

本当に死んでしまうまでのわずかな間、天寿をまっとうするまでに使えるはずだったヱーテルと魔術展開力を前借りすることができるのだ。阿ノ玖多羅家には『九尾狐（きゅうびこ）が吐息一つで何処（どこ）そこ山を消し飛ばした』といった類（たぐい）の伝承が多数残されているが、【第肆楽章（ジュデッカ）】を使った自分ならば、その光景を再現できるかもしれない——と皆無は思う。

「分かっとるって」皆無はうなずく。うなずきつつも、璃々栖のために命を捨てる場面になれば、迷わず使うつもりであった。

「頼むぞ、本当に……」璃々栖が溜息をつき、一転して楽しそうな表情になって、「しかし、予（よ）の初の弟子たるそなたが斯様（かよう）なほどに優秀であって、予は嬉（うれ）しいぞ！　これは、魔王化（サタナキズ）に至る日も近いやもしれんな！」

『魔王化（サタナキズ）』——悪魔（デビル）の姿を受肉（マテリアラキズ）していない状態で身に纏う『悪霊化（デモナキズ）』を第一段階とし、受肉（マテリアラキズ）した状態の『悪魔化（デビラキズ）』を第二段階として、第三段階目にして最終段階。人の身で至れる最強の状態である。魔王化（サタナキズ）に至ると、その者は肉体を捨て、高濃度のヱーテルで以て感情体（アストラル）を肉付け（マテリアラキズ）した体を得る。この体は己の意志によって自由に形を変じることができ、老いることはなく、ヱーテルの続く限り朽ちることもない。父・正覚と同じ状態だ。即（すなわ）ち東洋風に言うところの『悟り』、『即身成仏』である。父の言葉を借りるならば、その次元に至るためには『無』と『空』を理解しなければならない。

「そういや聖霊って自由に体の形変えられるけど、ひょっとして魔王化しとんの？」

「いや、聖霊の変化は【変化】の魔術じゃ。『悪魔君主聖霊』は代々阿栖魔台の『最後の近衛』。衣類や道具などに変じて主に侍り、いざという時には【瞬間移動】を使うのじゃ」

「なるほど、敵に気付かれずに護衛ができるんか！」

「あやつの変化は実に見事でな。よく『死体ごっこ』で予を喜ばして呉れたものじゃ」

「し、死体ごっこ……？」何だろう、その悪魔的な遊びは。

「こう、頭部のない死体や、バラバラ死体などに化けてじゃな」

「ヒッ」何にせよ、自分は魔王化に至らなければならない。（俺に……至れるやろうか）

◆翌日八時五十八分／神戸・布引の滝／大悪魔・阿ノ玖多羅皆無

翌朝。

曇天の下、璃々栖と二人、帽子と頭巾を目深にかぶり、茶屋の縁台に並んで座って団子を喰らう。十字架の効果はもう切れるかどうかという時間に差し掛かっているため、皆無は吐き気を押して大量のヱーテルを引き受け、広範囲【万物解析】で索敵をしている。

だから、すぐに気付いた。一人の小さな比丘尼——女性の仏教僧——がこちらに向かって歩いてきていることに。時刻取得魔術【時計】によると、時刻は九時ぴったり。

「皆無……皆無かい⁉」比丘尼が、老いたしゃがれ声でそう言った。

「――えっ⁉」驚いて顔を上げれば、比丘尼は老婆の顔をしていた。

「なんじゃァ、知り合いか？」怪訝そうな璃々栖の声に、

「……あなたは、誰ですか？」皆無は問う。知らない。少なくとも物心ついて以降、自分はこのような女性と会ったことはない。

「十三年振りですもの。覚えているわけないわよねぇ」老婆が寂しそうに笑う。「本当に大きくなって！　二重まぶたの目やすらっとした鼻筋なんて、あの人にそっくり」

皆無はますます狼狽する。『あの人』とは誰だ、『そっくり』とは何だ。父は一重まぶたで切れ長な目をしている。父は、日本人離れした自分の高い鼻とは違い、如何にも日本人然とした鼻をしている。

「だ、誰やあんた……」声が震える。皆無には、もはや敬語を取り繕う余裕もない。

「私かい？」老婆が優しく微笑む。「私は、お前の母ですよ」

「………え？」皆無は老婆の言葉の意味が理解できない。

「初めまして、璃々栖お嬢様。私は忉利天上寺の尼僧・阿印育子と申します。貴女様のご到来を、お待ちしておりました」璃々栖に対して深々とお辞儀をした老婆が、さらに驚くべきことを口にした。「腕を探しておいでなのでしょう？　ご案内いたします」

「皆無におんぶしてもらえる日が来るなんて！　長生きはしてみるものねぇ」

六甲山地の中央を成す摩耶山、その上にある天上寺に腕は在る、と老婆は言った。

「すまないねぇ。お前を生む前だったら、韋駄天様のお力でひとっ飛びだったのだけど」

不思議な老婆であった。まず、年齢が分からない。顔には相応の皺が刻まれているが、肌は驚くほど瑞々しく、腰はシャンとしている。一方で、聴いていると何とも心地よくなってくるその深い声色からは、この老婆が生きてきた底知れない年月を感じさせる。そういった諸々の印象が、老婆を六十歳にも九十歳にも、はたまた三十歳にも見せるのだ。

「お、お婆さん？」そんな老婆をおぶって山道を歩きながら、皆無は恐るおそる尋ねる。

「母とは呼んで呉れないのかい？」悲しそうな、老婆の声。

「ええと……お婆さんは何故、私がここに来るのをご存じだったのですか？」

「仏様から夢のお告げを頂いてねぇ。長い白髪の、美しい仏様よ」

（白髪の如来なんておったっけ？　釈迦牟尼如来、大日如来、阿弥陀如来、薬師如来……いや、広義の『仏様』って可能性も――いやいやそんなことより）聞きたいことはいくつもある。が、何から聞けばよいやらと悩んでいると、急に老婆が「あっ」と声を上げた。

「お前に会えたことを、あの方に伝えないと！　ちょっと降ろして呉れるかい？」

「は、はい」言われるがまま、老婆を下ろす。

老婆はしっかりとした足取りで山道に立ち、「――【虚空庫】」

「『省略詠唱ぉッ!?』」皆無と璃々栖、二人して仰天する。極めて難易度の高い上級術式【虚空庫】の、省略詠唱。天才肌の皆無ですら、悪魔化前はできなかった芸当である。

老婆が虚空から手帳と鉛筆を取り出す。

「『皆無見ゆ。これより社へ向かふ』っと。――【MAILER DAEMON】」

手帳から、老婆が書き込んだ頁だけが独りでに切り離され、それが飛行機――璃々栖から教わった空飛ぶ最新兵器――の形に折り畳まれ、空の彼方へと飛んでいってしまった。

「何やあの術……って、そやなくて！」我に返り、老婆の肩をつかむ。「今の手紙、誰に届けようとしとるん!? 俺らは居場所を知られるわけにはいかんのや！」

「あらあらまぁまぁ」のほほんとした調子の老婆。「そういえば、布引の滝の辺りに、お前や璃々栖お嬢様の手配書がありましたけど……お前、追われてるのかい？」

「うっ――……」

「まぁ悪魔だもの、そういうこともありますよ」老婆に頭を撫でられる。「大丈夫。今お手紙を飛ばした相手は、百年前、お前に絶対に害を為さないと、お前を守り育てると、阿栖魔台先王様とお約束下さった方ですもの」

「「ひゃ、百年……!?」」またも皆無は、璃々栖と一緒に驚く。

「あらあらまぁまぁ！」老婆が朗らかに笑う。「息ぴったり！　皆無と璃々栖お嬢様は、とっても仲良しさんなのね。阿栖魔台先王様が仰っておられた通り！」

　また、意味深なことを言われて皆無は戸惑う。「お、お婆さんは、どうして俺のことが分かったんですか？　十三年間も見ていないのなら、面影も何もないと思うのですが」

「百年もの間、お前をお腹の中で育んでいたのだもの。お前のヱーテルの感じは、すっかり覚えてしまいました。だから、一目見ただけで分かったのよ」

「百年育んだ？　もしや――」璃々栖が頭を振って、「いや、それよりもご母堂様よ。その魔術でひとつ、我が侍従たる聖霊に文を飛ばしたいのじゃが。――皆無」

「はいはい」「はい、は一回でよいぞ」「はいはいはいはいはい」「皆無ッ！」「――はい」

　皆無は老婆から手帳と鉛筆を借り、『腕ハ摩耶天上寺ニアリ。彼ノ地ニテ待ツ』との文を作る。老婆の魔術によって、文が空高く飛んでいく。これで聖霊と合流できるだろう。

　山行は続く。六甲山地はいくつかの山から成る。『摩耶山』はその中でも六甲山地の中央を成し、神戸港の北に位置する。摩耶山は正式には『仏母摩耶山』と言う。摩耶とは仏陀の生母摩耶夫人のこと。真言宗の開祖・空海がこの地に立ち、摩耶夫人像を安置したのが摩耶山の由来である。そして、阿栖魔台家の大印章が隠されているという寺院が、

「忉利天上寺やな」老婆をおぶって、『天狗道』と呼ばれる林道を進みながら、皆無は璃々栖に解説する。「忉利ってのは忉利天のこと。摩耶夫人の生まれ変わりで仏教の神様や。欲の世界を統べる六欲天の第二に座り、まぁその……い、婬欲を司っとる」

「あはァッ。色欲の化身たる阿栖魔台の大印章を隠すには、もってこいの場所じゃァ」

「あと、この寺には八百比丘尼伝説もある……」言いつつ皆無は、おんぶしている老婆の方を意識する。八百比丘尼――人魚の肉を食べ、不老不死となった尼の話。

「皆無は物知りさんなのねぇ！」背中からは当の老婆の、気の抜けた声。「腕は、社の地下に隠してありますよ」

「社の地下に優れた地脈が流れているというわけじゃな？」推理する璃々栖と、

「いえいえ、違いますよ」ほがらかに否定する老婆。

「違うのか」「違うんかい！」

「腕には私がエーテルを注ぎ続けてきました。けれど皆無を生んでからは、エーテル総量もすっかり減ってしまって。望んでやったこととはいえ、最近は腕を維持するのに苦労しているところだったのです。だからこうして、腕の主様が来てくださって本当によかった。さぁ、この坂道を登り切れば、お寺が見えてきますよ」

登り切った。広々とした平野に出る。遠目には忉利天上寺の社の姿も見える。そして、

「そ、そんな……」皆無は、己の声色が絶望に染まっていることを自覚する。

――父が、いた。寺への道を通せんぼするかのように、父が立っていた。

阿ノ玖多羅単騎少将が、拾月単騎大将が、剣豪と謳(うた)われている神威(かむい)単騎中将が、他二名の単騎将官が、そして十数名もの単騎佐官が、寺への道を封鎖するように布陣していた。

将官・佐官のみで構成された一個小隊。この国における最高戦力。

「【万物解析(アナラキズ)】は展開し続けとったのに、何で……」

何故、待ち伏せに気付けなかったのか。気配を感じることができなかったのか。

「戯(たわ)けが」小隊の中央に立っている拾月大将が、その手で組んでいた印を解いた。途端、

「ひっ……」彼らが発する凄(すさ)まじいまでの殺気、闘気、憤怒、憎悪、覚悟といった感情が、エーテルの風に乗って皆無を打ちつける。彼らのエーテルが突風となって木々を揺らす。

「お前は昔から手の掛からない子だと思っていたが……」軍衣に身を包み、怪我(けが)をしていない方の腕――その左手で村田銃を持つ父が、言った。「初の家出が駆け落ち付きとは。やって呉(く)れるじゃあないか、皆無？」

笑っていない。どれだけ反抗しても、どれだけ揶揄(からか)っても、いつも優しい笑みを絶やさなかった父が今、本物の殺気を込めた目で、こちらを見ている。

足が、震える。

◆同日十時五十五分（ヒトマルゴーゴー）／摩耶山・天上寺（てんじょうじ）手前の山道／大悪魔（グランドデビル）・阿ノ玖多羅皆無

「……皆無、その方を下ろせ」

父に命じられるまま、老婆を下ろした。老婆の正体が不明な以上、人質には使えそうになかったし、何よりおぶったままでは戦えないからだ。

「貴方（あなた）は……阿ノ玖多羅さんですか？」状況が分かっていないのか、老婆が父たちの方へのんびりと歩き出す。「見た目は随分と変わっているけれど……この感じ、確かに阿ノ玖多羅さんなのですね！」

「貴女が情報提供者ですね？」と父。

「な……ッ⁉」皆無は絶句する。あの老婆が父に通報したのだ。あのときの手紙は、父に宛てたものだったのだ！

「ええと、状況がよく呑み込めないのですけれど」老婆が戸惑った様子で言う。「百年前の約束を果たしに来て呉れたのではないのですか？　そもそも何故、皆無の守り手たるべき貴方が、皆無やお嬢様と別行動をしているのです？　それに、この方々は一体――」

「そもそも貴女は誰です？　初対面かと思いますが」

父と老婆の、要領を得ない会話。

「もういい。さっさと連れていけ！」

拾月大将の命で、老婆が佐官の一人に背中を押されて寺院の方へと連れていかれる。

（どうすれば……どうすれば⁉）皆無は目まぐるしく思考する。

手の届く距離にあるはずの、腕。その前に立ちはだかる、強大過ぎる敵――父。震えている場合ではない。腕は、璃々栖の悲願は、もう目の前にある。目の前にあるのだ！

「拾月大将閣下ッ‼」震えを押して、皆無は声を張り上げる。彼我の距離は数十メートル。彼ら精鋭にとっては百発百中であろう距離。「阿栖魔台（アスモデウス）家の大印章（グランドシジル）の在りかが分かったのです！　お願いです！　あなた方の監視のもとで構いませんから、どうか――」

「何だと⁉」声を張り上げたのは、拾月大将ではなく父だった。父が、何だか人が変わったような様子で、「腕は何処（どこ）にある⁉　何処だ、言え！」

「――少将！」拾月大将の一喝。

「――……」父は束（つか）の間（ま）、拾月大将を恨めし気に見たが、すぐに黙った。

「これは内閣の決定。国家の方針だ。その甲種悪魔（デビル）を差し出せ、阿ノ玖多羅皆無少佐。そうすれば……」拾月大将がにやりと微笑む。「貴様の命だけは助けてやってもよい」

腸（はらわた）が煮えくり返るとは、このことだと思った。

「――断るッ‼」戦いもせず抗（あらが）いもせず、麗しき王を無様に差し出す己の姿を想像し、その姿が自分でも驚くほど許し難くて、皆無は絶叫した。

「そうか、ならば――」

そのとき、はるか南、神戸港の海上で『ずん』とも『どん』とも『ばん』とも聴こえる、恐ろしく腹に響く重低音が立て続けに四発鳴った。皆無の【万物解析(アナライズ)】は、聞きなれないその音を敏感に拾い上げる。（これは――……艦砲射撃？）

「――祓うまでだ」拾月大将が十字架を掲げる。

――ビユゥゥゥゥウウゥゥウゥゥゥウゥゥゥウウウウウウウウウゥッ!!

風を切る音とともに、四本の巨大な鉄の円柱が降り注いできた。幅三〇・五サンチ、長さ一五〇サンチほど、重量数トンを誇る物体が広場の東西南北に突き刺さり、天地が割れんばかりの鳴動を生じさせ、膨大な土砂を撒(ま)き散(ち)らす。

「璃々栖！」皆無は璃々栖を抱き寄せ、初歩的な【反物理防護結界(アンチマテリアル・バリア)】で土砂や砂埃(すなぼこり)から主を守る。守りながら、皆無は全身を高濃度ヱーテルで覆い、悪魔化(デビラキズ)を為(な)す。頭痛と引き換えに、凄まじい膂力(りょりょく)と、頑強な肌と、飛行能力と、圧倒的なヱーテル操作能力を得る。

鉄の塊は、釘(くぎ)のような形をしていた。『釘』は皆無たちと第零師団(だいぜろしだん)小隊を取り囲むように、これから始まるであろう死闘劇の舞台でも演出するかのように、数百メートル四方の正方形を結ぶ形で配置されている。

急な突風で、土砂と砂埃が一気に晴れた。そして――

「――【ザカリアの釘】」そのときにはもう、拾月大将の結界術は完成していた。「英国に無理を言って取り寄せた、最高峰の悪魔(デビル)封殺結界である。とくと味わえ」

四方の釘が紫色に光り、戦場が薄っすらとした光に包まれる。

皆無は猛烈な倦怠感(けんたいかん)に襲われる。まぶたが重たい。力が出ない。ヱーテルが思うように動かせない。丹田が凍りついたかのような感覚。見れば、璃々栖も辛そうな様子である。

「これでも耐えるか！」拾月大将が忌々しそうに吐き捨てる。「甲種悪魔(デビル)ですら祓い切れるはずの秘術なのだがな！」

小隊が、動いた。

佐官らによる熾天使弾(セラフィムバレット)の一斉射撃。その弾丸を追うようにして、抜刀した三人の将官が突撃してくる。皆無は地獄の業火で以(もっ)て銃弾を蒸発せしめんと息を吸い、

(【第七地獄火炎(プレゲトン)】ッ!!)

いかし、出たのは単なる吐息だけ。

(――魔術が、発現しない!?)

慌てて最強の攻性防護結界たる地獄の壁を構築せんと試みるも、丹田からヱーテルが思うように引き出せず、とても成功するようには思えない。

皆無はその悪魔的な回転速度を誇る頭脳と獣じみた動体視力を以て、とっさに銃弾群の前に初級魔術たる【反物理防護結界《アンチマテリアル・バリア》】を展開する。一発の弾丸が結界にぶつかり、大爆発を起こす。結界は消滅したが、弾丸を道連れにすることに成功した。皆無は小型で薄っぺらな結界を何十と展開し、己に殺到する熾天使弾《セラフィムバレット》の群れを相殺しつつ、

（【ステュックスの沼の真ん中・陰惨なる窪《くぼ》みの底】）脳内高速詠唱。（【亡者と悪魔を取り囲む地獄の鉄壁よ現出せよ――ディースの城壁《じょうへき》】ッ!!）

果たして無詠唱のときとは異なり、今度こそ丹田から十分な量のヱーテルが捻出され、手の平から溢《あふ》れ出てきたヱーテルが、瞬く間に鉄の城壁の姿を取る。高さ数メートルほどの頑強な結界魔術が、皆無と璃々栖の前方に半円を描くようにそびえ立つ。捌《さば》き切れなかった熾天使弾《セラフィムバレット》が壁に当たり、大爆発を引き起こすも、壁には傷ひとつ付かない。

（【赤き蛇・神の悪意サマヱルが植えし葡萄《ぶどう》の蔦《つた》・アダムの林檎《りんご》――万物解析《アナラキズ》】！）皆無は己と璃々栖を弱体化させている結界について調べる。上級探査魔術によると、四方の釘が結ぶ境界部分には、（良かった！　俺らを内側に閉じ込めるような壁はない！）

それはつまり、結界の端まで逃げ切れば、結界の効果から逃れられるということだ。

「璃々栖、行くで――」

地獄の壁には皆無の後を追尾する機能がある。壁に自身たちを守らせつつ結界の端まで

飛翔(ひしょう)しようと考えた皆無は、璃々栖を抱き上げようとして、

――壁が、真っ二つに引き裂かれた。

「――なッ!?」

見れば三人の将官の一人、神威中将――『十三聖人』の一人に数えられる武人が、ヱーテル光で眩(まばゆ)く輝く軍刀の刀身を大上段から振り下ろしたところであった。

所羅門七十二柱(ソロモンズ・デビル)・不和侯爵庵弩羅栖(アンドラス)を殺せるほどの力を持つ皆無による、地獄級防護結界魔術。最高峰の強度を誇る地獄の壁を、一刀両断せしめる。

これが、単騎将官。これが、国家戦力の最高峰。

割れた壁の中から二人目と三人目の将官が飛び込んでくる。二人目がこちらの首筋目掛けて軍刀を振るう。皆無は左腕にこの一瞬で可能な限りのヱーテルを集め、十数枚の【反物理防護結界(アンチマテリアル・バリア)】を重ね掛けしつつ、光の如(ごと)き一閃(いっせん)を受け止める。結界が全て叩(たた)き割(わ)られ、刃が左腕の骨にまで達する。が、その将官を蹴り飛ばすことには成功した。痛覚が悲鳴を上げているが、皆無は必死でそれを無視する。

三人目の行方を見てみれば、果たして三人目が璃々栖の足を払い、璃々栖の身を地面に打ちつけたところであった。

「璃々栖ッ!!」三人目を排除しようと駆け出すも、その背中に二度目の一斉射撃が襲い掛

かる。――まともに喰らった。熾天使弾(セラフイムバレット)。並みの悪魔(デビル)なら一発で消し飛ぶ威力の弾丸を十数発。（しまっ――）

とっさに中級魔術【水壁(ウオーターウオール)】と初級魔術【氷結(アイス)】の混合で爆炎からは身を守るも、弾丸は着弾。肉が弾(はじ)け飛び、四肢が千切れそうになる。痛い痛い痛いッ――が、ここで気を失うわけにはいかない。絶対に。

（【完全治癒(パーフエクト・ヒール)】!!）発動しない。ヱーテル消費量の多い魔術は、拾月大将の結界術【ザカリアの釘】に阻害されている。（糞(くそ)ったれ！【治癒(ヒール)】【治癒(ヒール)】【治癒(ヒール)】【治癒(ヒール)】ッ!!）

小規模治癒魔術で何とか止血はするものの、満足に歩くこともままならない。転び、のたうちながら璃々栖に手を伸ばすも、

「ここまでだ」父の声。

ヱーテルの込められた足で背中を蹴りつけられ、完全に倒れたところを踏みつけられる。後頭部には、焼けつくほどのヱーテルを帯びた銃口の感触。魔術は封じられ、手足は今にも千切れかけ、己の命は引き金に掛かった父の人差し指次第――。

絶体絶命。

こうなったときの対処方法として、皆無はあらかじめ二つの方策を用意していた。覚悟の要らない策と、要る策を一つずつ。まずは一つ目、覚悟の要らない方を試みる。

「ダディ……お願いやダディ、俺たちを見逃して呉れ！」命乞い、懇願である。地面に顔を打ちつけられながら、皆無はみっともなくも懇願する。「見逃して呉れ、ください！　腕を見つけて毘比白(ベヒモス)を打倒しさえすれば、あとは一生、一生涯かけてこの国のために働くと誓うから！　命を捧(ささ)げると誓うから……ッ!!」

「――――……っ、駄目だ。これは内閣が下した判断、国家の方針だ」

策の一つ目は、失敗。続いて二つ目の策に移る。それに先立ち、

――己にとっての勝利条件とは、何か。

皆無は自問自答する。（それは、璃々栖が左腕(グランドシジル)を手に入れることや。腕さえ手に入れれば、璃々栖はヱーテル総量五億の、七大魔王(セブンスサタン)の一柱になる。そうすれば、相手がダディやろうが沙不啼(サブナツケ)やろうが、まず間違いなく勝てる）

――璃々栖が腕を手に入れるためには、どうすればよい？

（腕はもう目の前にある。璃々栖がこの場を切り抜けて、寺に至り、腕を手に入れるまでの短い時間が稼げれば、それでいい）

――そのためには、どうすれば？

皆無は自問自答する。己の覚悟を、人生の中で一度切りしかできないその覚悟を、確実に固めるために、己に問う。

（俺が、稼げばいい――…そのために覚えた、うってつけの魔術で以て!!）

顔を上げる。倒れ伏し、将官に押さえつけられている璃々栖と、視線が絡み合う。

「――璃々栖」

主。我が王。初恋の相手。愛する女性――――……璃々栖。

覚悟を、決めた。

璃々栖のために死ぬ、その覚悟を。

◆同刻／同地／悪魔姫（プリンセス・デビル）・璃々栖

「――璃々栖」

皆無が、愛しい人が己が名を呼んだ。たったそれだけのことで、地面に打ちつけられ、締め上げられている痛みを忘れる。

「皆――」無、と言おうとして、皆無が口の形だけで己に何かを伝えようとしていることに気付く。

――逃・げ・ろ。

（な、何を……？）璃々栖は狼狽する。使い魔の契約を結んでいるからこそ分かる皆無からの魔術反応に、『使うな』と命じた禁術の気配。（か、皆無……何をしようとしている……？　や、止(や)めよ、止めるのじゃッ!!）

◆同刻／同地／大悪魔(グランドデビル)・阿ノ玖多羅皆無

（【イスカリオテのジュダの領域・永久凍土の監獄】――）

【第九氷地獄第肆楽章(コキュートス・ジュデッカ)】。己が命を代償として、ほんの僅かな間だけ限界を突破した力を発揮せしめる奇蹟(きせき)の術式。その脳内詠唱を、皆無は始める。

――己の命は璃々栖のために在る。

皆無はこの一週間、逃避行の間ずっとそう己に語り掛け続け、今このときのための覚悟を醸成し続けてきた。確かに自分は、璃々栖と毘比白(ベヒモス)の争いに巻き込まれる形で第一の命を落とした。が、璃々栖はその補塡(ほてん)として多大なヱーテルを皆無に与え、その命を存続せしめた。そして忘れもしない十一月十日、璃々栖は皆無の自由意思を尊重し、使い魔という立場から解放して呉(く)れた。

だから今、ここにある命は、この心臓は、阿ノ玖多羅皆無の自由意思のもとにある。その意志のもと、皆無は願う。璃々栖の願いの成就を。無限の意志力を持った彼女の、その悲願の礎となることを。

（【苦患の王国を統(す)べる帝王ルキフェルよ・我が心臓を噛(か)み砕(くだ)き・かつての栄光を分け与

え給(たま)え・パペサタン・パペサタン・アレッペ・プルートー】)

事前詠唱が全て終わる。

ひどい寒気がする。心臓が凍るように冷たい。と同時に、先ほどまで感じていた倦怠感が取り除かれ、体を巡るエーテルの流れが驚くほど良くなりつつある。

最後の一節を口にした瞬間から、己の命は終わりの奈落へと転げ落ち始めることとなる。

最後の一節を口にしてしまったら、もうどれだけ後悔しようがしまいが、どれだけ奮闘しようがしまいが、数分で己は死ぬこととなる。

(……………………………………………怖い)

最後の勇気を得たいがために、今一度、璃々栖の顔を見る。泣き出しそうな顔をしている璃々栖。できれば笑顔がよかった、と思う。あの泰然とした笑顔にこそ、璃々栖が秘める無限の意志力にこそ、自分は心底惚(ほ)れ込んだのだから。

(さよなら、璃々栖。輪廻(りんね)転生の果てに、また出逢えたなら)人間(エクソシスト)と悪魔(デビル)という立場ではなく、平凡な人間同士の男女として出逢えたなら。(そのときこそは、きっと——)

終末の一句を、無限の勇気で以て口にする——。

「【第九氷地獄第肆(コキュートス・ジュデ)——】」

「――厭(いや)じゃッ!!」

主の悲鳴。術式展開が、阻害された。久しぶりの、璃々栖による肉体の操作。魔術の展開が中断され、心臓の冷たさが消えてゆく。と同時に復活する【ザカリアの釘】の効果。

「……………璃々栖？」皆無は呆然(ぼうぜん)と、璃々栖を見る。

この王は今、何と言った？　皆無は理解が追いつかない。皆無の中では、璃々栖はあくまでも圧倒的強者たる王であった。璃々栖は彼女の腕で、手で以(もっ)て仇敵を縊(くび)り殺し、国を興して王と成るべき存在であり、そのためならば全てを犠牲にする覚悟を持っているはずであった。皆無の献身に対し、璃々栖は当然これに感謝し、悲願成就のために皆無を捨て石にして呉れるものと皆無は期待していた。それでこそ璃々栖だと、そうでなければ璃々栖ではないと、皆無は考えていた――……なのに。

皆無の、『逃げろ』という意見具申(ぐしん)、まさしく命を懸けた願いに対し、この王は何と応えたのだ？

「厭じゃ……」再び、璃々栖が言った。

「な、何言っとんねん!!」皆無は激しく狼狽(ろうばい)する。「俺が時間を稼ぐ！　その間に腕を手に入れるんや！　そしたら璃々栖、お前はお前の悲願を達成できるようになる!!　そのためなら俺は死んだって――」

「厭じゃ厭じゃ厭じゃ！」璃々栖は、まるで年相応の少女のように泣いていた。「そなたを死なせとうない！　そなたにまで死なれてしまっては、予は、予は……ッ!!」

まるで、駄々をこねる子供であった。そこに、王を目指す強い璃々栖の姿はなかった。あるのはただ、弱々しくちっぽけな年相応の少女の姿であった。皆無があれほど惚れ込み、文字通り命を賭して守ろうとした王の姿は、そこにはなかった。

――失望、した。

気が付けば、悪魔化が解けていた。皆無を燃え上がらせていた情熱が、璃々栖を守り、璃々栖の望みを叶え、璃々栖の国家実現の礎にならんとするその熱が、決意が――覚悟が、冷めてしまった。

「ダディ殿……いや、阿ノ玖多羅少将閣下よ」璃々栖の声が、ひどく、ひどく遠くから聞こえてくる。「提案が、ある」

「……伺いましょう」父が、皆無の後頭部から銃口を離した。

◇同日十一時二十分／摩耶山・平原の片隅／少年・皆無

一つ、璃々栖は自身の身柄を第零師団へ引き渡す。その後は、たとえ沙不啼に差し出されようが構わない。

一つ、第零師団は皆無を殺さず、傷つけない。

一つ、第零師団は結界術【ザカリアの釘】を解除する。

――それらのことが、拾月大将と璃々栖の間で取り決められた。

「……今生の別れになる。挨拶の時間くらいはやろう」

そうして、今。皆無は父に銃口で背中を押され、草原の真ん中で寂しげに佇む璃々栖のもとへと歩いてゆく。約束どおり【ザカリアの釘】は解除されているが、周囲には抜刀した将官と、村田銃を構える佐官たちが皆無たちの動きを間断なく見張っている。

璃々栖と向き合う。が、皆無は璃々栖の顔を見上げる気になれない。

「皆無、顔を見せては呉れぬか？」

「――――……」皆無がなおもうつむいていると、

「皆無」璃々栖が一歩、二歩と歩み寄ってきた。まるで抱き締めようとでもしているかのように、ぎゅっとその身を皆無に密着させてくる――…腕もないというのに。

皆無は璃々栖より背が低い。だから自然と皆無は、璃々栖の乳房に顔を埋める形となる。

璃々栖の匂いがする。この二週間、ずっとずうっと一緒にいた、璃々栖の匂いだ。
璃々栖の涙が皆無の髪を濡らす。

璃々栖が、
震える声で、
言う。

「腕が欲しい……そなたを抱きしめるための、腕が」

「違(ちゃ)うやろ!?」皆無は顔を上げる。思わず泣き叫んでいた。「お、お前の腕は、そんなことのためやなくて、お前の悲願のために――」

口付け、された。十一月一日のあの夜から何度も何度も口付けを重ね、すっかり覚えてしまった璃々栖の唇の感触。暗い悲しみが、皆無の胸を押し潰す。

唇が、離れる。

「地獄への旅路に付き合わせて呉れるんと、違うんかったんかよ……」

「……すまぬ、な」

ぽつりぽつりと、雨が降り始める。

璃々栖は拾月大将以下第零師団(だいゼロしだん)の小隊に連れられ、行ってしまった。父以外にも少数存在する希少な【渡(わた)り】使いの力で以て、一瞬で。

後には皆無と、父だけが残る。

「さて、皆無――阿ノ玖多羅単騎少佐」父が、未(いま)だ殺気の込められた目で皆無を見ている。包帯に包まれていない方の腕――その左手には、未だ村田銃が携えられている。「貴官は国家に対する叛逆(はんぎゃく)行為を働いた。貴官は、祓うべき甲種悪魔(デビル)として認定されている」

「…………え？　ま、待てやダディ、さっき璃々栖と交わした約束は……？」

「守る義理などない」

「そんな、だとしたら璃々栖は何のために……」

「日本国のために、だ」淡々とした、父の声。

「お、俺やって日本のために働ける！　それに、逃げてる間だってできるだけ人や街に被害が出ぇへんように立ち回っとった!!」

「沙不啼とお前たちの戦いに巻き込まれて亡くなった人が、いなかったとでも？」

　血の気が引く。

「一体全体、何隻の艦艇が見せしめに沈められたと思っている？」

「それはッ!!　そもそも沙不啼や使い魔を【神戸港結界】内に招き入れたのが原因で――」

「招き入れざるを得なくなった元凶が、何を言っているんだ？」父が右手の人差し指で地面を示す。仏教における印相の、降魔印。悪魔である皆無を、これから殺すという明確な意思表示。「【ナウマク・サマンダ・ボダナン・キリカ・ソワカ】――」

「あ、あぁ、あぁぁ……」皆無は恐怖を禁じ得ない。父の全身が真っ白に輝き出す。知っている。これは……これが、これこそが、父の『奥の手』。

「【阿耨多羅三藐三菩提――涅槃寂静】」

光り輝く父の体が、瞬く間に成人男性の体格になる。【涅槃寂静】――短時間のみ許された、父が全盛期の力を発揮できるようになる秘術中の秘術。これを見て死なずに済んだ悪魔(デビル)はただ一人、他ならぬ毘比白(ベヒキモス)のみである。

「皆無……分かっていないのか？」光が収まり、一八〇サンチ近い身長になった父が、村田銃を構えながらこちらを見下ろしてくる。「お前はレディ・璃々栖についていったあの朝すでに、ルビコン川を渡ってしまったんだ」

「あぁぁ……」父に、見下ろされる。それがこれほど恐ろしいことだとは、知らなかった。

「他ならぬ賽(さい)を投げたのはお前だぞ、皆無」

絶望的な戦いが、始まる。

父は、ゆらゆらと揺れる九本の尻尾を背負っている。

玉藻前(たまものまえ)として鳥羽(とば)上皇の寵愛(ちょうあい)を得た美貌の魔女・九尾狐(きゅうびこ)を調伏(ちょうぶく)せしめた阿ノ玖多羅家は、九尾狐(きつね)と稲荷(いなり)信仰、そして荼枳尼天(だきにてん)を結び付けたことにより、全国の社から多量のヱーテルを吸い上げ続ける機構を構築せしめた。阿ノ玖多羅家が日本一の退魔家で在り続けられたのは、このヱーテル補給機関があったればこそである。

その姿から、九尾狐の生まれ変わりだとも、九尾狐のヱーテル核を喰(く)ったのだとも噂(うわさ)される父だが、真実は誰も知らない。父自身さえも知らないという。

その父が、身構える。

皆無は悪魔化(デビラキズ)しようとするが、何故(なぜ)か上手(うま)くエーテルを身に纏(まと)えない。やむなく受肉(マテリアラキズ)を伴わない悪霊化(デモナキズ)を行い、その翼で以(もっ)て逃げようとするが、

「――遅い」全く目で追えない父に速度で肉薄され、強烈な勢いで腹を蹴り上げられる。体が浮く。すかさず腹に銃口が打ちつけられ、強烈な零距離射撃。口頭詠唱はなく、それどころか脳内詠唱すらしていないであろう連射であるにもかかわらず、その一発一発が【神使火撃(ミカエル・ショット)】級の威力を帯びている。

五発の弾丸が皆無の五臓六腑(ごぞうろっぷ)を吹き飛ばし、

腸と血肉が翼のように中空に撒(ま)き散(ち)らされる。

(死にたくない死にたくない死にたくない死にたくない死にたくないッ!!)

恐怖と狂乱の中、己の意識が途切れぬよう魔術で精神を覚醒させつつ、皆無は【完全治癒(パーフェクト・ヒール)】を脳内詠唱する。果たして、絶命する前に何とか己の蘇生(そせい)に間に合う。

気が付けば、己の体は仰向(あおむ)けに転がっている。いつの間にか目をつむってしまっていた。慌てて目を開くと、目の前に村田銃の銃口と、父の姿。

「【反物理防護結界】ッ!!」

顔の前に手のひらほどの結界が展開するのと、銃口が火を噴くのは同時だった。

「ぎゃッ!!」直撃はまぬがれるも、爆風に顔を焼かれる。「は、【隠者は霧の中】!」

周囲を真っ白な霧が包み込む。皆無は翼を動かして近くの森へ飛び込む。

◆同刻／阿栖魔台移動城塞／少女・璃々栖

最初は、心臓を握られているという恐怖心によって服従させるつもりだった。これは上手くいった。次に、己の美しさを利用しての操縦。これも非常に上手くいった。だが、皆無は自分が想定していた以上に、こちらの何かに心酔している様子であった。それが己の心だと、精神力だと気付いたのは、出逢ってから数日が過ぎようとしたころだった。

正直、戸惑った。

(皆無――…)沙不啼の人形に両脇を固められ、阿栖魔台城の薄暗い廊下を歩きながら、璃々栖はこの二週間ばかりのことを思い返す。

皆無は自分の、顔に体に声にエーテル総量に魔術知識に立ち居振る舞いに、そして何より精神力に惚れて呉れた。が、自分は一人の少年の人生を左右せしめるほどの、一人の人生を吸い尽くせるほどの精神力——王たる器など持ち合わせてはいない。あれほど強い態度を示し続けられたのは、必死に弱音を押し殺しての、ともすれば泣き叫んでしまいそうな、途方もない恐怖心を押し殺しての、なけなしの矜持によるものだった。

皆無は自分によく懐いて呉れた。何故か己と抜群に相性が良く、凡そ日本人離れした甘く可愛らしい顔立ちの、人間としては極めて優秀な術師の子供。

両腕を持った兄たち——腕を持つが故に王位継承権を持たず、こちらに対して、時に居丈高な、時に卑屈な態度を取る男たちしか知らなかった璃々栖にとって、皆無は堪らなく可愛らしい生き物だった。弟ができたみたいで、とても嬉しかった。

「予が国を興し、安定した暁には必ずや議会を建て、幅広い層の人民の意見を反映した政治を為す」

「議会⁉」

「うむ！　王は予である。王であるがしかし、予は絶対的権限を以て圧政を敷く愚王ではなく、議会が議論を尽くした政策を予の責任で以て承認し、万人が暮らしやすい国を目指す賢王となる」

「立憲君主制！　ええやん。日本も璃々栖が言うような政治体系やねん！」

自分が語る新生阿栖魔台王国の姿に、嬉々として聴き入る皆無。

「【火炎】！」パリ外国宣教会屋敷の庭で、皆無が手の平から火の玉を出す。「出たで！　ほら見てぇや璃々栖！　やっぱ僕、天才なんかもしれん」

「あはっ、ようできたのぅ。ほれ、褒美じゃ」言って立ち上がり、座禅している皆無の頭を革靴の裏で撫でてやると、

「踏むなや」皆無が不満そうな顔をして文句を垂れる。

「そうは言われても、予にはこのとおり腕がない」

「うっ……」皆無が恥ずかしそうにそっぽを向き、「せ、せやったら……その、腕を見つけたときに、頭、撫でてぇや」

「良い。好きに動いてみよ」

「う、うん……んっ」

「ひゃぅっ!?　も、もっとゆっくり……」

「え、えぇぇ……好きに動け言うたやん」

悪霊化（デモナイズ）した皆無の、飛行訓練中のこと。誰かに抱き上げられながら飛ぶというのはなかなか慣れないものであったが、

「あはっ！　鳥になったみたいや！」

皆無が楽しそうに笑うのが良かった。


目を閉じれば、皆無との楽しかった思い出がいくつもいくつも湧き上がってくる。

……もっとも、楽しいだけではなかった。

「俺はお前の盾であり剣や。俺の命は、お前のためにある。俺はお前のために、死ぬ」

逃避行を続け、腕は見つからず、絶望ばかりが深くなっていく中で、皆無は頻繁にそんなことを言うようになった。皆無は自身にそう言い聞かせることで、いざというときに身を挺（てい）する覚悟を築き上げているようであった……事実、皆無はつい先ほど、自分のために死を選択して呉れたのだ。……が、皆無のこういう発言や行いは、正直言ってあまり嬉しいものではなかった。

己のために右往左往する皆無。己のために頑張って呉れる皆無。己のために身を削る皆無。己のために戦い傷つく皆無。己のために、血を吐き、のた打ち回り、それでもなお、己が祖国復興の悲願のために、その礎にならんとして呉れる皆無。

——重かった。ただの十六の小娘に過ぎない自分には、手の平にすっぽりと収まる、この狂おしいまでに愛しい小さな命が、重過ぎた。

重い、と気付いたときには、もう遅かった。そのころにはもう……璃々栖にとって、皆無は『切るべきときには切り捨てる手駒』から、『絶対に離れたくない大切な存在』に成り果てていた。

そして今や、自分が犠牲になってでも、生きていてもらいたい存在に……。

自分はこれから、死よりもおぞましい目に遭うのだろう。

王城の一室——憎き沙不啼の工房の扉を睨みながら、璃々栖は思う。

(一度くらい、抱かせてやればよかった、な)

十一月一日の夜に出逢ってからの一週間。そして、それからの逃避行の日々。皆無が自分の体を欲しているのは痛いほど分かっていた。が、一度与えてしまえば、他ならぬ自分が皆無に依存してしまいそうで怖かった。

──笑える話だ。結局己は、この身を皆無に捧げるまでもなく、皆無に依存し、皆無に溺れた。

『抱かせてやる』ではなく、『抱かれたい』であろう。沙不啼を相手に無惨に散らされてしまう前に、この処女を、愛する人に貰って欲しかった。皆無と一つになりたかった。

……もはや、遅過ぎる話である。

扉が、開かれる。

「久しいですなぁ、姫君」しわがれた声。厭らしい笑み。小柄な老人──叛逆者沙不啼が立っている。「まずは、その邪魔な脚を斬り落としてしまいましょうか」

◇同刻／摩耶山中／少年・皆無

雨はいつしか土砂降りになっていた。

（死にたくない死にたくない死にたくない……）逃げた。（死にたくない……ッ!!）ただひたすら、魔術の限りを尽くして逃げに徹した。【隠者は霧の中】──璃々栖から最初に教えてもらった、璃々栖が唯一使える放出系の魔術。その隠密魔術を何度も何度も重ね掛けし、森の深い方へ深い方へと走る。泥塗れになって無様に逃走する。が、

「【ナウマク・サマンダ・ボダナン・キリカ・ソワカ──】」

遥か上空で、父の声。【万物解析】を展開する皆無は、心臓が締め上げられるような恐怖とともにその声と、位置と、エーテル反応を正確に拾う。

「――【九尾狐之鬼火】ッ!!」

灼熱。皆無が潜む地点を含む数百メートル四方の木々が蒸発する。皆無は全身を多重の【反物理防護結界】で覆うことで辛うじて生存する。

土砂降りの中、遥か上空から放って、なおこの威力。間近で受けては灰も残るまい。

「そんなところに隠れていたのか」父が降ってくる。

皆無は認識・隠密・隠蔽の魔術を展開しながら逃げる。

「――【文殊慧眼】。どうした、皆無? 【釘】で弱っていたときよりもなお弱いくらいじゃないか?」皆無の位置を正確に認識しながら、父が確殺級の銃弾を撃ち込んでくる。

(死にたくない……ッ!!)皆無は逃げる。つい先ほど、愛する人を前に死を覚悟したばかりとは思えぬほどに、今の己は死を恐れている。(死にたくない……)

当然の話である。騎士となり、命を捧げると誓った王のために死ぬのと、ただ一個の甲種悪魔として祓われるのとでは天と地ほどの差がある。この死に意味はない。ましてこの命は璃々栖が――嗚呼、愛して止まない己が王が――絶やさぬようにと望んだ命だ。こんなところで死ぬわけにはいかなかった。

反撃しようにも、悪魔化(デビラキズ)ができないこの身では、抵抗手段たる地獄級魔術が使えない。

「何故(なぜ)逃げる、皆無？」容赦なく【神使火撃(ミカエル・ショット)】を撃ち込んできながら、父が問う。「レディ・璃々栖からは捨てられ、日本国からは敵と認定され。もうお前に生きる道はない。生きる意味などないだろう⁉　せめて潔く祓われろッ‼　そうすれば、【神戸港結界(こうべこうけっかい)】が成るまでの一週間、神戸港を守り切った功績から、相応の墓は用意してやる‼」

「分からへん‼」皆無は泣き叫ぶ。「死にたない‼　けどなんで死にたないか分からへんねん‼」走馬灯のように、様々なことが頭に浮かんでは消えてゆく。が、結局それはどれもこれも璃々栖に関することだった。「璃々栖は俺に、死なせて呉れへんかった！　璃々栖は俺から死に場所を奪った！　璃々栖はもうおらへん！　分からへんねん‼　璃々栖はさっき、泣いとった！　璃々栖はさっき――何で俺のために、その身を差し出したんや⁉　祖国復興のために、何で俺を犠牲にして逃げ延びようとして呉れんかったんや⁉」

「……なんだ、そんなことも分からないのか？」父の声。

右の太腿(ふともも)の肉が銃弾でごっそりと奪われ、皆無はその場で転ぶ。治癒魔術を使おうにも、心がぐちゃぐちゃに乱れてエーテル操作がままならない。気が付けば、仰向(あおむ)けの体勢で父に胸を踏みつけられ、頭部に銃口を突きつけられていた。

「何故ってそりゃあ、レディ・璃々栖がお前のことを愛したからに決まっているだろう」

「…………………え？」

「『献身』だよ、皆無。基督教の勉強でやらなかったかい？」言いつつ、父が村田銃の引き金を――…、

――皆無はその銃身を握り潰す。気付けば、右腕だけ悪魔化に成功していた。

（……愛？　璃々栖が、俺を、愛して呉れとるって!?）

心が震える。愛。その言葉が、皆無の感情体を駆け巡り、瞬く間に全身を高濃度なエーテルが覆い始める――悪魔化。

「ちッ！　【ナウマク・サマンダ・ボダナン・キリカ・ソワカ――】」父が口早に詠唱し、大きく息を吸い込み、「――【九尾狐之鬼火】ッ!!」

父の口から、日本最強の術師による最大火力の攻撃術式が吹き出される。零距離での劫火で、視界が真っ青な炎で埋め尽くされる。

（死にたくない――――……）ひどくゆっくりとした時間の中で、皆無は両腕を突き出し、最高の地獄級防御魔術【ディースの城壁】を、己を取り巻くように展開させる。（死にたくない……――生きたいッ!!）

思えば自分は今まで、生きてこなかった。死んでいないだけであった。ほんの少しの努力で常に一等賞が取れて、周りからはそれを当然視されて、それでいて絶対的な父には絶対に敵(かな)わないと絶望し、生きる理由が分からないでいた。

(璃々栖、俺は――……)

そんな日々は、璃々栖との出逢(であ)いで一変した。自分は生きる希望を手に入れた。が、結局のところ自分は璃々栖に付き従い、依存しているに過ぎなかった。

それが今、明確に、生きたいと思う理由が胸の中にある。

(璃々栖……ッ!!)

璃々栖の様々な顔が浮かぶ。晴れやかな笑顔。小憎らしい嗤(わら)い顔。偉そうな笑み。一緒に風呂に入るときに見せる、こちらを揶揄(からか)いつつも少し照れているだらしのない笑み。泣き顔。

『腕が欲しい……そなたを抱きしめるための、腕が』

先ほど見せた、精一杯の泣き笑い。

失望のあまり、直視しようとしなかったその顔は、必死に笑っていたのだ。

(生きたい!! 生きてもう一度、璃々栖に逢いたい!!)

【ディースの城壁(じょうへき)】が溶けて、青い鬼火が顔を出す。

突き出した両手の指先が燃え、炭となり、灰となって塵となり、

手の平が消え、二の腕が燃え上がり、肩までもがなくなり、

全身が焼けて触覚を失い、視覚を失い嗅覚を失い聴覚を失い、

脳が蒸発し、『熱い』も『痛い』も『苦しい』も何もかもを失って。

明治三十六年十一月十九日、阿ノ玖多羅皆無は死んだ。

from Kansei to Meiji

幕間

とある■■■の走り書き

も大昔。広い大陸の片隅に、一匹の狐が居りました。狐は長
間、自由気ままに生きていましたが、ある時、東の果てに小
さな島が在る事に気が付きました。島に渡った狐は、その國
カド』を揶揄ったりして遊んでおりましたが、ある日、とあ
に寝込みを襲われ、調伏されてしまいました。
閉じ込められた狐は暴れました。その暴れようは日に日に激
っていき、遂に法師は、狐の力を抑え切れないと悟りました。
法師は、狐に話を持ち掛けました。
、狐様、何卒お怒りをお鎮め下さい。さすれば見目麗しき処
げましょう。狐様、狐様、何卒お力をお貸し下さい。さすれ
豊かな処女を捧げましょう」
、容れました。
乱れる度、法師の子孫は狐に生贄を捧げ、狐に妖魔を討たせ
。用の無い時は、狐は那須野の温泉に浸かったり、惰眠を貪
しました。何年、何十年と眠り続ける事もありました。こう
は悠久の間に百七人もの花嫁を貰い、昼には花嫁を弄び、夜
嫁と共に國に仇なす妖魔と戦いました。そして、花嫁たち

寛政弐年(かんせいに)拾壱(じゅういち)月陸日(むいか)、晴天。阿栖魔台(アスモデウス)王討伐ノ任ヲ拝命ス。明日、兵庫津ニ向カフ。

(以下、口語訳)

彼(か)の魔王が鎖国結界を突破せしよりひと月ほど経(た)つも、人里が襲われたという話はない。予(よ)が思うに、わざわざ藪(やぶ)を突(つつ)くような真似(まね)はすべきではない。相手は異国の魔王であり、予とて敵わないということもあり得る。が、予のそのような意見は容(い)れられなかった。この数年、いたる海で異国船が跳梁跋扈(ちょうりょうばっこ)するようになり、幕臣たちが苛立(いらだ)っているという話も聞く。きっと、幕府も異国の妖(あやかし)を相手に意固地になっているのであろう。兎角、命令ならばやるしかない。古(いにしえ)の盟約に逆らうことなど、できはしないのだから。

同月漆日(なのか)、晴天。魔王が潜んでいるという神戸・摩耶山(まやさん)の寺と、麓の布引(ぬのびき)の滝、さらに麓の宿場町を歩いた。釈迦(しゃか)の母を祭る寺と、日本三大神滝たる布引の滝を持つこの山を訪れる者は多く、自然、麓の宿場町も栄えている。

――驚いたことに、魔王は恐れられるどころか、極めて好意的に受け容れられていた。数週間前にふらりと現れた異国風の偉丈夫は自ら堂々と魔王を名乗り、熊が出ればこれを退治し、開墾に邪魔な岩があればこれを砕き、井戸が必要ならばこれを掘り、あっという間に人気者になった。彼の魔王は『天狗様』とか『阿栖魔大明神』などと呼ばれ崇められており、例えば魔王が切り開いた参拝道は『天狗道』と呼ばれていたり、宿場町では魔王が掘った井戸が『大明神様の井戸』と呼ばれて行列を作っていた。

その対価として、魔王は方々の家で女を抱いて回っているらしい。中には既婚者も含まれるが、得られるものが多過ぎて、男たちは文句も言えず臍を噛んでいるのだとか。中でも摩耶山頂の寺に住む尼が大のお気に入りで、このところは寺に入り浸っているらしい。ますます、敵対すべきではないとの思いが強くなる。調査結果を添えて、改めて意見具申の文を飛ばしたが、果たして。

同月捌日、曇天。やはり討伐命令が覆ることはなかった。

――奇襲した。摩耶の寺から宿場町へ降りる途中であった魔王を、総力を以て強襲し、その四肢をもぎ、砕いた。魔王は、弱かった。まるで力のほとんどをすでに失っているかのようであった。そして、驚くべきことにほとんど抵抗というものをしなかった。

「予は陛下を祓わねばならない」と、予は云った。

すると魔王が、「知っている」と答えた。「予は弐佰年先までの未来を知っており、予がそなたに祓われる未来も知っていた」と。

少し、魔王と話をした。魔王は、正しくは先王であった。

「戦争が起きる」と先王は云った。「世界を二分する大戦争が起きる。その中心にいるのが毘比白(ベヒヰモス)である。彼奴(きやつ)は世界中に出血をさせ、その血を己が力に変えようとしている」

その戦を、毘比白(ベヒヰモス)による世界支配を阻止するために先王は世界中を旅し、つい先ほど、そのための仕込みを終えたのだそうだ。だから予に祓われるのもやぶさかではないが、その代わりにいくつかの願いがあると云った。——予は、容れた。その願いを、先王の■■■■を守ると誓った。そうして、先王を祓った。

◇◆◇◆

■■■の手記は延々と続いてゆく。手記は何冊にも及び、元号は十一度も変わり、時代は移ろい、幕府は倒れ、十二度目、ついに元号は『明治』に至る。

そうして明治二十三年十一月に、次の記述がある。

明治弐拾参年拾壱月拾弐日、晴天。

■■■■■誕生ス。皆無(かいな)ト名付ク。

第肆幕

波濤の果てを
今日超えて

「これが『無』だよ、皆無」何処からともなく、父の声が聞こえる。『無』であり、『空』だ。色不異空・空不異色・色即是空・空即是色。諸法は幻の如く、焔の如く、水中の月の如く、虚空の如く、響の如く、ガンダルヴァの城の如し。空に至りて無を解し、悟りを得れば全てが分かるよ」

突如として、皆無の意識は十一月一日の夜へと舞い戻る。


「……ぃな、かいな！　お〜い、皆無？」

「——え⁉」ぱっと顔を上げる。真正面に、父の顔。皆無は己の体を見下ろす。手が、腕が、体がちゃんとある。顔を上げると父がいて、三人の莫迦たちがいる。

「何をぼけっとしているんだい、皆無？」

「あ、いや……ごめん」

「まったく、そんなことじゃあ伊藤サンに顔向けできないじゃないか」

「またかいな」

「また、とは？」

「伊藤博文閣下のお話」

夜の異人館街にて。皆無は強い既視感を覚えながら、しばし父と会話をする。

「はぁ〜……ッ！　忘れっぽいダディに期待した僕が悪かっ――」

そして、揶揄(からか)いながら父の方を見ると、

「極大エーテル反応。場所は居留地の九番地南の海岸線。は、ははは、驚いたな……甲種悪魔(デビル)――魔王(サタン)だ」父が脂汗を浮かべながら、海岸線の方を睨(にら)んで言った。「皆無、行けるな？　――いや、これは上官命令だ、行け」

ヴウゥゥゥゥウウウウウウウウウゥゥゥウウウウゥゥゥゥゥゥゥ………

手回しサイレンの音に包まれながら夜の神戸を駆け下り、外国人居留地の南端、海岸通りへ出る。極大エーテル反応。甲種悪魔(デビル)。果たしてそこにいたのは、

「――璃々栖(リリス)ッ⁉」

両腕のない、血に塗(まみ)れたドレス姿の少女――璃々栖が空から降り立つところだった。彼女は地に足を着けるや否(いや)や、力なくその場に崩れ落ちそうになり、

「璃々栖！」皆無は慌てて駆け寄り、璃々栖を支える。

「……誰じゃ、そなたは？　何故(なぜ)、予(よ)の名を知っておる――……まさか⁉」璃々栖の表情が、歓喜の笑みに包まれる。「そうか、そなたが予の■■■■――」

これは夢か走馬灯か。

皆無は神戸で、二度目の明治三十六年十一月を生きる。

璃々栖から魔術を習い、璃々栖とともに飯を喰(く)い、璃々栖とともに夜の神戸を駆け抜け、璃々栖を風呂に入れ、璃々栖とともに眠る。そんな日々の追体験の中で、皆無はようやく気付いた。

璃々栖が、必ずしも絶対的な強者ではないということに。

港を襲う悪魔(デビル)が思ったよりも手強(てごわ)かったり、皆無が男を出して迫ってきたり、父が用意する食事に璃々栖の苦手な納豆が入っていたり……璃々栖は日々の些細(ささい)なことで驚いたり怯(おび)えたり悲しんだりしていた。以前の自分は全く気付いていなかった。いや……璃々栖を崇拝するあまり、見ようとしていなかったのだ。

逃避行を始めると、それは一層顕著になった。

皆無が『俺はいつか璃々栖のために死ぬ』というようなことを言うと、璃々栖は露骨に悲しそうな顔をした。皆無が璃々栖に、以前のような泰然とした態度を取るように求めると、璃々栖は辛そうな顔をした。

以前の自分は、そういう弱い璃々栖を見せられると苛立ったものであったが、今ならば璃々栖の気持ちもよく分かる。だから皆無は、この優しい二度目の日々の中で新しい試みをする。

主が弱音を吐いたときに、慰めの言葉をかけ、頭を撫でてみたのだ。今まで皆無は、己がそんなことをすればきっと、気高い璃々栖は怒るだろうと思っていた。

が、璃々栖は喜びながら甘えてきた。

見えていなかったのだ。自分は分かっていなかった。璃々栖は絶対的存在でも王でもなく、ただそれを目指しているだけのか弱い少女に過ぎなかったのだ。

（――――守りたい）

そう思う。

（璃々栖の体だけやなくて、心も守りたい）

そのためには、死んでしまうわけにはいかない。

死んでしまっては、もう二度と璃々栖に逢えない。

（生きたい――――……璃々栖とともに、生きたいッ!!）

◆十一月十九日 正午(ヒトフタマルマル)/摩耶山中/璃々栖の騎士 大悪魔(グランドデビル)・阿ノ玖多羅(あのくたら)皆無

走馬灯は、やがて己の死の直前へと舞い戻る。あらゆる草木が燃え尽くした摩耶山の一角で、仰向(あおむ)けに倒れ、父が向ける村田銃の銃身を握り潰したところだ。

「【ナウマク・サマンダ・ボダナン・キリカ・ソワカ——九尾狐之鬼火(きゅうびこのおにび)】ッ!!」

父の口から吹き出される真っ青な劫火(ごうか)に向けて【ディースの城壁(じょうへき)】を展開させる。が、すぐに壁は溶けてなくなってしまう。

「あぁぁああぁあぁあぁあああッ!!」皆無は叫ぶ。叫んで、声とともに膨大な量のエーテルの風を放ち、炎を押し返そうとする。それでも鬼火は勢いを失わず、突き出した皆無の指先が、手が、腕が燃えて消えていく。(死ぬわけにはいかないッ! 絶対にッ!!)

これは、産声だ。

「あぁぁああああぁぁああぁあぁああああああああああああああッ!!」

全身が炎に呑(の)み込まれる。

また、死んだかと思った。

「——あぁぁあああッ!!」が、己が喉は咆哮(ほうこう)を発し、劫火は掻(か)き消えている。

皆無は飛び起きる。いつの間にか、右の太腿(ふともも)の銃創が綺麗(きれい)さっぱり治っている。

見れば、父が数メートルの距離を取って村田銃を構えており、

「皆無ッ、戻ってきたかッ！」笑った。戦いの最中だというのに。「行くぞ。試してやる」

（――視える）皆無の知覚は、三千世界を駆け巡る。父の動き、エーテルの流れ、雨の雫の大きさ、風、温度、宙を舞う土埃の一粒々々――初めて悪魔化に成功したときにも感じた、圧倒的な情報量。否、それだけではない。

今の皆無には、未来が視える。

父が遠距離戦を仕掛けてくる確率、三割。接近戦を仕掛けてくる確率、六割。その他の可能性、一割。それぞれの未来が、父の霊体が、可能性ごとの濃淡を以て皆無に未来を知らせる。皆無は全身を悪魔化させながら一秒待つ。

果たして父の重心が前に傾き、六割の未来が確定した。

皆無は右の人差し指を父へ向ける。指先から鋼鉄の弾丸が生成され、猛回転しながら射出される。狙いは、こちらへ突進しようとしている父の眉間。父の顔の前に手の平ほどの結界が生成され、角度を持って発生したそれが、皆無が放った弾丸の弾道を逸らす。父による肉薄。父はその結界で以て皆無の顎を下から打ち上げようとするが、

「――ふぅッ！」皆無の吐息とともに放たれたエーテルで相殺され、砕けて塵になる。

が、そのときにはすでに、父が虚空からの抜刀を済ませていた。中空を駆け上がり、真っ白に輝く刀身を大上段から皆無の脳天へ叩きつけてくる。

真っ二つになっていたことだろう……先ほどまでの自分であれば。

　刀身は、皆無の頭に届かない。皆無が、その悪魔的な右手で握りしめているからだ。

(まったく痛ない)父による必殺の一撃が、眩いばかりに輝く刀身が、痛痒をすら感じさせない。(ダディってこんなに弱かったっけ?)

　軽く、左手の爪を横に振るう。父の体が真っ二つになる。

「ははははッ!」二つになった父が、即座に二体の小人にその身を変じる。上の小人の右腕――義腕――だけが元の大きさなのが実に不気味である。「やるじゃないかッ!」

　皆無は下の小人を蹴り飛ばし、上の小人に対しては強烈な【悪魔の吐息】を浴びせかける。灼熱の炎で黒焦げになった上の小人はしかし、虚空から引きずり出した南部式拳銃を皆無の頭部目掛けて連射する。計八発の弾丸は、

(――【収納空間】)

　皆無の眼前に広がった亜空間への入り口に入っていき、そして上の小人の足元に展開された亜空間の出口から飛び出してくる。父の体が八発の火の玉で穿たれ、消滅する。

(さて、残りは――)知ろう、とそう思っただけで、膨大な情報が脳内に流れ込んでくる。

蹴鞠の如く蹴り飛ばされた小人の体は、遥か上空でもがいている。

　皆無は悪魔の翼で以て羽ばたく。ほんの数瞬で、父がいる空まで達した。皆無はその悪

魔的な手で父の頭を鷲づかみにする。「ダディ。こっからどうする？」

「――――参った‼」

「…………………………………………はぁ？」

「参った！　降参だ！」頭をつかまれた小人の父が、両手を合わせる。「私はもうお前を攻撃しないし、お前の邪魔をしない！　だから殺すのだけは勘弁して呉れないかい⁉」

「……はぁ～」溜息をつきながら、皆無は地上に降り、父を解放する。

　こんな三文芝居を経るまでもなく、皆無は父に己に対する殺意がないことを見抜いていた――何しろこの父は、戦いの間、ずっと笑みを浮かべていたのだから。

　いつしか雨は止み、今は晴れ晴れとした空が広がっている。

「いやぁ、参った参った」すっかり小さくなってしまった父が、晴れやかな笑顔で言う。その間にも徐々に体が大きくなっていき、呼び寄せられた右の義腕が肩にくっつく。「ヱーテル濃度はか～なり薄いけど、何とかかんとか元の体っぽい感じになれたね」見慣れた一〇〇サンチの姿になった父が、「皆無、自身のヱーテル総量を測ってご覧？」

「え？」言われて無詠唱の【万物解析】。「はぁっ⁉　十億ぅ⁉」

　実に、璃々栖の二倍。

「あ～っはっはっはっ！　勝てないわけだ！」父が晴れやかに笑う。「それで――どうだい、『空(くう)』に至ったその身は？」

「空？　あぁ、ってことは……」皆無は己の両手を眺める。剣と思えば、その手が鋭利な刀に変じる。銃と念じれば、その指が銃身に成る。「やっぱり俺は……一度死んだんか？」

「そうだよ」父が、なんてことないふうにうなずく。「お前の元の体は、私が放った炎によって溶けてなくなった。今のお前の体は、エーテル体だ」

「これは、ダディの筋書き通りなん？」無。空。悟り——璃々栖が言うところの魔王化(サタナキズ)に至りし我が身。今ならば沙不啼(サブナッケ)の人形が何百体来ようとも負ける気がしないし、何なら阿栖魔台(アスモデウス)移動城塞とでも素手で殴り合える気がする。

「望んだ展開の中では最良のものだね」

「やっぱり……」戦いの最中、璃々栖からの愛と献身について語るなど、今から考えればおかしなものだ。「にしちゃぁ容赦なかったと思うんやけど」

「臨死体験は、霊能力を高めるには最良の方法だからね」

「いや、実際死にかけたってか死んだんやけど……」

「死ねばそこまでの話だったと割り切っていたからね」父が笑い飛ばす。「お前には悪いが、私にとっての最優先事項はお前の命ではなく、神戸と日本の存続だ。お前が死んでしまうようであれば、お前のエーテル核を喰って、沙不啼(サブナッケ)が裏切った場合に備えるつもりだった」

「えぇえ……」父も父で、父なりの覚悟がしっかりと決まっているようであった。「にしても、これが悟り、か……」

どうにも実感が湧かない。何しろこの心は、煩悩(リリス)や欲望(リリス)や愛欲(リリス)でいっぱいなのだ。

「そういうものだよ。悟り方は、人それぞれさ」皆無の考えを読み取ったらしい父。その笑みが慈愛に包まれ、「さぁ、もう行くとよい。お前は一世一代の家出と駆け落ちを経験し、盛大な親子喧嘩(げんか)を以てこの父を制した。もう、私の庇護(ひご)など不要だろう」

「好きにしてええんか？」好きにする――それは、国の意に背いて璃々栖を助け、沙不啼(サブナッケ)と敵対するということである。

「良いよ。というか、奥の手(ニルヴァーナ)を使った私をも嬲(なぶ)り殺(ごろ)しにできるようなお前を、一体全体誰が止められると言うんだい？」

「せやな」うなずいてから、皆無は父に頭を下げる。「十三年間、お世話になりました」

「うん」父が笑う。「餞別(せんべつ)だ。使うかどうかわからないけど、これを持っていくといい」

渡されたのは、第七旅団最強の実包・熾天使弾(セラフィムバレット)の弾倉。皆無は虚空から南部式を取り出し、流れるような所作で弾倉を入れ替える。

皆無は遥か南方――神戸港第一波止場の海上へと目を向ける。研ぎ澄まされた知覚は波の音を捉え、海上に浮かぶ阿栖魔台(アスモデウス)移動城塞の位置を皆無へ知らしめる。

（——行こう）と、そう思ったときにはもう、皆無の体は神戸の海上、阿栖魔台移動城塞（アスモデウス）の目前に浮いている。【瞬間移動（テレポート）】の秘術だ。城の周囲を警備している人形たちがさっそく気付き、こちらに殺到してくる。「今行くで、璃々栖ッ!!」

◆同刻／阿栖魔台移動城塞（アスモデウス）・沙不啼（サブナッケ）の工房／少女・璃々栖

「この綺麗（きれい）な髪は、ちゃんと束ねておきましょう」憎き沙不啼（サブナッケ）の手指が、髪に触れてくる。心底、気持ちが悪い。「血で汚れては、もったいないですからなぁ」

璃々栖は今、ベッドに縛り付けられている。全裸に剝（む）かれた体の、両肩と両脚をベルトで固定されている。その両脚の先にあるのが、

「懐かしいでしょう、姫君？　二週間前のあの夜、貴女（あなた）様の腕を斬り落とした、ギロチン台ですよ」西洋貴族風の衣装を着た白髪の老人——悪魔侯爵沙不啼（サブナッケ）が、嗜虐心（しぎゃくしん）たっぷりに微笑（ほほえ）みかけてくる。「まずは、右脚から」

沙不啼（サブナッケ）の指が璃々栖の脚に触れる。右脚の付け根にギロチン台が設置されている。

体はみっともないほどに震えている。が、涙だけはけっして見せまいと堪えていた。

「ご安心ください。斬り落とした脚は、【保管（マンテナンセ）】の魔術を施したショーケースに入れて、大切に大切に飾って差し上げますよ」

沙不啼(サブナツケ)の工房たるこの部屋には壁に大きな棚が設置されており、自動人形の腕・脚・胴・首が所狭しと並べられている。幾つかの部位は、ショーケースの中に入れられている。そんな中、ひと際豪華なショーケースに入っているのが――。

（予(よ)の、左腕(グランドシジル)――ッ！）

天上寺から回収されたという腕が、阿栖魔台(アスモデウス)家に代々伝わる腕が、強大な魔術の数々が織り込まれた最強の兵器が、飾られている。手を伸ばせば届きそうなほどの場所に、ずっと探し求めてきた悲願が置いてある――。

（何とか、何とかしてあの腕を――）

「力強い……美しい目だ」沙不啼(サブナツケ)が、嗤(わら)う。「事ここに至っても、まだ諦めていないのですな？　その強気がいつまで持つか、実に見物だ」沙不啼(サブナツケ)の指が、璃々栖の右太腿を這(は)う。

「これから毎日毎日、可愛がって差し上げましょう。貴女の心が死ぬのがいつになるのか、楽しみだ。その目が絶望した暁には、くり抜いて飾って差し上げましょう」

（腕……腕がすぐそこにあるのじゃ！　それなのに――……）

「右足との別れはお済みですかな？」サブナッケがギロチン台の刃を巻き上げていく。

（嗚呼(ああ)……あぁ……）璃々栖は思わず、目をつぶる。（皆無――……ッ!!）

◆同刻／阿栖魔台移動城塞前／大悪魔・阿ノ玖多羅皆無

阿栖魔台移動城塞。数百メートル四方の高い城壁は全て、驚くべきことに分厚い鋼鉄から成っており、そんな超重量物を浮遊せしめる沙不啼の技術力は計り知れない。四方の角には天を貫くような尖塔がそびえ、そこからけたたましい鐘の音が聴こえてくる。

瞬く間に『無数』としか言いようのない数の人形たちが城の至るところから飛び出してきて、その翼で以て皆無に殺到する。皆無は空を舞いながら人形たちをその爪で撫で斬りにする。が、何しろ数が多くて、ついには人形たちに纏わりつかれる。

「ちっ、うざったい……ってアレは⁉」

城壁から巨大なエーテル反応。見れば城壁から、あの防護巡洋艦を大破せしめた副砲がいくつも顔を出している。

撃ってきた。数十発もの副砲が皆無目がけて殺到するが、

「効くかよ！　――ふぅッ！」軽く吐息を一つ。無詠唱で発現した【第七地獄火炎】が、砲弾を全て蒸発せしめる。

すると今度は城壁の一部が開き、一際大きな砲身――主砲が顔を出す。主砲は人間世界の戦艦の常識からは考えられないほどの速さと正確さで皆無に狙いを付ける。

「そいつはさすがに痛そうや！」

　撃ってきた。皆無は己の前に【収納空間（アキテムボックス）】の入り口を作り、亜空間の出口を、人形たちが密集している空に繋（つな）げる。主砲弾は【収納空間（アキテムボックス）】に収納され、勢いはそのままに、人形たちの群れへと襲いかかる。

「あはァッ！」

　皆無はエーテルを練り上げ、【第二地獄暴風（ミーノース）】に【十二の悪の爪（マレブランケ）】の効果を乗せてを四方へ放つ。自身を拘束していた人形たちが細切れになり、さらにこちらへ殺到しつつあった人形たちをもバラバラにする。

　無数の副砲が、主砲が撃ち込まれ、果てしない量の人形たちが追いすがってくるが、皆無は悠々と空を飛び、それら全てを置いてけ堀にする。

　城壁内に飛び込み、人形たちを屠（ほふ）り散（ち）らしながら進む。璃々栖の居場所は分からなかったが、城の地下に一室だけ、【万物解析（アナラキズ）】でも中の様子が窺（うかが）い知れない部屋があったから、そこに監禁されているに違いなかった。

　そうして部屋の前に到達し、頑強な扉を【十二の悪の爪（マレブランケ）】で以（もっ）て細切れにし、

　――皆無は、見た。

　呆然（ぼうぜん）と立つ老人――悪魔侯爵沙不啼（サブナッケ）と、その後ろ。

　全裸に剝かれ、ベッドに縛り付けられた――――……

脳が、沸騰した。

◆同刻／阿栖魔台移動城塞・沙不啼の工房／少女・璃々栖

鬼、悪鬼羅刹、鬼神。日本にはそのような異形がいると皆無から聞かされていたが、今の皆無がまさにそれであった。

全裸に剝かれ、今まさに右脚を斬り落とされんとしていた己と目が合った瞬間、皆無は獣の如き咆哮を上げ、その肉体が瞬く間に隆起した。

皆無は後ろから追いすがってきた人形たちを瞬く間に凍らせ尽くし、それから身動きも取れないでいた沙不啼の腕を引き千切り、脚を砕き、腸を引きずり出し、目を潰し、耳を引き千切り、鼻を潰し、舌を抜き、命乞いすらできなくなった沙不啼の頭を踏み潰した。

……そうして、今。皆無は部屋中に飛び散った沙不啼だった破片を、一つずつ丁寧に、執拗なまでの徹底さで磨り潰している。

「…………皆無」

呼びかけても、皆無は振り向いてくれない。

「皆無――……」

駆け寄りたくとも、体が拘束されていて動けない。

「────皆無ぁッ!!」

果たして、皆無がこちらを見た。目が合った途端、皆無がみるみるうちに理性を取り戻していく。異様なまでに隆起していた筋肉が、白いヱーテルとなって溶ける。

「────璃々栖ッ!!」

皆無が、己の名を呼んだ。呼んで呉れた。それでようやく璃々栖は、この状況が夢ではないと、愛する皆無が己を助けに来て呉れて、圧倒的な力で以て己を救い出して呉れたのだと実感できた。

この感情を、何と呼べばよいのだろう。

心が、震える。皆無が、愛する人が、助けに来て呉れた。一度は己が身を犠牲にして助命を願った愛しき男性が今、目の前にいて、己を窮地から救い出して呉れたのだ。『嬉しい』などという陳腐な言葉では到底言い表せられないほどの巨大な感情が、その奔流が璃々栖の心を翻弄する。

「璃々栖、あぁ、璃々栖……」

痛ましそうな顔をしながら、皆無が手足の拘束を解いて呉れる。そんな皆無の一挙手一投足が、愛(いと)おしくて堪(たま)らない。

「璃々栖ッ!!」その皆無が、びっくりするほどの大声で名を呼んだ。強く、痛いほどに強く抱き締められる。「好きや！　大好きや！　愛しとる!!」

◆同刻／同地／大悪魔(グランドデビル)・阿ノ玖多羅皆無

腕の中で、少女が震えた。

「強い璃々栖も弱い璃々栖も、全部好きや」皆無は言う。これが、これこそが、己が言うべき言葉だったのだ。「どんな璃々栖も、愛すると誓う」

璃々栖と目が合う。璃々栖が、愛する女性が、深紅の瞳に涙を溜(た)めて、

「予も、予もそなたのことが――」

パチ、パチ、パチ、パチ

軽快な拍手とともに、父が部屋に入ってきた。

「いやぁ、良かった！」エーテルをごっそりと失い、すっかり影が薄くなってしまった父が、笑いかけてくる。「これで、目的が達成できる」

「せ、せやな」皆無(かいな)は突然の父の登場に戸惑うも、同意する。それからり璃々栖が全裸であることを思い出し、慌てて虚空から着物を取り出し、璃々栖をぐるぐる巻きにする。父に璃々栖の肌を見られるのは、厭(いや)なのだ。

「――それで」父が二人の間に割って入るようにして、尋ねてくる。「肝心の左腕(グランドシジル)は、何処(どこ)にあるのですか？」

「え？　あ、あぁ」璃々栖が戸惑いつつも、顎で棚のショーケースを示す。「あれじゃ」

「なるほど、なるほど」父がショーケースを眺め、それから皆無の背後へと歩いていく。

皆無は、嬉しい。璃々栖は無事で、己は魔王化(サタナキズ)の境地に至り、沙不啼(サブナツケ)の脅威は去った。何よりも、皆無と璃々栖がずっと探し求めていた腕(グランドシジル)が、今や目の前にあるのだ。

「よかったな、璃々栖！」皆無は璃々栖に微笑みかける。「遂(つい)に腕が見つかっ

◆同刻／同地／少女・璃々栖

最初に、『ごりっ』という音。続いて、『ぐちゃっ』という粘りを伴った、音。

己に微笑みかけていたはずの皆無が、その頭部が、握り潰された。

「…………え？」呆然とした己の声を、他人事のように聞く。

皆無の体が、力なく崩れ落ちる。そして、

「ようやく、見つけたぞ」


皆無の背後に立つ正覚が、笑った。いつの間にか、彼の右肩の包帯が外されている。

そしてその肩には、己がよくよく見知った腕が――十六年間をともに過ごしてきた己の右腕が、付いている。そして彼が、その腕で、手の力で以て皆無の頭を握り潰したのだ。

「皆無――ッ!!」璃々栖は悲鳴を上げる。心が壊れそうになりながら、皆無にすがりつく。

「皆無、あぁ……あぁぁ、皆無、皆無ッ!!」

皆無は答えて呉れない。ぴくりとも動かない。脳の大半を失った皆無。

「【この世は全て舞台】」正覚の姿をしたナニカが、歌う。璃々栖の右腕に刻まれた印章が、光り輝く。「【男も女もみな役者・退場と登場が変わり番こ・幾つもの役に右往左往・この世は全て予(よ)の遊び場——予の気の向くまま(エゴエステッシュ)】」

部屋が、城が、ナニカが放つヱーテルで満たされる。壁際のショーケースが独りでに開錠され、蓋が開き、中から左腕(グランドシジル)が漂い出てくる。

「これが、阿栖魔台(アスモデウス)家に代々伝わる悪魔大印章(グランシジル・レ・ジャビル)か」ナニカがあり得ないほどに大きく口を開き、ぞぶり、ぞぶり、ぞぶりと自身の左手指、前腕、二の腕を喰(く)らっていく。そうして腕がなくなった肩口に、左腕(グランドシジル)の断面を這(は)わせる。「【治癒(ヒール)】——ようやく、手に入れたぞ」

今や両の腕に印章(シジル)を宿したナニカが皆無の亡骸(なきがら)を蹴り、仰向(あおむ)けにさせる。

「皆無——」なおも皆無にすがりつこうとする璃々栖の腹を、

「邪魔だ」ナニカが蹴り上げた。

「ぎゃッ！」璃々栖の体は蹴鞠(けまり)の如く跳ね上がり、壁に打ちつけられる。

「【寝て喰うだけが取り柄なら・獣と同じその一生——暴食(ヴォレライ)】」ナニカが、左肩に装着した腕(グランドシジル)を皆無の臍(へそ)の下——丹田へ突っ込み、ずるずると、光り輝くヱーテル塊を、まるで腸のように引(ひ)き摺(ず)り出す。「十億もあると、さすがに長いな」

「か……いな……」璃々栖は、涙で滲(にじ)んで前が見えない。それでも、芋虫のように這いずって、皆無の亡骸のそばに行こうとする。

璃々栖の脳は、目の前の光景を、頭部を失い、倒れ伏す皆無の姿を上手(うま)く処理できない。

ほんの数分前まで、皆無は生きていたのだ。生きて、笑って、こんな自分のことを好きだと、愛していると、強い自分も弱い自分も全部全部受(う)け容(い)れて呉れると、そう言って呉れたのだ。

それが——…それが、どうして、こんな。

「こうして会うのは初めてだな、阿栖魔台(アスモデウス)の姫君」

璃々栖は、ナニカに右腕——璃々栖自身のその右手で首をつかまれ、体を起こされる。

「き、貴様は——…」

「予か？」ナニカが笑い、それから舌を出してみせる。その舌に描かれた印章(シジル)は、見間違えようもない、「予はやがて表(アッシャー)と裏(アストラル)の両世界を支配する者——大魔王毘比白(ベヒキモス)である」

——毘比白(ベヒキモス)。

父を殺し、母を殺し、兄弟を家臣を民を殺し、己の腕を奪い、こうして今、最愛の男性の命までをも奪った仇敵。

「貴女(あなた)は特別に、予の下僕ではなく妃(きさき)にして差し上げよう。左腕を持たない子が生まれたなら、是非ともこの腕を継承させたいものだ。まぁ、もっとも——」左腕(グランドシジル)がヱーテルを纏(まと)う。「【弱き者・汝(なんじ)の名は女】——気の強い女は嫌いでね。その無用な自我は、刈り取ってやろう」

毘比白（ベヒキモス）の左手が、己が探し求めていた左腕（グランドシジル）が、どす黒い輝きを放ち始める。その手が璃々栖の髪に触れ、ずぶ、ずぶ、ずぶ、と璃々栖の脳に入り込んでくる。璃々栖の心を、思考を、記憶を奪い取ろうと、入り込んでくる――

（あぁ……厭だ……厭だッ！　助けてッ!!　皆無――……）

――そのとき、毘比白（ベヒキモス）の背後に甲冑（かっちゅう）姿の女性が現れた。

女性が大上段に振りかぶった剣を、毘比白（ベヒキモス）の頭部目掛けて振り下ろす！

◆同刻／同地／所羅門七十二柱（ソロモンズ・デビル）が一柱・聖霊（セアル）

――ガキィィイイイイインッ!!

必殺の一撃はしかし、敵が振り上げた左腕に阻まれた。

真っ白な翼を持った、甲冑姿の女性――今や本来のエーテル総量を回復させ、全盛期の力を取り戻した大悪魔聖霊（グランドデビル・セアル）は、敵が体勢を崩したのを見逃さない。返す刀で敵の右手首を鋭く斬りつけ、その手が緩んだ隙に主――璃々栖を奪い返す。

「――殿下ッ！」腕の中の主に呼び掛けるが、主は何やら茫然（ぼうぜん）としている。その視線の先にあるのは、（あれは――皆無かッ⁉）

頭部を破壊された皆無が、転がっている。

聖霊(セアル)はわけが分からない。手紙を受け取り、機を窺い続け、阿栖魔台移動城塞(アスモデウス)を取り巻く対【瞬間移動(テレポート)】結界が解けるや否(いや)や駆けつけてみれば、この状況だったのだ。だが、どんな状況だろうと己の使命は変わらない。

「オォォオオオッ!!」聖霊(セアル)は主を下ろし、咆哮(ほうこう)を上げながら、敵に吶喊(とっかん)する。

「ははッ！　腕(グランドシジル)ともなれば、やはり素晴らしい性能だなッ！」並の悪魔(デビル)なら撫(な)で斬(ぎ)りにできるほどのエーテルを纏わせた剣はしかし、敵がその左手で以(もっ)ていともたやすく受け流し、あるいは弾(はじ)き返していく。

が、聖霊(セアル)はただ闇雲に斬り掛かっているのではない。

(【真白き翼・逞(たくま)しき四本の脚・その嘶(いなな)きは三千世界を駆け巡る】)超長距離転移のための詠唱。主を連れて遠くへ、兎(と)に角(かく)遠くへ逃げる算段である。

聖霊(セアル)は剣撃を繰り出しながら、視界の端に主を見る。主は転移に備えるでもなく、あろうことか皆無の亡骸にすがりついて泣いている。そんなことをしている場合ではないのに。

「どうした、悪魔君主聖霊(セアル)？　手が緩んでいるぞ？」敵が、嗤う。敵がその左手を聖霊(セアル)に向けて、「――【石　弾(ストーンバレット)】」

初級の地属性魔術。本来は、精々が二、三個の石ころを飛ばす程度の魔術である――が、目の前に現れたのは、『無数』と表現するにふさわしい数の、鋼鉄の銃弾。

「くッ――」こちらの体を蜂の巣にせしめんとする弾雨に向けて、聖霊(セアル)は無詠唱の単距離【瞬間移動(テレポート)】を放つ。銃弾がいずこへか消える。

「逃げられてもつまらないからなァ」敵がこちらをいたぶるように散発的に銃弾を放ちつつ、その左腕を掲げる。「【悪魔大印章(ゴーサー・シーゲル・フォン・デモン)よ――顕現(アインザッツ)せよ】!」

(そ、そんな――アレは、阿栖魔台(アスモデウス)の左腕(グランドシジル)だというのかッ!?)

大印章(グランドシジル)には、使用者が望まぬ全ての魔術を封じる力がある。ここでその力を展開されてしまっては、主と自分は戦う術も逃げる術も失い、嬲り殺(なぶりごろ)しにされてしまう。――が、

「………おや?」腕は、何の効果も発しない。敵が首を傾(かし)げ、「何故(なぜ)、発動しない?」

(【偉大なる悪魔君主聖霊(セアル)が大印章(グランドシジル)に命ず・遍(あまね)く万里を零(ゼロ)と成せ】)理由は分からないが、好機である。聖霊(セアル)は主に駆け寄り、(【超長距離瞬間移(グランド・テレポー)――…】)

「――【消えろ消えろ・束(つか)の間(ま)の燭火・人生は歩く影法師】」

敵が唱えた途端、部屋が闇に呑(の)み込まれた。聖霊(セアル)は、完全詠唱で練り上げたはずの【超長距離瞬間移動(グランド・テレポート)】の術式が、脳内で霧散したのを感じる。

「まぁよい。似たような魔術ならある。【予の気の向くまま(エゴエステッシュ)】は展開済であるからな」

(大印章世界(グランドシジル・オブ・ワールド)に似た、術式阻害の魔術か!)【超長距離瞬間移動(グランド・テレポート)】を成そうと術式を練り上げるも、砂の城が波に攫(さら)われるが如く、練り上げたそばから消え去っていく。

「――【肥えた土・蔓延る雑草】」

さらには、暗くて見えない足元――絨毯の中から細くのたうつ何かが無数に生え出てきて、聖霊の足に絡みつく。絡みつかれたところから、まるで草木が水を吸い上げるが如く、ヱーテルが奪われていく――。

「くッ――【灯】！」部屋を明かりで照らし上げ、聖霊は息を呑む。

床、床、床。床という床から、不気味な蔦が生え出し、蛇のように蠢いている。

蔦に足を取られながらも、聖霊は主のもとに駆け寄る。「殿下、逃げるのです！」

だが、主は泣きながら皆無の亡骸にすがりつくばかりで立ち上がろうとしない。やむなく聖霊は、皆無の亡骸を担ぎ上げる。すると主が――すっかり心を壊され、か弱い少女になり果ててしまった主が、茫洋とついてくる。

「何処へ行く？　逃げ場などない」

敵が放つ銃弾を、辛うじて展開できる単距離【瞬間移動】と剣、家具で防ぎながら、聖霊は部屋を出る。途中、誰ぞのヱーテル核が宙に漂っているのを見つけたので、ヱーテルの足しにするべくつかみ取った。

聖霊は皆無の亡骸を背負い、闇に呑まれ、蔦が蠢く廊下を、【灯】の小さな明かりを頼りに進んでいく。少し進んでは振り返り、茫洋とした主がついてきていることを確認する。

　タイル床を突き破るようにして無数の蔦が立ち上り、聖霊（セアル）たちを絡め取ろうとしてくる。

さらには、通路には制御を失った自動人形たちがそこかしこに転がっている。聖霊（セアル）は蔦に足を取られ、転びそうになる。皆無の亡骸が床に転がる。

「皆無――ッ！」心を壊した主が、皆無の亡骸にすがりつく。「皆無ぁ……」

「殿下、立ってください」主に絡みつかんとする蔦を引きちぎりながら、聖霊（セアル）は言う。

「立つのです。――お立ちなさい！」

　だが、主は泣くばかり。肩から掛けていた着物は今や蔦たちに奪われ、真っ白な肌が晒（さら）されている。が、それに気を払う余地すらないほどに、主は絶望してしまっている。

「言ったろう？　逃げ場などない、と」

　暗い昏（くら）い通路の奥から、敵の声がする。

「――【死ぬ眠る・眠ると夢が待っている】」

　その声が、不吉な詠唱を歌い上げる。

「【生きるか死ぬか・それが問題だ（To be, or not to be, that is the question.）】」

　周囲から、濃密な死の気配。成仏できなかった無念の魂が、神戸に積もり積もってきた無数の怨念が低級悪霊（デーモン）となって自動人形に憑りつき、自動人形を立ち上がらせる。

「オォォ……」「アァァァ……」

今や敵の眷属（けんぞく）となった自動人形たちが、槍（やり）を、あるいは剣を手に取って、怨嗟（えんさ）の呻（うめ）きとともに聖霊（セアル）たちに殺到する。

「くッ、糞（くそ）ッ、糞ぉッ!!」

聖霊（セアル）は人形たちの猛攻を、あるいは剣で捌（さば）き、あるいは【瞬間移動（テレポート）】で人形たちの得物を何処ぞの海上に転移せしめながら進む。抵抗力（アストラル）を持たない無機物は転移させやすい。が、悪霊（デーモン）が憑（つ）いた自動人形が相手となると、そうもいかない。聖霊（セアル）は皆無の亡骸を背負い、主を庇（かば）いながら必死に進む。

……長い長い、永遠とも思えるほどの廊下を過ぎると、中庭に出た。かつてお転婆（てんば）な主が遊んだ思い出深い中庭は、今や不気味な蔦たちの楽園と化している。満身創痍（まんしんそうい）の聖霊（セアル）は襲い来る蔦を斬り捨てながら、中庭の片隅、一見すると何てことのない像の前に至る。

初代阿栖魔台王（アスモデウス）の像、その大きな土台に聖霊（セアル）が触れると、触れた部分から光が溢（あふ）れ、土台に巧妙に隠されていた扉が開く。所定の者にしか反応しない、精巧な認証魔術である。

「この先に、脱出艇があります」皆無の亡骸（なきがら）を下ろしながら、聖霊（セアル）は言う。「道順は、ご存じですね？　昔、何度も一緒に……歩き、ましたから」

このお転婆の姫はいつも授業を抜け出して、家庭教師たちを怒らせていた。自分などはこの可愛（かわい）い姫と教師陣の板挟みにあって、それはそれは苦労したものであった。

「ふふ……殿下はいつも、【隠者は霧の中】で姿を消しては遊び惚けて。私めがそれを見つけ、窘めながらもご一緒するのが常でした」

あんまりにも姫が逃げ回るものだから、家庭教師長が王の許可を取って姫の右腕に刻まれた印章を封じたことがあった。が、姫は持ち前の負けん気を珍妙な方向に発揮せしめ、ついには印章なしで【隠者は霧の中】を行使するまでになった。

主が放出魔術の中でも唯一、印章なしでも【隠者は霧の中】が使えるというその理由が、斯様に阿呆なものであるなどとは、この姫に心酔した皆無にとり夢にも思わぬであろう……できればこの逸話を皆無に告げ、ともに笑い合いたいものであった。

――全てはもう、過ぎた話である。

「殿下……」聖霊は主に語り掛ける。主は相変わらず、物言わぬ皆無の亡骸にすがり、涙を流している。「――殿下ッ！」

聖霊は心を鬼にし、主の頬を叩いた。

主が――十六年間見守り続けた主が、否、愛する友が、妹が、己の命よりもずっとずっと大事な娘が、遂に顔を上げる。

「殿下、酷なことを言いますが……どうか、戦ってください」聖霊は主に、自身の外套を着せる。それから、道中で拾ったエーテル核を主の口に押し込み、嚥下させる。「皆無もきっと、それを望んでいます」

「せ、聖霊(セアル)——」ようやく主の瞳が焦点を結び、こちらの名を呼ぶ。

「殿下——いえ、璃々栖」聖霊(セアル)はそんな、可愛い可愛い娘をぎゅっと抱擁する。聖霊(セアル)は十六年前——この少女の、生まれたての手を握ったときのことを思い出す。「お行きなさい」

そっと、璃々栖の胸を押す。璃々栖が隠し部屋の中に入り、扉が——何層にもなった強固な隔壁が、閉じる。扉の奥は地下通路になっている。愛する主は必ずや脱出艇に至り、その命を存続せしめるであろう。

「——【瞬間移動(テレポート)】」聖霊(セアル)は銅像の中に詰め込まれたカラクリ——扉を開かせるための認証機構を、神戸の海上へ転移せしめる。これで、愛する娘に迫る敵の手は阻んだ。

——同時に、己の退路もまた、なくなってしまった。

「ようやく見つけたぞ」背後から、敵の声。「おや？　姫君は何処へ行った？」

聖霊(セアル)は振り返る。愛する娘を守るべく、己が命を燃やすべく、握る剣に力を込める。

◆同刻／同地／少女・璃々栖

「——お行きなさい」それは明確な、別れの言葉であった。十六年連れ添ってきて呉(く)れた従者は、友は、姉は、母は、確たる覚悟を持った目をして微笑(ほほえ)んでいた。

聖霊に胸を押され、璃々栖は一歩、二歩と後ずさる。途端、隠し扉が閉じる。

「――聖霊ッ!!」

壁の向こうから、聖霊の壮絶な叫び声と、剣撃の音と、爆発音が聞こえてくる。璃々栖は扉に体当たりするが、扉はびくともしない。

そのうちに――……扉の向こうは、静かになった。

「嗚呼……あぁぁぁぁ……」璃々栖は踵を返し、闇の中へと進んでいく。

王族用の逃走路。幼いころ、授業を抜け出しては探検した。幸いにして、ここには憎き毘比白の闇は及んでいないらしい。璃々栖は壁に灯されたわずかな明かりを頼りに進む。やがて、脱出艇が隠された格納庫に出た。璃々栖が庫内に入るや天井が光を発し、二人乗りの魔導複葉機が姿を現す。

これに乗って、何処へ行けというのだろう……璃々栖にはもう、戦う理由が、生き残る理由がない。父は死に、母は死に、兄弟も家臣も死に果てて、今や最愛の男性まで、死んでしまった。己の身柄を引き換えに助命を嘆願した、皆無が――……死んでしまった。

だが、ここで諦めては、命懸けで送り出して呉れた聖霊に申し訳が立たない、という消極的な理由で以て、璃々栖はハッチを開くためのレバーを踏み下ろす。ごぉおん……という重々しい音とともにハッチが解放され――そして。

阿栖魔台移動城塞(アスモデウス)周辺を飛び回っていた無数の人形たちと、目が合った。

「――ヒッ⁉」

璃々栖は慌ててレバーを蹴り上げる。ハッチが閉じ始めるが、人形たちが格納庫に殺到し、数十体が入り込んできた。

「【隠者は霧の中(ハーミット・イン・ザ・フォッグ)】――ッ‼」

隠密(おんみつ)の魔術を発しながら来た道を戻り、逃げ惑う。

この地下通路は迷路のようになっていて、様々な部屋に繋がっている。幼いころに何度も探検して回ったはずなのに、悲しみと恐怖で頭がぐちゃぐちゃになってしまった璃々栖は、今や自分が何処を走っているのかすら分からない。

「嗚呼……あぁぁ……聖霊(セアル)……皆無……」

涙を流しても、拭うための腕がない。拭ってくれる人はみな、いなくなってしまった。

頼みの綱の左腕(グランドシジル)は今や仇敵に奪われ、己の右腕(シジル)すら、毘比白(ベヒモス)の手中。

その毘比白(ベヒモス)が放った闇の霧がこの地下通路にまで浸透し始めており、今や一寸先も見えない。

「オォォ……」「アァァァ……」退路は塞がれ、背後からは亡者に憑りつかれた自動人形たちが、璃々栖を絞め殺さんと追い掛けてきている。

…………万策が、尽きた。

「嗚呼……あぁ……」

悪魔には、祈るべき神などいない。

だから璃々栖は、魔王に祈った。

「……父上」

敬愛していた父親。

今は亡き阿栖魔台王(アスモデウス)に。

…………

……

…

――そのとき、一匹の光り輝く **蠅** が、目の前を通り過ぎた。

「…………え？」

蝿は、父の盟友であった『暴食』の魔王・鐘是不々の象徴。

その蝿が、何とはなしに父の導きであるような気がして、璃々栖は覚束ない足取りで蝿の後を追う。

「父上……父上…………」

蝿の放つ光は強く、この暗闇の中でも足元が見える。

「父上…………」

ふらふらと、幽鬼のように璃々栖は歩く。

蝿に導かれるまま、闇の中をさ迷い歩く。

不思議と、亡者たちは追ってこなかった。


…………どのくらい、歩いただろうか。


気が付けば璃々栖は、王の間に至る、大きな扉の前に立っていた。

蝿は扉のわずかな隙間から、するりと中へ入っていった。

璃々栖は肩で扉を押し開く――。

唐突に、視界が光に包まれた。

煌々（こうこう）たる明かりに包まれた、王の間。美麗な彫刻が刻まれた柱、荘厳で悪魔的な絵画が描かれた天井。燃えるように赤い絨毯（じゅうたん）の先には、いつも父が座っていた玉座がある。

そして、その横に、

「随分と追い詰められている様子じゃァないか？」

いつかと同じようにして、『十三使徒』の十三にして皆無の師匠、愛蘭（アキラム）が立っていた。

「……愛蘭（アキラム）殿？」

「そうさ、アタシだ」愛蘭（アキラム）が玉座にもたれ掛かりながら、酒瓶をあおる。「悪かったねぇ、小悪魔チャンの父親じゃァなくて。だが、助けが必要なンじゃァないのかい？」

「助け、か」喉から手が出るほど欲しかったはずの、もの。だが、璃々栖は依然として茫洋（ぼうよう）としている。（皆無は……皆無はもう、死んでしまった。今さら、助けなど――）

「いいや」愛蘭（アキラム）が、嗤（わら）った。「皆無は、生きているよ」

「…………――え？」璃々栖は、顔を上げる。愛蘭（アキラム）の言葉が脳の中で意味を結ぶや否（いや）や、その目が、深紅の瞳が、みるみるうちに力を取り戻す。「皆無が、生きている――ッ⁉」

「当然さね。魔王化(サタナキズ)に至った魔王(サタン)が、頭部を潰されたくらいで死にゃしないよ」

「魔王化(サタナキズ)……？　皆無が――ッ!?」

「ただ、あの子は魔王化(サタナキズ)に至ったばかりで、人間だったころの感覚が抜け切れていない。頭を握り潰されて、自分でも死んだと勘違いしちまっているのさ。だがアタシは、皆無を一発で叩(たた)き起こす、最良の方法を知っている。――さァ小悪魔チャン、どうする？」

「――頼むッ!!」ほとんど絶叫だった。「お願いじゃ！　予(よ)を、皆無を、聖霊(セアル)を助けて呉(く)れッ!!」

「いいとも」愛蘭(アキラム)が嗤う。「ただし、条件がある」

「呑(の)む！　何でも容(い)れる!!」それこそ、悪魔に魂を売る心地であった。「だから――…」

「毘比白(ベヒキモス)を、殺せ」愛蘭(アキラム)が近づいてくる。彼女はその魔術で宙に浮いて目線を合わせ、璃々栖の両肩をつかみ、「必ずやあの、毘比白(ベヒキモス)の分体を討伐せしめよ。分体だけじゃァない。どんな犠牲を払ってでも、必ずや憎きあの小僧の本体を、その手で縊(くび)り殺せ」

痛いほどに、愛蘭(アキラム)の両手に力がこもる。

力以上に、ただ事でない感情がこもっている。

「それが約束できるのなら、起死回生の一手を授けてやる」憎悪に満ち満ちた愛蘭(アキラム)の表情が一点、笑顔になる。「お前さん、誓えるかい？　今、ここで、アタシにさ」

「誓う」いつの間にか自分が壮絶な笑顔を浮かべていることに、璃々栖は気付かない。

「誓えるとも。必ずやこの手で、腕で、彼奴（きやつ）を縊り殺して見せようッ！」

「はははっ、良い目、良い殺意だ。やはり小悪魔チャンは可愛（かわい）いねぇ！」愛蘭（アキラム）が嗤う。

「いいだろう、教えてやる。あの腕にはね、先王の記憶が眠っているンだ」

「先王の記憶？」

「そう。小悪魔チャンが腕を使いこなすための、先王からの覚え書きさね。本来は小悪魔チャンがあの腕を身に付けたときに、先王の記憶が小悪魔チャンに流れ込むはずだったんだ。だけど、そうはならなかった。腕は憎き毘比白（ベヒキモス）に奪われてしまった」

「――――……」

「毘比白（ベヒキモス）が腕を身に付けても腕が沈黙を続けたのは、ヱーテル切れが原因だろう。如何（いか）な阿栖魔台（アスモデウス）の左腕（グランドシジル）と言えど、百年はあまりに長すぎたンだ。あの腕は今、寝惚（ねぼ）けているというわけさね。だから」愛蘭（アキラム）が、悪魔的な笑みを浮かべる。「あの腕にヱーテルと、気つけ薬をぶち込む。そうすれば、必ずやあの腕は目覚め、望まぬ主たる毘比白（ベヒキモス）に対し、抵抗を示して呉れるだろう――その隙に、あの小僧から腕を切り離すンだ」

「じゃが、どうやって腕にヱーテルを供給する？」

「小悪魔チャン、確か蹴り技が得意だったね？　――【収納空間（アキテムボックス）】」

愛蘭(アキラム)の省略詠唱と同時、全裸に外套(マント)というひどい格好だった璃々栖の全身を、着慣れた衣装が包み込む。叢雲(むらくも)模様の着物、臙脂(えんじ)紫の袴(はかま)、編み上げの革靴——璃々栖の戦衣装だ。

「小悪魔チャン、利き足をお上げ」

璃々栖は言われるがまま、右足を愛蘭(アキラム)の目の高さまで上げる。すると愛蘭(アキラム)が虚空から小瓶を取り出し、もう一方の手を自身の丹田に、ずぶり、と突っ込む。手の平大のヱーテル塊を丹田から取り出した愛蘭(アキラム)は、小瓶の中身——何やらどろりとした液体——とヱーテル塊を混ぜ合わせる。そうして出来上がった『気つけ薬』を、璃々栖の爪先に塗りたくる。

「この靴で、先王の腕を思いっきり蹴りつけるンだ。気つけ薬を直接口にぶち込むのさ」

◆同日十三時十分(ヒトサンヒトマル)／物理界(アッシャー)・極東・阿栖魔台(アスモデウス)移動城塞屋外／七大魔王(セブンスサタン)・暴食の毘比白(ベヒキモス)

（まったく、ままならないものだ……）大魔王毘比白(ベヒキモス)は、正覚の体で以(もっ)て溜息(ためいき)をつく。

神戸に忍ばせておいた配下(カイム)からの急報——大印章級(グランドシジル)のヱーテル反応誕生の報に接して飛んできてみれば、【涅槃寂静(ニルヴァーナ)】を纏(まと)った本気の正覚(コイツ)に強襲され、追い返された。引き際に正覚(コイツ)のヱーテル体の半分を食(しょく)せしめ、自分の一部——霊(アストラル)体の分体を正覚(コイツ)の中に忍び込ませることに成功したのは僥倖(ぎょうこう)だったが、問題はそこからだった。

分体とて、食事が必要なのだ。

正覚は魔王化に至っており、食事が必要ない体だったため、分体を維持するためのエーテル確保に難儀した。まさか正覚のエーテル体を食せしむわけにもいかず――いくら何でも気付かれるであろう――止むなく、正覚の記憶で喰いつなぐ運びとなった。それで正覚が斯様にも忘れっぽくなり、大印章の在り処まで忘れてしまったのは誤算だった。

……それが、十三年前の話。あの鋭い第零師団長に『瘴気臭い』などと怪しまれながらも、毘比白は今日まで阿ノ玖多羅正覚単騎少将の体の中に潜み続けてきた。

毘比白は、正覚の一挙手一投足を監視することができる。が、正覚の体を、意識を自由にできる時間は少ない……正覚が大量のエーテルを失い、意志薄弱となっている間にしか、表に出てこられないのだ。直近で、長時間表に出られた例と言えば、二つ。

一つ目は、璃々栖姫の右腕を回収した時。沙不啼が姫から斬り落とし、それを毘比白が不和侯爵庵弩羅栖へ下賜した腕。姫の動向監視の任に就いていた庵弩羅栖が、姫の居場所を伝えるべく神戸港から脱出しようと――【神戸港結界】を破壊するために投擲した魔術触媒。遠く大阪湾にまで飛んでいったこの腕を回収するのには、骨が折れた。

正覚が包帯に包まれたこの右腕の存在に疑問を持つ度に記憶を喰らうのにも苦労したが、その甲斐はあった。何しろこうして、魔王化に至りエーテル総量十億となった魔王・阿ノ玖多羅皆無の頭部を破砕せしめることに成功したのだから。

そして二つ目の例というのが——

「今、だな」阿栖魔台像(アスモデウス)に手をかざし、悪魔総裁魔羅波栖(マルファス)の魔術を行使しながら、毘比白(ベヒモス)は独りごちる。左手を撫ぜて、「まったく、ままならない」

己が斯様にも長時間表に出ていられるのは、ひとえに皆無が正覚(コイツ)のヱーテルを消滅寸前にまで削って呉れたからである。それは喜ばしいことなのだが、問題は姫の行方である。

横を見やれば、皆無と同じくこの右腕によって頭部を破砕された聖霊(セアル)の死体が転がっている。コイツ自身の武力は大したことがないが、有機物・無機物問わず何でも転移させてしまう【瞬間移動(テレポート)】の力は実に厄介だ。

現に自分は今、隠し扉があるらしきこの像に刻まれた認証魔術機構——中身がごっそりと転移され、空白(バグ)だらけとなってしまった命令文(プログラム)の修復に追われている。銅像から引きずり出した穿孔紙(パンチカード)に真(ま)っ新(さら)な紙(カード)を繋(つな)ぎ合わせ、六百六十六個所持する印章(シジル)のうち、建築術に優れ、万物のカラクリを解する悪魔総裁魔羅波栖(マルファス)の印章(シジル)で以て解析し、新たな穴(ソースコード)を穿(うが)っていく。

同時に、己が眷属(けんぞく)と成した自動人形たちに姫の居場所を探させているが、先ほどから、姫は霞(かすみ)にでも溶け込んでしまったが如く、その姿が見つからない。

(まぁよい。予が直々に見つけ出し、意思を持たぬ人形に変えて呉れよう)

命令文（プログラム）が完成し、阿栖魔台（アスモデウス）像の土台が光り輝く。
隠し階段がゆっくりと開き出し――、
中から、和装と外套（マント）に身を包んだ璃々栖姫が飛び出してきた！

◆同刻／同地／七大魔王（セブンスサタン）の名を襲う者　璃々栖・弩（ド）・羅（ラ）・阿栖魔台（アスモデウス）

（……怖い……）

印章（シジル）を失った元印章（シジル）持ちは、弱い。

攻撃魔術の一つも使えない己は、戦う術を持たない。自分はそれを止むなしと受け入れ、神戸に降り立ってからの二週間、ずっとずっと皆無に守られてばかりであった。それも仕方ない、と思っていた。腕（シジル）がないのだから、仕方がないのだと。

（違うであろう!?）璃々栖は己を奮い立たせる。（腕がない？　攻撃魔術が使えない？　それが何だと言うのじゃ。腕がなければ足を使え。それでも駄目なら、この歯で彼奴の首を噛（か）み切（き）ってやれ！　そも、これは予の戦じゃ！　予が戦わずして何とする!!）

こちらの勝利条件は、毘比白（ベヒキモス）の左肩に付いている阿栖魔台（アスモデウス）の左腕（グランドシジル）へ蹴りを入れること。

蹴りの一発さえ当てることができれば、愛蘭（アキラム）から受け取った『気つけ薬』が発動し、腕が目覚め、こちらの味方になって呉れるはずなのだ。

【隠者は霧の中(ハーミット・イン・ザ・フォッグ)】で気配と足音を消した璃々栖は、隠し扉の陰に潜み、機を窺(うかが)う。

――果たして、毘比白(ベヒキモス)が隠し扉を開錠した。

(今じゃ！　戦えッ、戦えッ!!)

璃々栖は開き始めた扉に身を滑り込ませ、猫のように身を沈ませて毘比白(ベヒキモス)の背後に回り込む。全身全霊の力を込めて、敵の左手を蹴り上げた。

「【反物理防護結界(アンチマテリアル・バリア)】」

……が。

その爪先は、毘比白(ベヒキモス)が展開する結界に阻まれてしまった。

「わざわざ囚(とら)われに戻ってきたのか、姫君？」

「くッ」璃々栖は飛び退(すさ)って距離を取る。「目覚めよ皆無ッ！　目覚めるのじゃッ!!」

頭部を破壊された皆無が、今さら呼び掛け程度で目を覚ますのかは分からない。が、できることは、全てやるのだ。最後まで、抗(あらが)ってみせるのだ。

「聖霊(セアル)ッ！」囚われているはずの、侍従の名を呼ぶ。が、「聖霊(セアル)、何処(どこ)におるッ!?」

「あぁ。悪魔君主聖霊(セアル)なら、そこに転がっているぞ」

指差された方を見れば、頭部を失った聖霊(セアル)が倒れ伏していた。

(そんな――…)璃々栖は絶望する。が、一秒で立て直した。(弔い合戦じゃぁあッ!!)

◆同刻／同地／大悪魔・阿ノ玖多羅皆無

「目覚めよ皆無ッ！　目覚めるのじゃッ‼」

　愛する人の声がする。

（あ……れ……？）体が寒い、熱い、動かない。思考はひどく鈍重だ。（糞ッ――）

金縛りにあったような体に力を込めると、辛うじて左目だけ、開くことができた。皆無はその左目を必死に動かして、状況を確認しようとする。

――自身からやや離れた場所に、甲冑姿の女性の死体があった。

（嗚呼、聖霊……）これが聖霊本来の姿であることは、璃々栖から聞かされていた。その実物を、まさかこのような形で目にすることになってしまうとは。

　それから皆無の左目は、父の姿をした、しかし父が見せたことのない邪悪な嗤い方をするナニカの姿を捉えた。続いて、

（――璃々栖ッ！）

　璃々栖が、愛する女性が世にも美しい金髪を棚引かせ、敵に猛然と蹴り掛かっている。

　皆無は、わけが分からない。目覚めてみれば聖霊は死んでおり、己の体は自由が利かず、魔術も扱えない。父の姿をしたナニカは明らかに敵として立ち塞がっており、璃々栖が今、

その敵を相手に必死に戦っている——腕もないのに。

敵は魔術の弾雨で以て璃々栖を圧倒しており、璃々栖はそれを間一髪で避け続けては、合間を縫って敵に蹴りを打ち込もうとしている。彼我の戦力差は圧倒的で、璃々栖の行いは一見、無謀に見える。璃々栖の肌には、今や無数の傷が刻まれている。だが皆無は、愛してやまない己が王が、自暴自棄になって無謀な戦いを挑む愚王ではないと信じている。

(何か、何かないか。璃々栖に加勢する手段は——)体は震えるばかりで動かない。火炎の魔術で援護せしめようと脳内詠唱するも、練ったそばからエーテルが霧散していく。

腕のない身でありながら、璃々栖は善戦していた——…が、

「いい加減、終わりでよいだろう」ついに敵が、その右手で以て璃々栖の足をつかむ。敵が宙に浮き、璃々栖は吊り下げられる形となってしまう。

(何かないかッ⁉　璃々栖を助けるための、手段は——ッ⁉)

——ある。

軍属の身になったときに貸与され、一年以上の時をともに戦ってきた愛銃が、南部式自動拳銃が、己が魔術空間の中に眠っているではないか！

(——【虚空庫】)

幸いにして、エーテルの放出を必要としない【虚空庫】は、辛うじて展開することがで

きた。皆無の震える手指に木製の銃把（グリップ）が触れる。南部式の弾倉は八発入り。今この銃の中には、父から受け取った、最強の実包たる熾天使弾（セラフィムバレット）が装塡（そうてん）されている。

放出系の魔術は上手（うま）く働かない。ここはどうやら大印章世界（グランドシジル・オブ・ワールド）に似た、他者の魔術を阻害する術式で満たされているらしい。

だが、放出を伴わない術式――コレならば？

（【御身の手のうちに・御国（おくに）と・力と・栄えあり】）

自分は大悪魔（グランドデビル）であり悪魔祓師（エクソシスト）だ。最愛の女性を助けるためならば、悪魔にだって神にだって魂を売り渡してやろう。

『あはァッ！　予（よ）がメフィストなら、そなたはファウストじゃな。幼き博士よ、そなたは命と引き換えに何を望む？』

（俺は、人生を望む！　璃々栖とともに歩む、人生を――ッ!!）

皆無の祈りが、悪魔祓師（エクソシスト）になってから毎日欠かさず行い続けたルーチンが、何百回、何千回と繰り返してきたことで神業の域に達した詠唱が、試製南部式大型自動拳銃に無限の力を注ぎ込む。

(【永遠に尽きることなく――斯く在り給ふ(AMEN)】ッ!!)

今や南部式拳銃は、この空間を取り囲む不吉な闇を祓うほどの輝きを持って、皆無の手の内にある。皆無は唯一見える左目をエーテルで補強し、敵(ナニカ)へ銃口を差し向ける。狙いは奴(やつ)の、璃々栖を拘束している右手の手首。

狙いを定めた途端、驚嘆すべき集中力が体の震えを抑え、立て続けに引き絞られた引き金が、射出された弾丸が、吸い込まれるように敵(ナニカ)の右手首へと命中する。

一発、二発、三発……皆無は走馬灯でも見ているが如(ごと)き引き延ばされた時間の中で、弾丸が命中し、それでもなお敵の手首に傷ひとつ負わせることができずにいることを見抜く。

敵(ナニカ)による結界の魔術か、もしくはあの腕が持つ特殊な性能故か。

だから、四発目からは目標を変えた。敵(ナニカ)の頭部へ。

果たして弾丸は、敵頭部の上半分を吹き飛ばした。

◆同刻/同地/璃々栖・弩(ド)・羅(ラ)・阿栖魔台(アスモデウス)

(皆無ッ!!)璃々栖は狂喜する。皆無が生きて呉(く)れていたことに。そして、敵に痛恨の一打を浴びせかけて呉れたことに。これで毘比白(ベヒモス)の手が少しでも緩んで呉れれば――…

「ははっ、残念だったな!」残った顔の下半分。その口から毘比白(ベヒモス)が言葉を発する。「何を企んでいるのかは知らないが、今さらこの手を放すわけがないだろう？」

「糞ぉ……ッ!!」つかまれていない方の足で毘比白の右手を蹴りつける。が、びくともしない。

ここまで来て。皆無が目覚め、援護をして呉れたのに、為す術もなく敗れるしかないのか――……

そのとき、急に視界が切り替わった。

（――えっ⁉）気が付けば、己は毘比白の背後、やや距離を置いたところに寝転がっていた。この感覚は知っている。【瞬間移動】だ。（聖霊⁉　まさか生きて――）

いや、今は毘比白が先だ。見れば、毘比白の頭部が急速に修復されつつある。彼奴の視界が戻るのに、十秒と掛かるまい。璃々栖は飛び起き、毘比白に向かって駆け出す。

「ははははっ！　目が見えずとも、音と気配で分かるぞ、姫君」

だから璃々栖は、魔術を使った。

腕のない己が唯一使える放出系の魔術。

数多の研鑽を経て、右腕なしでも行使できるようになった魔術を！

（――【隠者は霧の中】ッ‼）

璃々栖は駆ける。

駆け、皆無が、聖霊が作って呉れたこの好機で以て毘比白に肉薄し、

その右足で、

毘比白の左手を、

蹴り上げた！

「……は？」今や頭部を完全に回復せしめた毘比白が、困惑した様子でこちらを見る。

「何だ、今のは？　こんな、痛痒をすら感じさせないただの打撃に、一体何の意味が――」

璃々栖は答えない。答える義理がない。だが璃々栖は成功を確信していた。それが証拠に、己が蹴り上げた敵の手と、己の爪先が、白く輝くエーテルの糸で繋がっているのだ。

糸がその輝きを増し、靴の表面に擬態していた愛蘭のエーテルをポンプのように吸い上げ、阿栖魔台の左腕へと供給していく。

「な、何だこれは⁉　お前、この腕に何をした⁉」毘比白が戸惑う。左腕が毘比白の意に反するかのようにびくりと震え、「糞っ、何だこれは、何故腕が勝手に動く⁉　や、やめ――」

阿栖魔台の手が毘比白の頭を鷲づかみにし、直視できないほどの輝きを放つ。

「うがぁぁぁああぁぁあぁあぁあああッ⁉」毘比白の絶叫。

（エーテルが……腕の記憶が、流れ込んでいる……？）
数秒ほどで、光は収まった。
阿栖魔台の腕が、だらりと垂れ下がる。
そして。

「思い出した…………ッ!!」

毘比白が——いや、今や意識を取り戻した皆無の父・阿ノ玖多羅正覚が、皆無に向かって語り掛ける。

「腕(かいな)だッ!! それ、が、お、前、の、名、だッ!!」

◆同刻／同地／大悪魔(グランドデビル)・阿ノ玖多羅皆無(あのくたらかいな)

腕(かいな)。

どのような字で書くのかなど、聞くまでもない。その言葉が、意味がするりと脳に滑り込み、皆無は今、十三年の時を経て遂(つい)に、己が生まれた意味を知る。

(俺は皆無――璃々栖のために生まれた、一本の腕や……ッ!!)

背中が、熱い。幼少のころから不思議だった背中の痣――璃々栖が悪魔味(デビリズム)を感じると言った印章(シジル)のような痣が、今や阿栖魔台(アスモデウス)の悪魔大印章(グランドシジル・オブ・デビル)となって真っ赤に輝いている。

肉眼で見ずとも分かる。いつの間にか、三千世界を知覚する魔王化(サタナキズ)の力が戻っている。

今や皆無は頭部を、右目を完全に回復せしめ、完璧な悪魔の体(デビラキズド・フォーム)に身を包んでいる。父に憑りついた何者かの正体と、その両腕に取り付けられたモノの正体を見抜いている。

腕(かいな)たる己の身。

思い返せば、思い当たる節は幾つもあった。

何故だか出逢(であ)った当初から、璃々栖のヱーテルと抜群に相性が良かった自分。

いくら『日本一の退魔師』たる父の子であるとはいえ、璃々栖と出逢う前はヱーテル総量たったの一万しかなかった己が、わずか一週間で悪魔化(デビラキズ)に至り、続く一週間で悟りの境地に至って、父をも圧倒するエーテル総量十億の魔王(サタン)になったこと。

そして、璃々栖の父・阿栖魔台(アスモデウス)王の遺言。


『神戸へ行け。そこで腕が待っている』


その言葉を璃々栖の口から聞いたとき、自分は『詩的な表現だな』くらいにしか思っていなかった。が、何のことはない、その言葉はそのままの意味――『神戸で、腕の化身たる皆無が待っている』という意味だったのだ。

嗚呼(ああ)、何てことだろう！　璃々栖の目的は、彼女の腕を、阿栖魔台(アスモデウス)家が代々継ぐ悪魔大印章(グランド・シジル・オブ・デビル)の刻まれた最強の魔術兵器を手に入れるという目的は、十一月一日のあの夜、璃々栖が神戸港に降り立った、あの瞬間に叶(かな)っていたのだ！

「皆無」父が、語り掛けてきた。寂しそうな眼をしている。「悪いがもう、持ちそうにない。今にも再び、毘比白(ベヒモス)が顔を出すだろう。だが、今のお前とレディ・璃々栖が力を合わせれば、必ずや倒せる。だから」父が笑った。皆無が生まれて初めて見た、父の泣き笑い。

「容赦は要らない。奴の分体を、この体ごと、しっかり殺せ。余すところなく、エーテルの残滓も残さず滅ぼせ。……——頼んだぞ」

「分かった。さようなら……パパ」

父が、目を閉じた。次に開いたときには、その目は毘比白の怒りで彩られている。

「何だ貴様、その体は一体……ッ!?」毘比白の逡巡。今の皆無と正面からやり合うよりも、璃々栖を盾に取った方が得策と考えたのだろう——毘比白が璃々栖の方へと飛び掛かる。

が、皆無の方が速い。皆無は悪魔の翼で以て軽やかに飛翔し、

「璃々栖ッ!!」

「皆無ッ!!」

愛しい彼女の、己に向けて差し伸べられた左肩の先端に触れた。

◆同刻／同地／璃々栖・弩・羅・阿栖魔台

皆無の指先が、己の左肩に触れた。

瞬間、皆無の体が一本の腕へと変じ、己の肩にヱーテルの根を張り、神経と結合する。

腕は細身の璃々栖には不釣り合いなほど筋骨隆々としていて、その長さは璃々栖の背丈に等しい。腕は真っ黒な毛で覆われ、指は蠍のような甲殻で覆われ、指先には鋭くも禍々しい長い爪が生えている。そして、腕を取り巻く様にして、阿栖魔台の大印章を分解した要

素——皆無の背中にあった、蛇、葡萄、喇叭、蠍の尾——が、真っ赤に輝きながら浮かび上がっている。その赤い輝きを目にした途端、璃々栖の脳へ、膨大な量の術式とその効果が流れ込んでくる。それらは阿栖魔台家に代々伝わる洗練された術式と、皆無の十三年間の人生が混ざり合ったものだ。

「貴様ぁああぁッ!!」悪鬼の形相をした毘比白が、こちらにつかみ掛かろうとしている。

だから璃々栖は、防御のための魔術を使った。「——【高嶺の花】ッ!」突き出した左手の平から煌びやかな花が乱れ咲く。毘比白の手は、その花を蹴散らすことはおろか、触れることすらできず、花の寸前で見えない壁に押し留められる。

「なっ!? 何だこれは、何故、手が届かん!?」

「あはァッ!」璃々栖は嗤う。魔術を扱える快感が、信じられないほどの全能感が、璃々栖の脳を刺激する。「予は高嶺の花じゃぁ。気安く触れられると思うなよ?」

「糞ッ——」飛び退る毘比白。

その隙に、璃々栖は次なる術式を編み上げる。「この暗闇……ずっと気に入らなかったのじゃ」左手を、高らかに天へと掲げる。「【女心と秋の空】ッ!」

璃々栖を中心に、虹色の風が舞い上がる。風は瞬く間に闇と魔術阻害を駆逐する。

「糞がッ!【生きるかべきか・死ぬべきか・それが問題だ】」

地に伏していた自動人形たちが起き上がり、璃々栖に襲い掛かろうとするが、

「あはァッ！　【亡者どもよ・予の虜(とりこ)と成れ――愛の奴隷(アンリミテッド・チャーム)】」

自動人形たちが、一斉に璃々栖に向かってひざまずいた。

あまりの光景に、毘比白(ベヒモス)が啞然(あぜん)となる。「くッ――【肥えた土・蔓延(はびこ)る雑草】ッ‼」

力を失っていた蔦(つた)が、再び璃々栖たちを拘束せんと蠢(うごめ)き出す。

璃々栖はくるくると舞いながらその左手で空気を撫(な)で、「【焼き餅焼くなら狐色(アスモデウス・ファイア)】」

中庭一面に炎が立ち上り、炎が蔦だけを正確に燃やし滅ぼす。

「糞ぉッ！」空中に退避した毘比白(ベヒモス)が、虚空からエーテル塊――皆無から奪ったもの――を取り出してかぶりつき、「【気高き豊穣の魔王(ベルゼブブ・クーゲル)】ッ‼」

炎を纏(まと)った蠅(はえ)が空一面に生じ、璃々栖へ殺到する。

◆同刻／同地／大悪魔(グランドデビル)・阿ノ玖多羅皆無

「ええええ⁉」皆無は驚天動地のただ中にいる。いつの間にか己が身は璃々栖の腕に変じ、敵――毘比白(ベヒモス)が、一発でもかすればこちらの身が粉々になりかねない破壊魔術を無数に浴びせかけてきている。「俺が腕って……そういう意味なんッ⁉」

皆無は敵の猛攻から逃れるべく風の上級魔術【飛翔(レビテーション)】で以(もっ)て空を飛び、地獄級の防護

結界【ディースの城壁(じょうへき)】で以て防御せしめるが、殺到してくる蝿の爆炎があまりにも激し過ぎて、【ディースの城壁(じょうへき)】がみるみるうちに崩れていく。「糞——ッ!?」

「皆無、しっかりと腕を務めよ!」主の叱責。

「そ。そんなん言われたって!」

追いすがる弾雨は、一発一発が熾天使弾(セラフィムバレット)を軽く凌駕(りょうが)するほどの威力を持つ。【ディースの城壁(じょうへき)】はもう持たない。皆無は、腕に変じたこの身をどのように動かせばよいやら分からない。敵の猛攻は鋭く、このままでは死んでしまう——!

「あはァッ! 固いぞ皆無!」そのとき璃々栖が、あろうことか、腕に変じた皆無——その左腕で以て、自身の乳房を揉(も)みしだいた。

「んなァッ!?」皆無は、腕の身でありながら真っ赤になる——が、それで、変な緊張は溶けて消えた。皆無は悟る。ただ、璃々栖と一緒になればよいだけなのだ。

「【高嶺の花(フラワー・シールド)】ッ!」璃々栖が腕を振るう。途端、璃々栖の周囲に満開の花畑が顕現せしめ、蝿の弾雨が草花に絡め取られてゆく。「あはァッ! 皆無! 皆無、皆無、皆無ぁッ!! そなたと一緒なら、予は何処(どこ)までも行けるッ!!」

璃々栖が歓喜している。璃々栖の圧倒的感情が、皆無の中に流れ込んでくる。

「ああ、ああ! 俺も、俺も同じじゃ! 璃々栖ッ!!」

「征（ゆ）くぞ、皆無。鬨（とき）の声（こえ）を上げよ！」

二人して大きく息を吸い、

「「うぉおぉおおぉおおおおぉおおぉぉおおおおおッ‼」」ヱーテルを纏った拳を振るう。

とてつもない衝撃が、毘比白（ベヒモス）を打つ。果たして毘比白（ベヒモス）が自身の不利を悟り、

「糞ッ、糞糞糞、糞ったれッ（フイックト・オイヒ）‼」背に蝙蝠（こうもり）のような翼を生じさせ、空に向かって飛び立つ。

物凄（ものすご）い速さで、あっという間に豆粒ほどの小ささにまでなったが、

「【惚れて通えば千里も一里（トラッキング・テレポート）】」璃々栖はそんな毘比白（ベヒモス）を遮るように、瞬時に転移せしめる。

「ふふふ、逃れられると思うなよ？」

「もういいっ、予の最強の魔術で塵（ちり）にして呉（く）れるッ！【魔力直結（マギッシュ・ヴァーバインド）】ッ！」毘比白（ベヒモス）の口の前に毘比白（ベヒモス）自身が持つ大印章（グランドシジル）の写しが生じ、そこに皆無から奪ったヱーテル塊を取り込ませ、「——【世界崩壊（アルマゲドン）】ッ‼」絶叫とともに、その息を大印章（グランドシジル）へ吹き掛けた。

璃々栖の視界が、鉄をも一瞬で溶かし尽くす、純白の炎で埋め尽くされる。

◆同刻／同地／暴食の毘比白（ベヒモス）

「はぁッ、はぁッ……」肩で息をするなど、いつ振りのことであろうか。「殺（や）ったか？」

殺したはずだ。【世界崩壊（アルマゲドン）】は己が——この、世界を支配するにふさわしい大魔王・

毘比白(ベヒモス)が使える最大火力の魔術。あの鐘是不々(ベルゼブブ)をすら滅ぼした魔術だ。それを真正面からぶつけたのだ――。空を埋め尽くしていた真白き炎が晴れ、果たして、己の正面に阿栖魔台(アスモデウス)の姫君の姿はなかった……――が、

「殺っとらんぞ？」その声は、背後から聞こえた。

◆同刻／同地／璃々栖・弩(ド)・羅(ラ)・阿栖魔台(アスモデウス)

「なっ……」

絶句する毘比白(ベヒモス)の表情が、璃々栖には可笑(おか)しくって仕方がない。

「あはァッ、【両手に花(ドッペルゲンガー)】じゃぁ」詠唱と同時に、璃々栖の隣に、もう一人の璃々栖が生じる。本体ほどの力は持たないが、それでも相応の魔術が使えて、璃々栖があらかじめ指示した命令に沿って自動で動くエーテル体だ。「もういっちょ、【両手に花(ドッペルゲンガー)】！」

二人の璃々栖がそれぞれ分裂した。これで合計四人の璃々栖になる。

「さて、もう仕舞(しま)いにしようかのぅ」分体に、毘比白(ベヒモス)の四肢を拘束させる。文字通り手も足も出なくなった毘比白(ベヒモス)の丹田(たんでん)に触れる。「篤(とく)と味わえ。――【クピドの矢(キューピッド・アロー)】」

黄金に輝く無数の矢が、毘比白(ベヒモス)の丹田――エーテルを生じさせる根源たる部位――を滅(めっ)多打(た)ちにする。

「ごはっ！　……そ、その程度の威力で、予を消滅させられるとでも!?」

「──【クピドの矢の雨（キューピッド・アロー・シャワー）】」

無数、と表現し得る限界を超えた量の矢が、毘比白（ベヒヰモス）の体へ打ち込まれる。

「ごふっ……貴様、覚えていろ」最早受肉（マテリアラヰズ）維持限界にまでエーテルを削られた毘比白（ベヒヰモス）が、睨（にら）みつけてくる。「必ずや予の手で、殺して呉れる……ッ!!」

「あはァッ！　【女色は骨を削る小刀（アスモデウス・カッター）】！」璃々栖は鋭い風の刃で毘比白（ベヒヰモス）の両肩からその両腕を分断せしめ、「やれるものなら、やってみよ」分体たちの手で、毘比白（ベヒヰモス）の体を天高く放り上げる。「貴様こそ、首を洗って待っておれ」その左手を、毘比白（ベヒヰモス）に向かって掲げる。

「──【クピドの矢の嵐（キューピッド・アロー・テンペスト）】ッ!!」

天を染め上げた黄金の光が収まるまでに、数分を要した。後にはただ、皆無の父──阿ノ玖多羅正覚のエーテル核だけが、残される。

「──パパッ！」璃々栖の腕を務めていた皆無が璃々栖から離れ、人の姿になって皆無の父のエーテル核へとすがりつく。

「ちょちょちょっ！」璃々栖は慌てる。己の印章（シジル）たる皆無が左肩から離れてしまっては、己は無力な『印章（シジル）なし』である。攻撃魔術はおろか、飛翔（ひしょう）もままならない。「こらこらこらこら！　予が落ちる！　落ちておる!!」

「あぁ、ごめん……」父の死によるショックのためであろう、皆無の口調が幼くなっている。とはいえ皆無は見事な手際で璃々栖を抱き上げ、【両手に花(ドッペルゲンガー)】が消失したことで落下しつつあった両の腕を【収納空間(アキテムボックス)】へ収めた。——そして。「パパ……」

ふわふわと空を漂う、手の平ほどの大きさの、狐(きつね)のような形をしたエーテル核をそっと手に乗せる。狐には、九本の尾が付いていた。

◆同刻／同地／大悪魔(グランドデビル)・阿ノ玖多羅皆無

阿栖魔台移動城塞(アスモデウス)の中庭に転移し、皆無は仰天した。聖霊(セアル)が佇(たたず)んでいたからだ。

「聖霊(セアル)!? お前、毘比白(ベヒキモス)に殺されたはずじゃ……!?」

「【変化(トランスフォーム)】の魔術だ」皆無よりも一回り背の高い聖霊(セアル)が、こちらを見下ろしながら言ってくる。「頭を潰された私、に変じたのだ。より正確に言うなら、腕一本分の血肉と引き換えに偽物の頭部を作り、本当の頭部は腹の中に隠したのだ」

「な、なんて器用な真似(まね)を……あッ!?」皆無は思い出す。「死、体、ごっ、こ!?」

「懐かしい。よく殿下にお楽しみいただいたものだ」聖霊(セアル)が笑う。彼女は左腕を上げ、

「それで、皆無。今言ったように、腕の一本を偽の頭部のために使ったのだ。だから」

「ちょちょちょっ」聖霊(セアル)が腕を失っていることを知覚して、皆無は仰天する。すぐさま無

詠唱の【完全治癒（パーフェクト・ヒール）】で聖霊（セアル）の腕を再生せしめる。「早（は）よ言いや！」

「うむ、見事な魔術だ。これならば、安心して殿下を任せられる」

「は？　どういう意味や？」

「そのままの意味だ。お前はこれから殿下の片腕となり、殿下を支え、病める時も、健やかなる時も――」

「聖霊（セアル）、黙るのじゃッ!!」璃々栖が叫ぶ。何故（なぜ）だか真っ赤になっている。

「これは、失礼を」聖霊（セアル）が頭を下げる。「ですが――分かっておられますね？」

「わ、分かっておるわ！　じゃから、少しの間、二人きりにさせよ」

「ははっ！　では先に、いつもの屋敷――皆無の自室に戻っております」姿を消す聖霊（セアル）。

「まったく聖霊（セアル）の奴（やつ）め、保護者面しおって。――さて、皆無」

言いながら、璃々栖がこちらを見つめてきた。こうして正面から見つめ合うのは、何だかひどく久しぶりのように思える。実際にはほんの数時間振りのことであったが。

「予（よ）からそなたに、話が――ええと、三つ、ある」

「何（なん）よ、改まって」

「まずは一つ目。ダディ殿のエーテル核じゃがな、悲しいのは分かるが、喰（く）ってしまえ。持ち主を失ったエーテル核はやがて消える。永久に保管することなどできないのだから」

「………うん」皆無は虚空から父のエーテル核を取り出す。手に平にすっぽりと収まる、九本の尾を持った狐の形。「ダディ……」

「せめて、そなたに喰われるのが手向けというものじゃろう」

「あぁ、せやな！」悲しみを吹っ切るべく、皆無は父のエーテル核を丸呑みにする。

「それで、二つ目なのじゃが――…その、じゃなぁ？」璃々栖が、何故だかもじもじしている。顔を真っ赤にさせた璃々栖が、やがて意を決したように、「腕が欲しいのじゃ！そなたを抱きしめるための、腕が！」

「？」皆無は首を傾げる。「ええと、また腕に変じればええんか？」

「ち、違うわ惚け！　予の腕じゃ！　予の右腕！」

「あぁ！――【収納空間】！」虚空からずるりと璃々栖の右腕を引っ張り出す。璃々栖の右肩をまくり上げて切断面をぴたりと合わせ、「繋げるで」優しく撫でる。

「ふぉぉぉおおおおッ!!　腕じゃ、予の腕じゃ!!」璃々栖が右腕をぶんぶんと振り回す。

「懐かしの腕じゃ。本当に久しいのぅ」己の手に頬擦りをする璃々栖。しばし腕の感触を堪能していた璃々栖がこちらを向いて、「では、さぁ!!」ばっ、と腕を広げてくる。

「え、えぇぇ……こういうのって、女の方が飛び込んでくるもんやないの？」

「そなたの方が小柄であろう？」

「うぐっ……いや、せやったらもうちょい身長伸ばしたるわ」自身の体格を自由に変えられるのは、エーテル体の特権である。

「止めよ止めよ、そういうのはまた今度で良い」

「いつかはやらせるんかい」

「茶化すな」璃々栖が優しく微笑んでいる。「予が、この瞬間をどれほど待ち望んでおったのか……この感慨は、きっとそなたにだって分かるまいよ」

そうとまで言われてしまえば、もうどうしようもなかった。皆無はおずおずと璃々栖の目の前に立ち、両腕で以て璃々栖の体をぎゅっと抱き締める。「……り、璃々栖」

「皆無ッ！」果たして璃々栖が、エーテルの限りを以て抱き締め返してきた。

「いだだだだだッ、せ、背骨が折れる！」

「あはァッ！　エーテル体が何を言う」璃々栖が皆無の髪に鼻を埋め、「これじゃあ。この感覚を、ずっとずうっと味わいたかったのじゃぁ。——それで、最後の話なのじゃが」

一歩、二歩、三歩と璃々栖が離れ、それからくるりと振り向いてくる。その顔がいつになく緊張している様子で、皆無は思わず身構える。

「その……な？　せっかく腕が戻ってきたのじゃ。改めて挨拶をと思ってじゃな」

璃々栖がその右手で以て袴の裾を持ち上げ、左足を下げ、右膝を曲げる。『カーテシー』

と呼ばれる、西洋貴族女性の礼である。

「予は偉大なる魔王・阿栖魔台(アスモデウス)の子にして、その名を襲う者。璃々栖(リリス)・弩(ド)・羅(ラ)・阿栖魔台(アスモデウス)じゃ」璃々栖が耳の先まで真っ赤にして、「これからも末永く頼むぞ――未来の旦那様よ」

「おう、よろしく……って、えっ⁉　だ、だ、旦那様ってことは――」

璃々栖がそっぽを向いて、「きょ、挙式は毘比白(ベヒモス)を倒してからじゃ‼」

「璃々栖ッ‼」皆無は力いっぱい、璃々栖を抱きしめる。「愛しとるッ‼」

◆同刻／同地／璃々栖・弩(ド)・羅(ラ)・阿栖魔台(アスモデウス)

心がふわふわとしている。幸福とはこういうもののことを言うのか、と璃々栖は思う。

皆無が抱擁を解いた後、璃々栖は何とはなしに右手の平を皆無に向ける。すると皆無が、己の手の平に、その左手の平を合わせてきた。皆無は手が小さい。己の手指とは、関節一つ分ほどもの差がある。三年という年月の差だ。

璃々栖は小指を皆無の手の甲へと折り曲げる。すると皆無も小指を折り曲げてくる。璃々栖が薬指を折り曲げれば、皆無もまた、薬指を折り曲げる。そうやって順に指を絡ませていき、最後にはぎゅっと手を握り合う形となる。

「もう、離さぬぞ」

「ちょちょちょ、それ俺の白——…うっ⁉」皆無が急に、腹を抱えてうずくまる。

「か、皆無⁉」

「痛ッ、は、腹が……ッ！　う、うごぉぉおああ⁉」

腹、と聞いてとっさに思いつくのは、先ほど皆無が口にした、皆無の父のヱーテル核。

「ま、まさか毘比白の奴、まだ生きて⁉」

皆無が嘔吐する。「はぁッ、はぁッ……だ、大丈夫や、璃々栖。急に腹が痛なってんけど、吐いたら収まった……って、これは？」

吐瀉物の中で、もぞもぞと動くものが二つある。

一つは丸いヱーテル核。薄っすらと白い光を湛えるヱーテル核は、しばしじゃれつくように皆無の周囲を漂ったあと、ふわふわと天に昇っていってしまった。

もう一つは、手の平に収まるほどの大きさしかない半透明の狐。それも、尻尾が九つ付いている狐である。その狐がぶるぶるっと全身を震わせて吐瀉物を払い、

「HAHAHAHA！」活動写真から飛び出してきた道化師のような、芝居がかった笑い声を上げげた。「いやぁ、まさか死にぞこなうとはね！」

この、人を喰ったような話し方には覚えがある。

「パパァッ⁉」「ダディ殿ぉッ⁉」

LILITH WHO LOST HER ARM

Finale

終幕

手を取り合って、いみじくも

◆同年十一月二十三日十九時(ヒトキュウマルマル)／神戸外国人居留地／大悪魔(グランドデビル)・阿ノ玖多羅皆無(あのくたらかいな)

「この街とも明日でお別れ、か」皆無は燕尾服(テールコート)姿で以て、今日のお祝いが開かれる、神戸OLIENTAL　HOTELの屋根の上に佇(たたず)んでいる。口に出すと、言いようのない感傷(センチメンタリズム)が胸の奥から溢(あふ)れそうになる。明日、発(た)つ。生まれてこの方、十三年間をこの街で暮らした己は明日、璃々栖たちとともに霊界(アストラル)へと旅立つのだ。

数日、忙しくした。

まずは、墓参り——沙不啼(サブナツケ)に大破させられた防護巡洋艦の乗組員や、己たちと沙不啼(サブナツケ)の戦いに巻き込まれて亡くなった幾人かの人々の、墓参りだ。璃々栖は『遺族に直接会って謝罪したい』とまで思い詰めていたが、さすがにそれは、拾月(じゅうげつ)大将に却下された。第零(だいゼロ)師団(しだん)員——十一月一日からの一週間、璃々栖とともに神戸港を守り切った面々にとっては、璃々栖の存在は公然の秘密であった。が、他の軍人や、ましてや民間人などに彼女の存在を明かすわけにはいかないのだから。

そうして昨日、政府からの電信が入った。

神戸港を、日本を危うく滅ぼすところだった父は、除名処分の上、日本国籍を剝奪(はくだつ)。皆無もまた、名誉除隊して勲章と幾ばくかの給金を得た上で、日本国籍を放棄した。阿ノ玖多羅家から——日本国から解放された父は、皆無たちについてくることになった。

「こんなところにいたのか、皆無」その父が、不意に屋上に現れて声を掛けてきた。燕尾服姿である。「パーティーが始まるよ。陛下のドレス姿を褒めなくても良いのかい？」

父は、身長一〇〇サンチの姿に戻っている。皆無がヱーテルを提供したのだ。

「ダディ。体はもう大丈夫なん？」

大印章持ちの悪魔のように、『他人のヱーテルを注ぎ込まれたら体が崩壊する』というようなことはなかったが、それでも他人のヱーテルを馴染ませるのには苦労したようだ。

他人——そう、己と父は、本来他人なのだ。とはいえ父は父であり、己を十三年間もの間大事に育てて呉れた、大切な親である。皆無としては、この人を喰ったような——事実喰っていた——父を、今後も尊敬し続けるつもりでいる。

「もうすっかり元通りさ。ほら、早く行かないと陛下がお冠だよ」

「陛下、ねぇ……」

「臨時政府とはいえ一国の王で在らせられるのだから。そしてお前は宰相様だ」

「右大臣やないのが玉に瑕やけどな」

今日のパーティーは、名目こそ父・正覚の送別会だが、実際の目的は第七師団の悪魔的偶像・璃々栖の勝利と腕奪還を祝う会である。

「あらあらまぁまぁ」そのとき、枯草の匂いとともに、尼僧の老婆——阿印育子大姉が現れた。「璃々栖お嬢様のお着替えが終わりましたよ」

「お母さん！」皆無は今や、この老婆のことを母と呼ぶ。

悠久の時を生きる八百比丘尼・阿印育子――【阿】栖魔台家の大【印】章を宿し、我が【子】として【育】てる者。

育子大姉は、真に皆無の母であった。百年前、毘比白の蠢動を見抜いた阿栖魔台の先王が大印章強化のために育子大姉を選び、大印章を注ぎ込んだのだ。

「お母さん、体は大丈夫なん？」

「あらあらまぁまぁ、皆無は優しい子だねぇ」

記憶を取り戻した父によると、父が百年前に会ったとき、この母は美しさ、ヱーテル総量ともに絶頂期にあったらしい。それが斯様な老婆の姿になってしまったのは、ひとえに皆無の所為なのである――否、母曰くは『お陰』ということになるが。

百年前、延々と続く人生に飽き飽きし、死なない体を呪わしく思っていたこの母と、大印章強化のための母体を探していた阿栖魔台先王の思惑が合致した。結果、母は皆無を孕み、百年もの時間をかけて、皆無に無限のヱーテルを注ぎ込み続けた。そうして生まれた腕の強さは、先日、毘比白を撃退せしめたとおりである。

大印章の化身たる皆無の誕生――それが、十三年前のこと。

出産による衝撃で、母はすっかり衰え、寝込んでしまった。ようやく動き回れるようになったのが最近の話で、『白髪の仏様』なる存在からのお告げを受け、摩耶山から下りてきたのが十一月十九日——そう、皆無たちが母と邂逅したときのことである。

「自ら望んだことだけれど……こうやって可愛い可愛い息子の顔を見てしまうと、欲が出て困ります」母が皆無の頭を撫でる。「ほら、璃々栖お嬢様がお待ちになってますよ。けして後ろを振り返ってはなりません。先王様と私の悲願を、どうか叶えてね」

「「「少佐殿ぉ～～ッ!!」」」会場に入るや否や、愛すべき三人の莫迦が吶喊してきた。

「お、お前ら！」あまりの懐かしさに、皆無は破顔する。三莫迦が以前と同じ調子で、こちらの口にカツレツを突っ込んできたり三鞭酒の入ったグラスを持たせてきたりするので、

「こらこらこら、餓鬼に酒をす、めんなや」

「おおっ？　以前は子供扱いされたら、激怒しておられたというのに」

「少佐殿も大人になられたということですかな？」

「エーテル体なら、飲んだって大丈夫ですよ。ほら一献」伊ノ上少尉が酒を勧めてくる。

紅一点の伊ノ上に、皆無は頭が上がらない。少尉に酒を注がれて口を付けていると、

「皆ぃ無ぁ……」悪鬼羅刹の形相と化した王・璃々栖が割って入ってきた。「大切な大切

な婚約者をほっぽり出して他の女と晩酌とは、良い身分じゃのぅ？」

「「「ヒッ……」」」ビビる三莫迦と、

「璃々栖──……綺麗や」主の艶姿──瀟洒な赤のドレス姿に、目と心を奪われる皆無。

「んお？　んふふ、そうであろうそうであろう。そこな小娘など放って、こっちに来い」

「ご、ご存じですか、璃々栖陛下⁉」その伊ノ上少尉が、声を震わせながら言った。「少佐殿って、弱っているときに胸に抱いて差し上げると、赤ちゃんみたいになるんです！」

伊ノ上による、ある種の宣戦布告に、

「あはァッ！」しかして璃々栖は乗らなかった。「分かる、分かるぞ。こやつ、取り澄ました顔をしておいて無類の乳房好き、乳房ソムリエじゃからなァ。予などもたいそう揉まれたものじゃァ。そなたも……おお、なかなかに良いものを持っておるが、やはり？」

「えへへ、でっすよねぇ！」酒が入っているらしい伊ノ上も、女の戦いを忘れて同調する。

「こう、頭を洗って差し上げるときなんかも、偶然を装って触ってきたりして」

「んんん？　一緒に風呂？　聞き捨てならぬのじゃが」

「ちょっ……」果たして女二人に挟まれ延々と揶揄われ、卒倒したくなる皆無である。

ふと、会場の雛壇でヴァイオリンとピアノによる演奏が始まった。

「あはァッ、何とも詰まらぬ曲じゃのぅ！　悪魔味が足りておらぬ。どれ、予が代わりに弾いてやろう！　ほれ、早う腕を務めよ、皆無」

「ちょちょちょっ、引っ張んなや璃々栖！」

「「あ、あの少佐殿が、翻弄されてる……」」

「皆無！　そなたの王は甘味を欲しておるぞ」「はいはい」「あ〜んじゃ、皆無」「腕あるんやから、自分で喰いいや」「あ〜ん！」「はいはいはいはい……」

皆無と璃々栖がイチャついていると、

「阿栖魔台王陛下」拾月大将が声を掛けてきた。「こ、この度は数知れぬご無礼を……」

「よいよい」冷や汗とともに頭を下げる大将に、璃々栖は微笑んでみせる。「そなたの立場なら、当然のことじゃ。予の方こそ、そなたには苦労をかけたのぅ」

事あるごとに父を『瘴気臭い』と言い、疑っていた大将。だがそれは事実だったのだ。

大将は己の職務に忠実なだけだった。色眼鏡で見ていたのは皆無と正覚の方だった。

「それで、拾月大将閣下？」璃々栖が言う。「愛蘭殿は何処にいなさる？　彼の女史には本当に世話になったのじゃ。礼を言いたいのじゃが——来ておらぬのか？」

「は？　失礼ですが……アキラム、とは誰ですかな？」拾月大将が首を傾げる。

「え？　いや、予を助けて呉れた——そう、『十三聖人』の十三人目じゃ。のう、皆無？」

「せや」皆無はうなずく。「第零師団（だいぜろしだん）が誇る最強の悪魔祓師（エクソシスト）たる『十三聖人』の十三位、愛蘭（アキラム）師匠。俺は、師匠にいろんな魔術を教えてもろた」

「十三聖人？」大将の隣にいた父も、首を傾げる。「十二ではなくって？」

「え、いやいや『聖人』は十三人おるやろ？」

「いや、いないよ。……というか、以前にも同じような話をしなかったかい？」

「だからそれは、ダディが忘れてるからであって――」

「失礼な。思い出したと言っただろう。『聖人』は、十二人しかいない。ですよね、閣下？」父が拾月大将に同意を求め、

「うむ、その通りである」大将がうなずいた。「そも、『愛蘭（アキラム）』などという冒瀆的（ぼうとくてき）な名を持つ隊員は、我が師団にはおらん」

「――……え？」皆無と璃々栖が、顔を見合わせた。

　思うところがあって、皆無は璃々栖とともに神戸北野の異人館通りに【瞬間移動（テレポート）】する。

　皆無は愛する師匠との記憶を手繰る。が、どれだけ思い出そうとしてみても、自分が愛（アキ）蘭（ラム）から術を学んでいる姿は記憶になかった。十一月二日の朝、屋敷の休憩室で酒臭い彼女に会ったのが、彼女と自分の初対面であった。

「さっき拾月大将も言うとったけど……愛蘭（アキラム）先生の名前が『冒瀆的』って、どういう意味なん？」風見鶏（かざみどり）が屋根で踊る屋敷――幼馴染（おさななじみ）・真里亜（マリア）の居住の戸を開きながら、皆無は尋ねる。「璃々栖が初めて先生に会ったときも、確かそんなこと言っとったやろ？」

「うん？　あぁ、簡単な話じゃ」璃々栖がその右腕（シジル）による魔術で、空中に鬼火による文字を綴（つづ）る。「AIRAM（アキラム）――逆さから読んでみよ」

「MARIA……ッ!!」

「聖母真里亜を逆さ吊りにしておいて、侮辱の意志がないわけがなかろう？」

「――【光明（こうみょう）】」屋敷の中、明かりを発して見てみれば、通路の真ん中に焼け焦げた跡がある……他ならぬ己が、幼馴染・真里亜の遺体を荼毘（だび）に付した跡である。

立ち止まり、数秒黙禱（もくとう）してから先に進む。しばし歩き、応接間に入った。

「――……」皆無と璃々栖は無言で、ソファに座る。――そして。

「やぁ、皆無。可愛い弟子よ。遅かったじゃァないか？」

向かい側のソファから、声がした。人を小莫迦（こばか）にしたような、特徴的な――璃々栖曰く悪魔味（デビリズム）に満ちた――喋（しゃべ）り方（かた）。

愛蘭(アキラム)。存在しない十三聖人の十三が、瀟洒なドレス姿でそこに座っていた。

「愛蘭(アキラム)……先生」

いるならば、ここだと思った。

「お茶でもお飲み。いい蠅蜜(はえ)があるよ」

テーブルの上にティーセットが現れ、むわりとした曰く言い難(にく)い臭いが広がる。

——蠅。鐘是不々(ベルゼブブ)の象徴。十一月一日のあの日、自分が祓(はら)った悪霊(デーモン)が残したヱーテル核。

璃々栖が顔をしかめ、「この臭い、まさか」

「そう、アタシの旧友——阿栖魔台(アスモデウス)先王に喰わせた『気つけ薬』さ」

『アタシはこの子の親から、この子のことを頼まれているんだ』——十一月二日の言葉だ。

皆無は南部式を引き抜き、愛蘭(アキラム)へ銃口を向ける。震える指先が、南部式自動拳銃の引き金に触れる。「何でこんなことを——…愛蘭(アキラム)ッ!!」

「そんな物騒な物を向けないでお呉(く)れ。何せ今のアタシは、哀れな悪魔の残りかすに過ぎないンだから。毘比白(ベヒモス)の奴(やつ)に散々に喰い散らかされた後の、残りかすさ。人柱のアナグラムを名乗ることで悪魔味(デビリズム)を高めなければ、洗脳魔術の一つも使えない」

「何で真里亜を殺した、愛蘭(アキラム)——否、暴食の魔王・鐘是不々(ベルゼブブ)ッ!!」

「そりゃあお前さんにアタシのヱーテルを喰わせて洗脳し、円滑に支援してやるためさね。

それにアタシは毘比白から隠れている身だ」

確かに自分たちは愛蘭――暴食の魔王・鐘是不々に窮地を何度も救われた。母の夢に出てきた『白髪の仏様』というのも鐘是不々なのだろう。だが、

「そんなことのために、お前は真里亜を！」

「そんなこと？」魔王を取り巻く温度が、すっと下がる。「戦争が、起きるさね」

「……隣国との戦？」

「日露戦役ねぇ……そりゃまぁ十万人か二十万人か、そのくらいは死ぬだろう。けど、毘比白が起こそうとしている世界戦争は、そんなもんじゃあ済まない。何百万？　何千万？　未来の振れ幅が大きくて正確な数字なんて割り出せやしないが、まぁ……お前さんを目覚めさせるためにこの港で死んだ、十数人だか数十人だかの命なんて、誤差にもならない量の人間が死ぬ。そうしてその血肉と悲鳴の一切合切を彼奴が奪い去り、その巨大なエーテルで以て世界の皇帝へと昇り詰める……そういう計画さね」

「皆無、銃を下げよ」

「けど、璃々栖！」

「皆無」

「くっ……」皆無は銃を下ろす。

「それで」璃々栖が首を傾げてみせる。「予と皆無は、陛下のお眼鏡に適(かな)うことができたのでしょうか？」

「誓って呉れるかい、先日のようにさァ？」

「誓いますとも」璃々栖が壮絶な、悪魔の笑みを浮かべる。「この手で、この腕で、必ずや毘比白(ベヒモス)を縊(くび)り殺して見せるとッ！」

◆同日二十二時(フタフタマルマル)／OLIENTAL HOTEL／大悪魔(グランドデビル)・阿ノ玖多羅皆無

夜、璃々栖と二人。最上級のスイートルームで二人っきりである。

鐘是不々(ベルゼブブ)との会合の後、皆無と璃々栖は再びパーティーに戻った。真里亜のことで落ち込んでいた皆無であったが、璃々栖や三莫迦(ぶか)に慰められ、今やすっかり元通りである。

——そして。男、皆無十三歳には、何をおいても達成せねばならぬ大志(ambitious)があった。

（今日こそ俺は、璃々栖を、抱く!!）

「皆無ぁ」麗しの主が手を伸ばしてきて、

「璃々栖」自分もまた、手を伸ばして手を繋(つな)ぐ。

璃々栖が甘ったるく微笑(ほほえ)む。皆無が愛して止(や)まないこの主は、ともすれば口付け以上に握手を欲する。念願の腕を手に入れた反動であろう、と皆無は思う。自らの髪を掻(か)き上げたり、こちらの髪に触れてきたり、口の中に指を突っ込んできたり……璃々栖は腕や手指を使った仕草を色々として見せたがるのだ。

　そんな少女らしい璃々栖はとても可憐だ。が、酒の入った今宵の璃々栖は一味違った。

　璃々栖は千鳥足で数歩後ろに下がり、カーテシーの礼を取ってスカートの裾を持ち上げる。挨拶にしてはあり得ないほどの高さまで裾を持ち上げ、その細く引き締まった脚を惜しげもなく見せつけ、皆無の視線を釘付けにさせるのだ。

「んっふっふっ……何処を見ておる、皆無？」璃々栖の、挑発的な笑み。

「見るに決まってるやん」皆無は璃々栖をするりと抱き上げ、その太腿に舌を這わせる。

「あンっ——…あはっ、あははっ、あはァッ、くすぐったいのじゃッ！」

　そうして二人、ベッドへ雪崩れ込む。

「皆無ぁ」璃々栖がしなだれかかってくる。

　体格的には璃々栖の方が大きい。皆無はベッドに押し倒される形となる。

　皆無は自身に覆いかぶさってくる主のことが愛おしくて堪らない。璃々栖の唇や首筋に口付けの雨あられを降らすが、「——むぐっ」

「あはァッ、皆無」璃々栖の手が、皆無の口をふさぐ。その指先が皆無の唇を、顎を、首を、左肩を、左腕をなぞっていき、最後には璃々栖の乳房をまさぐっていた手指へと辿り着く。「イケナイ手じゃァ」

璃々栖の右手が皆無の左手指に絡み付く。璃々栖がそのまま、にぎにぎと握手を始めた。

「——ぷぷっ」皆無は吹き出してしまう。

まったく。出逢(であ)って最初にしたことが口付けで、最後にすることが握手であるとは、一から十まで倒錯した、実に悪魔的なカンケイである。

だが、それも今日までだ。

「璃々栖——！」皆無は璃々栖を押し倒す。璃々栖の、とろんとした瞳と視線が混じり合う。

「皆無、皆無、皆無ぁ——」璃々栖が安心しきったように微笑む。その瞳がますますとろみを帯びていき、「……ぐぅ」

「……え？」皆無は、唖然(あぜん)となる。「……ね、ね、寝とる、やと⁉」

正直言って袴(ズボン)の奥のイチモツは我慢の限界に達しているのだが、まさか寝ている主に粗相を働くわけにもいかない。

「はぁ〜〜〜〜……」皆無は盛大な溜息(ためいき)ひとつ。

今宵は諦めることにする。寝ている璃々栖を着替えさせ、布団の中に押し込んだ。璃々栖は安心しきった様子で、くぅくぅと寝息を立てている。

明日にはもう、欧羅巴(ヨーロッパ)へと発たなければならない。きっと大変な旅になるだろう。厳しい戦いが続くことだろう。

（せやからせめて、今だけは……ゆっくりとおやすみ）

髪を撫(な)でると、璃々栖が「皆無(かいにや)ぁ……」と寝言を言った。

（守ろう。この生涯を懸けて）

皆無はそう誓った後、璃々栖と同じベッドに潜り込んだ。

――――明治悪魔祓師(エクソシスト)異譚『腕ヲ失クシタ璃々栖』、ココニ閉幕ス。

あとがき

◆明治二〇二五五年十月某日／舞台裏／作者・明治サブ

初めまして。明治サブと申します。

本作は第二十七回スニーカー大賞の金賞受賞作です。本作を受賞という栄誉に与らせてくださった春日部タケル先生、長谷敏司先生、選考委員の皆様に心より感謝申し上げます。本書を御手に取ってくださった皆様。本当にありがとうございます！　受賞から出版まで怒濤の日々でしたが、皆様の元にお届けすることができて、ほっとしております。

『明治』。

私の苗字にも使わせていただいている、この『明治』という単語が、本作の最重要キーワードになります。『明治』とは、波乱万丈、驚天動地の新時代。『日本』という『国家』が初めて成り、社会のルールや価値観が一八〇度引っくり返った時代。

生まれが全てだった封建的社会――儒教的価値観に基づいた社会が破壊され、学問をやれば誰もが栄達できるということを、若者たちが疑いなく信じている時代でした（時代考証について語り始めると何ページあっても足りませんので、この辺で。もしご興味がおありでしたら、Ｗｅｂ小説『カクヨム』にて本作の世界観を補強する作品を書いておりますので、お目汚しにお付き合いいただければ幸いです）。

驚くべきことに、明治に至るまで、日本人たちは『自由（リバティ）』という言葉を知りませんでした。福沢諭吉がこの単語を輸入し、『學問ノス、メ』を以（もっ）て国内に広めたところ、日本人たちはこの新概念に熱狂し、大志（ambitious）を抱きました。

この物語の主人公・皆無（十三歳）もまた、『男児たるもの粉骨砕身勉強して栄達すべし』という単純明快な大志（ambitious）を信じている子供の一人です。

本作は、そんな幼い少年が小悪魔的（直喩）な美少女・璃々栖に魂を奪われ（物理）、翻弄され、惹（ひ）かれ、溺れ、大志（ambitious）と少女のどちらを選ぶべきなのか悩みに悩むお話です。そして葛藤の果てに成長し、少女と手を取り合って歩き出すまでの物語です。

二人の物語は、まだ始まったばかり。一巻目でかなりのどんでん返しを行い、出し切った感のある本作ですが、まだまだこれから。作中十年分の、驚きに次ぐ驚き、超展開に次ぐ超展開をご用意しておりますので、どうぞご期待ください。世界観、時代考証、文体等々、難しそうな印象を与えがちな本作ですが、主題はあくまで、『弩（ド）エロ可愛（かわい）いサキュバスお姉さんと年下の少年による、おねショタ恋愛新喜劇（ラブコメディ）』です。次巻以降も悪魔味（デビリズム）溢（あふ）れるドタバタラブコメをお送りいたしますので、どうぞ引き続きお付き合いくださいませ！

――本編の補足と一部謝罪を。

一、作中では明治三十六年の十一月に開催された神戸観艦式ですが、史実ではその半年前の四月に開催されています。翌年二月に日露戦争が始まったことを思えば、この時期の海軍は観艦式どころではないのですが、本作の都合上やむなく史実を曲げました（山本権兵衛大将閣下、申し訳ございません……）。

私が大好きな某駆逐艦の前世も参加しているこの観艦式。改稿前は趣味全開で十数ページにわたって熱烈に描写していたのですが、あえなく没となりました（当たり前）。

二、作中で璃々栖が生卵食の洗礼を受けた牛メシ屋『吉野家』ですが、明治の神戸に出店しているというのはフィクションです。が、吉野家が明治日本に実在していたというのは、史実です！　東京の日本橋で、魚河岸で働く職人たちの胃と腹を温めていたそうな。

――謝辞を。

春日部タケル先生。選評でベタ褒めいただき有頂天になった私に、『ラストバトルは流れによってもっとカタルシスを増せる』との貴重なお言葉。最高の品質を求めてくださる熱量に、感謝感激したのを覚えております。あれから一年弱。先生に認めていただけるものを書く、を原動力に改稿を重ねました。愛のある選評、本当にありがとうございます！長谷敏司先生。深い世界観と、シンプルな物語。目指していたもの全てをお褒めくださり、本当に感無量です。先生のお言葉のお陰で、度重なる改稿時にも、いろいろギリギリなヒロイン・璃々栖にさらなるギリギリを攻めさせつつ、『主題はあくまでボーイミーツガール』という大原則を見失わずに書けたと思います。本当にありがとうございます！

本作を推挙してくださり、発刊まで骨という骨をバキバキに折ってくださった担当・岩田(いわた)様。本当に、本当にありがとうございます！　ダメダメ作者でごめんなさい……。

私に『坂の上の雲』を勧めてくださり、★が伸びずに七転八倒している中、カクヨム版『璃々栖』を推し続けてくださったE様。貴方(あなた)のお陰でラノベ作家になれました。

いつも応援してくださっている、全世界五五五五兆人のフォロワーの皆様。心の支えです。愛してるぜ。某ゲームは今後も続けていきますので、今後とも『雑に』絡んでいただけると泣いて喜びます。『雑に』絡み返しにいきますので、何卒(なにとぞ)ご容赦くださいませ。

最後に、本書を手に取ってくださった皆様に、無上の感謝を！

それでは、二巻でお会いできることを心より願って。

明治サブ

腕を失くした璃々栖
〜明治悪魔祓師異譚〜

著　明治サブ

角川スニーカー文庫　23447
2022年12月1日　初版発行

発行者　山下直久
発　行　株式会社KADOKAWA
〒102-8177 東京都千代田区富士見2-13-3
電話　0570-002-301（ナビダイヤル）
印刷所　株式会社暁印刷
製本所　本間製本株式会社

◇◇◇

●お問い合わせ
https://www.kadokawa.co.jp/（「お問い合わせ」へお進みください）
※内容によっては、お答えできない場合があります。
※サポートは日本国内のみとさせていただきます。
※Japanese text only

Printed in Japan　ISBN 978-4-04-113202-9　C0193

★ご意見、ご感想をお送りください★
〒102-8177 東京都千代田区富士見 2-13-3
株式会社KADOKAWA　角川スニーカー文庫編集部気付
「明治サブ」先生「くろぎり」先生

本書は、第27回スニーカー大賞で金賞を受賞したカクヨム作品「腕ヲ失クシタ璃々栖　〜明治悪魔祓ヒ師異譚〜」を加筆修正したものです。